정풍운동

■ 오유방(吳有邦)

- 서울 출생(본적 충청북도 청주)
- 청주중·고등학교 졸업
- 서울대학교 법과대학 졸업
- 고등고시 행정과 합격
- 사법시험 합격
- 서울대학교 사법대학원 수료
- 월남전 자원 참전
- 변호사
- 국회의원(3선)
- 민주공화당 정풍운동 주도
- 미국 하버드대학교 국제문제연구소 객원연구원
- 미국 UC버클리대학교 동아시아연구소 객원연구원
- 카이스트(KAIST) 최고경영자과정(AIM) 총동문회장
- 국회 법률개폐특별위원회 위원장
- 새정치국민회의 용산지구당 위원장
- 아태평화재단 후원회장
- (현)광화문법무법인 대표변호사
- (현)대한민국헌정회 법률고문
- (현)대한주택건설협회 법률고문(서울시회)
- (현)서울시 용산구청 법률고문(무료법률상담)
- (현)서울시 용산구 충청향우회 상임고문
- (현)새정치민주연합 용산지역위원회 상임고문

국민을 위한 정치개혁

정풍운동

오유방

시작하며 드리는 말씀

우리나라는 1945년 8월 15일 일본 제국주의 식민지배로부터 해방되었으니, 금년은 광복 70주년이다. 금년에 우리 국민과 정부는 '위대한 여정, 새로운 도약'이라는 주제로 뜻 깊은 기념행사를 했다.

대한민국은 1948년 8월 15일 정부수립을 내외에 선포하고 1948년 12월 12일 유엔(UN)으로부터 한반도의 유일합법정부로 승인을 받았으나, 1950년 6월 25일 북한의 남침으로 인하여 6·25전쟁이 발발하였다.

남한과 북한, 미국과 중국이 1953년 7월 27일 휴전협정을 체결할 때까지 3년 동안 동족상잔의 비극으로 산하는 피로 물들고 국토는 파괴되어 폐허가 되었다.

우리나라는 휴전협정이 체결된 후 남북분단의 시대를 거치면서 1960년대 이후 1990년대에 이르기까지 압축성장을 통한 산업화에 성공을 이루고, 1987년 6월 민주화 운동으로 제6공화국의 민주화를 성취하였다.

지난 광복 70년 동안에 우리나라가 제2차 세계대전 이후에 독립한 국가 중에서, 세계 12위권의 고도산업국가이자 경제성장을 이루고 동시에 민주화를 이룩한 유일한 국가가 된 현대사에 관하여 나는 우리 국민이 이룩한 '위대한 여정'이라고 자랑스럽게 생각하면서 나 자신도 대한민국 국민의 한 사람으로 행복한 여정을 함께해 온 것을 감사하게 생각하고 있다.

그러나 최근 논의되고 있는 역사교과서의 국정화 문제에 대해서 나는 염려가 된다. 역사가 공자(孔子)의 '춘추필법(春秋筆法)'으로 기록되어야 한다는 점에서 볼 때

역사 기록의 획일화에 따른 오류가 역사 서술의 본질에 대한 오류를 가져오게 할 위험성이 있기 때문이다.

　1980년 서울의 봄 때, 나는 민주공화당의 소장의원들과 함께 국민의 직접선거에 의한 대통령 선출과 장기집권의 종식·정당의 민주화·권력형 부정부패의 척결 등을 주장하면서 국민을 위한 정치개혁운동으로 '정풍운동(整風運動)'을 전개했다. 그리고 이제는 1979년 12월부터 1980년 4월 초순까지 민주공화당 정풍의원들과 함께 전개한 '정풍운동'에 관하여 진실한 사실을 토대로 한 책을 출간하는 것이다.

　요즈음 여당과 야당이 모두 국가와 국민을 위한 정치

개혁을 주장하는 것을 지켜보면서, 나는 온고지신(溫故知新)의 마음으로 1980년 봄의 '정풍운동'에 관한 기록을 정리하고, 지금이야 말로 국가와 국민을 위한 제7공화국의 출범을 준비하기 위하여 '신정풍운동(新整風運動)'을 전개해야 할 때라고 판단하게 되었다.

소위 87년 헌법체제는 박근혜 대통령의 임기를 끝으로 지난 근 30년 동안의 대통령 임기 5년 단임제에 종언을 고해야 함을 주장한다. 87년 체제는 이승만 대통령 이래 헌정사의 문제점인 장기집권을 종식하고 민주정치와 평화적 정권교체의 기반을 이룩하는데 기여한 것은 사실이다. 그러나 21세기 지식정보화시대를 맞이한 지금, 1987년 '아날로그' 시대에 만들어진 대통령 임기 5

년 단임제는 4년 중임제로 개정되어야 한다. 대통령 임기의 5년 단임제로 인한 레임덕 문제는 국정운영의 심각한 비효율성과 정권의 무사안일주의를 극복할 수 없기 때문이다.

오늘의 동북아시아 정세는 급변하고 있다. 중국의 대국굴기, 미국과 중국의 패권 경쟁, 일본의 안보법제 개정, 미·일동맹의 강화와 TPP경제협정의 체결, 북한의 핵무장과 장거리 미사일 개발 등 우리나라가 적극적이고 능동적으로 대응해야 할 국제적 문제가 산적해 있다.

국내적으로는 2014년 말경부터 하강국면으로 접어든 한국의 경제지표들이 최근 들어 더욱 나빠지고 있음을 들 수 있다. 최근 통계청의 자료에 의하면, 10개의 경제지표 가운데 광공업생산지수, 소매판매액지수, 설비투자지수, 수출액, 기업경기실사지수 등 7개 지수가 수출과 내수 모두 침체상태이다.

경제개발협력기구(OECD)의 장기전망에 의하면, 50년후 한국의 국민총생산은 1.4%의 성장에 그칠 것이라는 것이다. 이것은 중국의 4%, 브라질의 2.8%, 선진국인 영국의 2.1%, 미국의 2.1%보다 떨어지며, OECD 평균 2%, 세계 평균 2.9%에 미치지 못하는 것이다.

경제개발협력기구(OECD)가 이렇게 전망하는 이유는 한국의 인구고령화로 인한 노동참여인구 감소, 잠재성장률 하락, 소득분배 악화, 중산층 감소, 수출의 내수증대로 이어지지 않음과 지정학적 리스크를 들었다.

다보스 포럼으로 알려진 세계경제포럼(WEF)은 2015년 9월 140개국을 대상으로 국가경쟁력을 조사한 결과, 우리나라는 26위를 기록한 것으로 발표했는데, 2007년 우리나라가 11위를 기록한 이후 계속 하락하고 있다. 특히 2015년 한국의 노동시장 효율성은 83위, 노사 간 협력은 132위로 최하위권이며, 금융시장의 성숙도는 87위로 7단계 뒤로 물러났다.

우리 경제의 이러한 구조적 문제를 해결하지 않으면 한국 경제의 미래는 더욱 어려워 질 것이다. 그런데 더욱 중요한 문제는 우리 국민과 정치권이 우리 경제의 추락하고 있는 현실과 암울한 전망에 대하여 위기의식을 절실히 느끼지 못하고 있는 것이다.

이제 우리나라는 30년 후면 해방 100주년을 맞게 된다. 추락하고 있는 대한민국 경제의 파탄을 막고 경제의 재도약을 이룩하기 위해서는 87년 헌법체제의 산물인 대통령 임기 5년 단임제로 인한 레임덕 대통령과 현실 안주의 정치체제를 종식시키고, 과감하게 대통령 임기 4년 중임제로 개헌을 함으로써 대한민국 정치의 효율성·역동성·생산성을 증대시켜 우리나라에 활력을 불어넣어야 한다. 지금이야 말로 대한민국 정치의 근본적 프레임인 헌법체제를 개정해야 할 때이다.

그리고 국민의 여망을 철저히 외면한 식물화된 국회는 제19대 국회로 종식되어야 한다. 이를 위하여 제20대 국회는 국민을 위한, 국민의 국회가 되도록 개혁되어야 한다. 제20대 국회가 2016년 6월 개원되면 여당과 야당의 합의에 의하여 '국회선진화법'은 즉각 폐지되어야 할 것이다.

　또한 가장 가난하고 가장 어려운 처지에 있는 우리 사회의 노약자, 어린이, 청년실업자, 다문화 가정 등을 위해 우선적으로 정책적 선택과 배려를 하는 '문명과 사랑의 정치'가 구현되어야 할 것이다.

　100세 시대를 맞이하여 나는 나의 여생에서 '신정풍운동(新整風運動)' 3개항을 새로운 열정과 새로운 방법으로 실천함으로써 대한민국과 우리 국민의 새로운 도약에 조금이나마 이바지하려고 한다.

이 지면을 통해서 이 책의 출판을 도와주신 모든 분들께 깊은 감사의 뜻을 표한다.

2015년 11월 만추(晚秋)에

서울 용산구 동부이촌동의 작은 서재에서

오육방

자성과 정의와 진리를 향한 진실한 사람

신 경 식

대한민국헌정회장

기존 질서에 안주하기를 거부하는 개혁아 오유방 의원이 그간의 정치 역정(歷程)을 정리한 『국민을 위한 정치개혁 정풍운동』을 책으로 엮었다.

오 의원은 나의 중·고등학교 후배고 대학생일 때는 동대문 밖에서 같은 골목에 하숙을 하고 지냈다. 활발하고 머리 좋고 선배들에게 싹싹하게 잘 해서 이미 그때부터 인기 만점이었다.

그가 정치판에 발을 들여 놓을 때 주변의 선후배들은 "뭔가 큰일을 벌리겠구나"하면서 기대 반, 걱정 반으로 오 의원의 정치 입문을 주시했었다.

오유방 의원! 하면 몇 가지 특징적인 선입감이 밀려온다.

서울대 법대를 나와 사법고시와 행정고시에 합격한 수재.

고시 합격 후 누구나 선망하는 판·검사를 뿌리치고 곧바로 군에 입대하여 주월사로 가서 사이공의 폭염과 정글 속에서 젊은 시절의 열정을 불태우던 패기.

최연소 국회의원으로 정치에 입문하여 상하구분이 군대조직보다도 더 엄격하게 상존하는 집권당 내부에서 젊은 패기로 정치판을 뒤흔들던 용기.

30대 초반, 정치권에 입문하면서 첫판부터 태풍의 눈같이 큰 파동을 예고해 오던 오 의원이 10·26 이후 세 숲씨가 나선 서울의 봄을 맞아 정치개혁을 외친 정풍의 패기는 온 국민들의 관심을 한몸에 모았다.

지금도 정치권에 관심을 가진 많은 사람들은 오 의원에 대한 자세한 내막을 몰라도 "구 정치를 바로 잡아야 한다"는 오 의원의 정풍운동만은 뚜렷이 기억하고 있음을 나는 알고 있다.

1980년 서울의 봄부터 지금까지 계속되고 있는 오 의원의 정치개혁을 위한 운동은 그 스스로 천명하듯 '자성과 정의와 진리'를 향한 양심적인 행동임을 이제 우리는 잘 알고 있다.

오 의원의 정치 행로는 말이 아닌 행동으로 우리 앞에 구현되고 있다.

지난여름 간행된 이종찬 전 국정원장의 회고록을 보면 5·18 이후 신군부가 새 정치를 펼 때 오 의원을 포섭하려고 접촉하였는데, "구 정치인을 법으로 묶어 정치활동을 규제하는 법을 만들면 동참하지 않겠다"고 말했단다.

구 정치인의 참여를 가급적 막겠다는 신군부는 결국 정치규제법을 제정하였고, 이 사실을 알게 된 오유방 의원은 새 집권당에서 국회의원 당선과 당선 이후의 정계 요직이 확정적인 상황이었으나 끝내 이에 동참하지 않았다고 새로운 사실을 밝혔다.

이종찬 원장은 "오 의원이 훌륭한 사람"이라고 극찬했다.

옳은 길이 아니면 어떠한 유혹도 거부해 버린다는 이 한 토막 비화가 오 의원의 인생관을 적나라하게 들어내 보이고 있다.

오 의원은 대한민국헌정회의 법률고문직에 있으면서 개헌작업에 열중하고 있다.

그의 주장은 현행 대통령 임기 5년 단임제를 4년 중임제로 개정하는 것 등을 주요 내용으로 하고 있다.

벌써부터 오 의원의 개헌에 대한 집념은 큰 바람을 일으킬 조짐을 보이고 있다.

오 의원의 바른 정치 실현을 위한 개혁의지가 확실하게 실현될 수 있기를 우리는 간절히 바라고 있다.

스스로 편한 길을 버리고 험한 산 길, 자갈밭 길을 걸어가면서 이 나라 정치풍토를 올바른 길로 이끌어 가려고 온갖 노력을 다하고 있는 오 의원의 '행동철학'에 진심 어린 박수를 보내며, 그 정신의 일단이 적나라하게 기록된 이 책이 많은 분들에게 정독되기를 삼가 권하는 바이다.

선량한 약자를 옹호하고 올바른 신념을 가진 오 의원

이 수 성
전 국무총리

오유방 의원을 알게 된 세월도 꽤 오래되었다.

대학의 동문이기도 했지만 내게는 형제와 같은 사람인 서울대 부총장을 역임하신 최송화 교수와 두 분이 절친한 관계인 까닭에 자연히 선후배의 친교로 좋은 세월을 보낸 것도 어언 50여 년, 간혹 식사나 술자리에서 만날 때마다 하나의 구김살 없이 맑고 떳떳하던 오 의원의 모습이 떠오른다. 술이 좀 과할 때는 있었지만 오 의원은 호쾌한 장부였다.

변호사나 의원생활을 할 때에도 한결같이 겸허하면서 옳은 편에 서서 강자에게 굴할 줄 모르던 오 의원에게서 나는 당당한 인간의 모습을 보며 존경과 신뢰의 마음을 지녀왔다. 인간이 살아가면서 세월은 변하고, 사회의 상황에 따라 옳고 그름이 혼돈되는 경우가 있다. 그러나 어떤 편을 선택하던 참다운 사람의 가치는 부당한 강자를 억지하고 선량한 약자를 옹호하는 데에 나타난다.

오 의원은 신분상 사회적 상층에 속한다고 말할 수 있지만, 단 한 번도 약자를 경시하거나 누구에게 오만한 경우를 나는 보지 못했다. 자유로운 품성 탓에 거리낌 없는 소견을 밝히긴 했지만, 바탕이 선하고 의로운 오 의원에 대한 신뢰를 나는 버린 적이 없다.

상당한 연륜에 이르렀지만, 그 패기와 올바른 신념을 위해 주저 없이 대응하는 오유방 의원이 부디 강건하고, 할 수 있는 모든 힘을 다해 균열된 우리 사회를 조화하는 중심축이 되기를 빈다.

개혁적이고 합리적인 중도보수주의자

권 노 갑
새정치민주연합 상임고문

김대중 대통령 후보께서 1992년 대통령선거 패배 후 정치은퇴를 선언하고, 영국으로 유학을 갔다가 1993년 귀국하시어, 아태평화재단(Kim Dae Jung Peace Foundation)을 창립하고 후원회를 구성하였다. 나는 오유방 의원이 1993년 아태평화재단 후원회의 부회장으로 참여하면서 상호 친교를 나누게 되었다.

김대중 총재께서 1995년 정치재개를 선언하고 새정치국민회의를 창당할 당시에, 나는 김대중 총재에게 새정치국민회의 용산지구당의 창당위원장으로 추천했다. 오유방 위원장은 1996년 초에 용산지구당을 창당하고, 그 해 4월에 실시된 제15대 국회의원 총선거 때 서울 용산구에서 출마하여 한나라당의 서정화 의원과 경쟁하게 되었는데 분패했다.

그 후 김대중 총재께서 1997년 대통령선거에 출마하였을 때, 오유방 위원장이 아태평화재단의 후원회장을 맡게 됨으로써 나는 그와 더욱 가까운 친교를 갖게 되었다. 2000년 제16대 국회의원 총선거 때 오유방 위원장은 나의 성원에도 불구하고 서울 용산구에서 공천을 받지 못하는 불운을 맞게 되었다.

오유방 위원장은 1996년 제15대 국회의원선거에서 패배하고 2000년 제16대 국회의원선거에서 새천년민주당으로부터 공천을 받지 못하여 연속적으로 정치적 실패를 당하면서도, 그는 나와 주위 사람들에게 정치와 권력의 승패에 연연하지 아니하고 초연한 모습을 보여 주어 깊은 감명을 받게 했다.

오유방 위원장은 2000년 1월경 새천년민주당을 탈당하고 정치를 떠난 이후에 아무런 정당에도 가입하지 아니하고, 광화문법무법인에서 현역 변호사활동에 전념하였다. 내가 2014년 5월 새정치민주연합의 공천을 받은 성장현 용산구청장 후보자의 사무실 개소식에서 축사를 하기 위해 방문을 했을 때, 나는 14년 만에 처음으로 오유방 위원장을 다시 만나게 되는 기쁨을 갖게 되었다.

나는 1980년 서울의 봄에 오유방 의원이 공화당 소장 의원들과 함께 민주화를 위한 정치개혁운동으로 정풍운동을 전개한 사실을 알고 있다. 신군부가 제5공화국의 출범을 앞두고 「정치풍토쇄신특별조치법」을 제정하여 기성 정치인의 정치활동을 전면적으로 금지하였을 때, 오유방 의원이 신군부의 포섭에 굴하지 아니하고 정풍운동의 대의(大義)를 지키기 위해 정치활동재개신청서를 제출하지 아니함으로써 그가 스스로 정치규제에 묶인 사실을 잘 알고 있다.

제13대 국회에 나는 오유방 의원과 4년 동안 의정활동을 함께 했는데, 오유방 의원은 민주발전을 위한 법률개폐특별위원장을 맡아 열성적으로 활동했다. 당시 평민당의 김대중 총재와 소속의원이 제출한 국가보안법 폐지법률안과 민주질서수호에 관한 법률안(대체입법안) 등이 민주발전을 위한 법률개폐특별위원회에 계류되었을 때 오유방 위원장은 박상천 의원을 비롯한 야당 국회의원을 설득하여 국가보안법의 부분 개정으로 타협을 하도록 협상의 솜씨를 발휘하기도 했다.

나는 오유방 의원이 소위 우파 정치인이라고 생각한다. 그러나 오유방 의원은 개혁적 보수주의자이고 합리적 보수주의자이므로 소위 보수와 진보 사이에서 중도보수의 입장을 견지하고 있는 것으로 알고 있다. 새정치민주연합이 2016년 국회의원 총선거에서 승리하고 2017년 대통령선거에서 승리하기 위하여서는, 나는 오유방 의원과 같은 개혁적 보수주의 인사들의 영입이 필요하다고 생각한다.

금번에 오유방 의원이 『정풍운동』이라는 책자를 집필하면서 신정풍운동으로 87년 헌법체제를 개정하여 제7공화국을 출범시킬 것을 주장하는 것에 찬성한다.

87년 헌법은 지난 28년 동안 대통령 임기를 5년 단임제로 함으로써 장기집권을 종식시키고 평화적 정권교체의 기반을 구축한 공로가 있다. 그러나 21세기 급변하는 새로운 국내외 정세에 능동적으로 신속하게 대응하기 위해서는, 나는 헌법상 대통령의 임기를 4년 중임제로 개정할 필요가 있다고 생각한다.

이제 100세 시대가 열리고 있다. 내가 보기에 오유방 위원장은 아직까지도 건강하고 열정적으로 현역 변호사로서 일을 하고 있으므로, 오유방 위원장이 대한민국과 국민을 위해 주장하는 신정풍운동 3개항의 실현을 위해 헌신할 수 있는 기회가 도래하기를 기대한다.

나는 오유방 의원을 좋아하고 존경한다

정 대 철
새정치민주연합 상임고문

첫째는 정의롭고 올바른 주장을 하는 분이기 때문에 오 의원을 좋아하고 존경한다. 오 의원은 항상 어떻게 사는 길이 올바른 길인가를 고민하면서 사시는 분이다. 가톨릭을 믿으면서 하나님의 정의가 어떤 것인가를 이야기하는 것을 종종 들었다. 이 나라 정치도 개혁을 통해서 좀 더 정의로운 방향으로 나아가야 한다고 주장해왔다.

오 의원은 1990년 3당 통합 후 그해 10월경 민자당의 내각제 개헌각서 파동 때, 이 나라의 근원적인 정치개혁은 개헌을 통해서 제왕적 대통령중심제를 의원내각제로 바꾸는 것이라고 주장했었다. "남자를 여자로나 여자를 남자로 바꾸는 일 빼놓고는 어떤 일이든지 할 수 있는

한국의 대통령제"야말로 비민주적일 수밖에 없는 태생
적 한계를 안고 있다고 주장했다. 즉, 대통령중심제에는
몇 가지 구조적 문제점이 있는 것으로 지적한 바 있다.

우선, 대통령이 국가원수와 행정권의 수반을 겸한 강
력한 권한을 갖고 있으며 국민대표기관인 국회에 대해
서도 책임을 지지 않음으로써 독재화할 가능성이 높다.
다음으로 행정부와 국회가 심각하게 대립할 경우 국회
가 입법이나 예산을 의결하지 않으면 행정부의 기능이
마비될 수 있다. 행정부와 의회의 대립을 조정할 장치가
없어 행정부가 무력증에 빠지거나 아니면 부득이하게 강
권을 발동함으로써 정국경색을 초래하기 마련이다.
이밖에도 대통령이 무능할 경우에도 임기를 마칠 때
까지 교체할 수 없기 때문에 오늘날과 같이 급속하게
변화하는 시대에 적절하게 적응하기 어려워 나라발전이
지체될 가능성이 크다.
의원내각제는 입법부와 행정부가 균형을 이루면서 공
존하는 제도로 국회와 정부가 공동으로 국정처리를 신
속히 수행할 수 있다. 이와 함께 국정에 대한 책임소재
가 명백하여 책임정치 실현에 적합하다고 주장했다.
지역감정극복에도 1인 독점의 대통령제보다 의원내각
제가 효과적일 수 있다. 의원내각제는 선거결과에 따라
여러 가지 경우를 상정할 수 있지만 어떤 경우든 특정

지역이나 세력이 권력을 독점하지 못하고 공유해야 한다는 점에서 지역감정 타파에 결정적으로 기여할 것으로 믿었다.

의원내각제의 우월성은 정치인의 세대교체를 보다 용이하게 촉진한다는 점도 지적했다. 의원들이 내각에 대거 참여하게 되고 국정참여를 통한 정치지도자의 훈련과 양성은 순조로운 세대교체를 촉진할 수 있기 때문이라는 것이다. 한편 무능한 정치지도자는 내각을 오래 이끌 수 없기 때문에 조만간 정치무대에서 퇴장 당하게 될 것이고 이것이 세대교체를 앞당길 것이라 본다고 했다. 국민들은 다른 분야에 비해 정치가 가장 뒤떨어졌다고 보고 있으며 그 원인의 하나로 신진대사가 제대로 이뤄지지 않고 있는 점을 이야기하고 있다고 판단했다.

복잡다기할 정도로 다원화된 우리 사회의 여러 분야 집단, 계층의 주장과 이익을 국정에 반영하기 위해서는 의원내각제가 대통령제보다는 월등히 더 바람직한 제도라고 주장하기도 했다. 나아가 그는 독일통일 직후인 1990년대에 이미 남북통일에 대비한 통일헌법을 만들기 위해서도 의원내각제로의 개헌과 그 경험 축적이 필수불가결하다고 주장한 바 있다.

서로 상이한 체제를 갖고 있는 남북한이 통일될 경우 1인에 권력이 독점돼 있는 대통령제로는 불가하여, 권력을 분산, 공유하는 의원내각제일 수밖에 없다고 보았다.

독일의 통일과정을 크게 참고하여야 한다고 제시했다. 통합 전 동서독은 의원내각제를 함께 채택하고 있었다. 우리도 통일한국의 실현에 대비하여 남북한이 공히 수용할 수 있는 새로운 정부형태로서 독일식 의원내각제의 채택을 민족적 차원에서 진지하게 검토하여야 할 때라고 오 의원은 주장하였다.

금번에 오 의원이 출간하는 『정풍운동』 책자에서는 '신정풍운동 3개항'을 주장하면서, 의원내각제 권력구조 개헌에 관하여 제20대 국회에서 정당 및 정파 간의 이해관계가 달라서 국회의원 3분지 2 이상의 동의를 받을 수 없는 것으로 전망하기 때문에 현재의 혼합형 대통령제의 권력구조하에서라도 대통령 임기 5년 단임제를 4년 중임제로 개정하여 87년 헌법체제에 종언을 고해야만 진정한 국민을 위한 정치개혁이 이루어져 '제7공화국의 출범'이 가능하다고 주장하고 있다.

나는 오 의원이 공화당 정권 말기에 박찬종 의원 등 8인이 함께 주도했던 공화당 '정풍운동'은 긍정적으로 역사에 평가를 받아야한다고 생각한다.

박 대통령 서거 이후 공화당 내에 국민의 비판을 받는 요인을 과감히 척결해야 한다고 주장했다. 구체적으로 당내의 부정부패정치인, 권력으로 치부한 자, 도덕적으로 타락한 자, 권력만 추종하는 철새 정치인 등은 당을 위해서 자퇴하라고 요구했다. 이러한 정치인의 명단도 공개해야 한다고 강하게 주장하였다.

또한 공화당 정풍파는 김종필 총재에 대해 "민주적인 당헌을 개정하기 위한 임시 전당대회를 소집하자"고 요청하였다. 당으로부터 제명처분까지 받으면서도 소신을 굽히지 않았다.

당시 야당인 신민당의 정풍운동에 앞장섰던 필자는 "중병을 앓고 있어 심장이식 정도의 대수술을 필요로 하는 공화당이 정풍주도의원들까지 처벌하는 것은 본말이 전도된 느낌"이라고 공화당 사정을 우려하면서 "언젠가는 공화당이 과거를 반성하고 새 시대에 맞도록 체질을 개선하는 큰 수술이 필요할 것이다"라고 진단한 적이 있다. 어찌되었든 시대적 소명에 따라 올바르고 용감하게 당의 쇄신과 변화를 촉구했던 것이다.

둘째는 사람 냄새나는 사람, 정이 많은 분이기 때문에 오 의원을 좋아하고 존경한다. 그는 소외된 사람들이며 사회적 약자인 노동자, 농민, 도시서민, 장애인, 여성, 노인, 청소년 문제 등에 항상 관심을 갖고 그들이 우리들과 함께 더불어 잘 살 수 있는 사회를 만들려고 노력한다.

변호사이기 이전에, 독실한 천주교 신자이기 이전에, 기본적으로 선량한 성품을 갖고 있기 때문이라고 생각한다. 큰소리로 나이 어린 사람이라도 "김 동지! 이 동지! 식사 한 번 해요. 소주 한 잔 합시다"라는 인간미 철철 넘치는 그의 목소리가 귀에 쟁쟁 들리는 것 같다.

셋째로 그를 좋아하고 존경하는 이유는 대학교 선배 이기 때문이다. 그것도 나의 작은 누나와 같은 과이었기 때문이다.

이렇게 내가 좋아하고 존경하는 오유방 의원이 하시는 일에 항상 하늘의 뜻과 함께하시기를 기원한다.

목차

제2부 정풍운동

제4부 새로운 시작, 신정풍운동

제1부

정풍운동 이전의
오유방

출생과 오유방(吳有邦) 작명

나는 일제강점기가 그 종식을 고하기 시작하던 조국 광복 5년 전에 서울 종로구 내수동 4번지에서 한약종상 부 오대홍과 모 우재준 사이에 1녀 2남 중 장남으로 태어났다.

아버지는 본관이 보성(寶城)이고 돌림자가 희(熙)인데, 작명가가 돌림자를 사용하면 수명이 짧다고 하여 오대홍으로 개명하였다고 한다. 그렇게 이름에 사연을 가지신 까닭인지 3대 독자로 30살의 나이에 아들을 얻게 되자 기쁘기도 하였지만 장수하고 다복한 이름을 지어주고 싶으셨다고 한다. 그래서 내 이름을 짓기 위해 광화문 근처의 작명소 몇 곳을 찾아가서 의뢰한 결과 작명가들이 내 돌림자인 균(均)자를 사용하여 이름을 작명하면 단명하다고 하여 돌림자를 사용하지 않기로 하였다.

그리고 아버지 손수 아들인 내 이름을 지었는데, 일제강점기 말기 나라 없는 백성의 설움을 통감(痛感)하고 있었던 터인지라, 너라도 크면 나라가 있으라는 뜻으로, 있을 유(有), 나라 방(邦) 두 글자를 사용하여 오유방(吳有邦)으로 작명을 했다. 그리고 난 후 혹시 하는 마음에 작명소 몇 곳을 방문하여 상의를 하였더니, 모두 이름의 뜻도 좋고 수명도 길게 살 것이며, 뜻이 강하여 많은 노력만 하면 큰 인물이 될 수 있을 것이라는 말을 듣고, 오유방(吳有邦)으로 출생신고를 하였다고 한다. 모름지기 아버지께서는 일제강점기 말기인 그 당시에 잃어버린 조국의 광복된 나라에서 살 수 있는 것이 가장 행복한 삶이라고 생각하셨던 것 같다.

나의 출생지인 서울 종로구 내수동 4번지는 현재의 세종문화회관 뒤편 골목에 위치해 있었다. 그 당시 내수동 4번지 골목에는 일본식 목조 2층 건물이 골목 양편에 줄지어 있었다고 한다. 현재 종로구 내수동 4번지에는 4층짜리 원빌딩이 건축되어 있지만, 그 당시에는 역시 일본식 목조 2층 건물이 있었고 그곳에서 내가 태어난 것이다. 당시 그 건물의 1층은 아버지가 한약국으로 사용하고, 2층은 우리 가족의 생활공간으로 사용했다고 한다.

그런데 사람의 인연이라는 것이 묘하게도 우연은 없는 것인지, 현재 내가 대표변호사로 있는 광화문법무법인은 종로구 새문안로 91에 위치한 고려빌딩에 있는데 종로구 내수동 4번지와 아주 가까운 거리에 있다. 나는 출생지의 인근거리에 위치한 고려빌딩 6층에서 31년의

광화문법무법인에서 집무하는 필자

오랜 역사를 지닌 광화문법무법인의 대표변호사로 아직
까지도 정열적으로 일하고 있다. 출생지 근처에서 30여
년을 일하면서 내 이름을 지어주신 아버지의 뜻을 지금
도 가끔씩 떠올리곤 한다.

어린 시절

서울 종로구 내수동에서 한약방을 하면서 2남 1녀의 어린 자녀와 아내를 부양하면서 서민의 삶을 꾸려가시던 나의 아버지에게 일생일대의 전환점이자, 우리 가족 모두에게도 동시에 전환점이 되는 사건이 일어나게 된다. 바로 일제강점기 최후의 발악으로 조선총독부가 1945년 1월 초에 당시 35살인 나의 아버지에게 강제징용을 통보한 것이다.

나의 아버지는 아내와 어린 자식을 생각할 때, 하나뿐인 생명을 잃게 되는 일제의 강제징용에 도저히 응할 수 없었을 뿐만 아니라 일제의 침략전쟁행위에 도저히 동참할 의사가 없었다. 그래서 1945년 1월 중순경에 말 수레를 빌려서 가재도구를 싣고 나의 어머니의 고향인 충북 보은군 속리산 부근의 시골 마을로 피난을 하였다고 한다.

그러나 당시의 상황은 충북 보은군 속리산 부근의 시

골마을이라고 무사할 리가 없었다. 이미 일제는 내선일체라는 구호를 앞세워 우리의 젊은 아들들을 학도병이라는 명목으로 강제 징집하여 자신들이 천황이라고 부르는 일왕을 위해 죽는 것이 영광이라고 외쳐가면서 가미가제에 태워 태평양 한가운데에 수장시키고 있던 상황이었다. 당연히 조선총독부는 더욱 가혹한 전시정책을 수행하기 위하여 시골마을까지 샅샅이 뒤져 징용자원을 강제 동원하게 되었고, 아버지는 보은군 속리산면에서 더 깊은 산골인 회북면 회인(懷人)으로 숨어들어 피난을 하게 되었다. 그 덕분에 아버지는 겨우 징용을 면할 수 있었다.

광복 70주년인 현재도 나는 1945년 8월 15일 정오경에 충북 보은군 회북면 회인에서 해방의 기쁨과 광복의 감격을 외치는 시골마을 어른들의 모습을 본 것을 기억하고 있다.

다섯 살이던 나에게 광복은 의미는 조국의 광복이자 아버지의 강제징용으로부터의 해방이었다. 조국이 광복되던 그날 밤에 회인(懷人)의 집에서 부모님과 누나, 동생과 함께 가족 모두가 아버지의 강제징용이 풀린 것에 대하여 감격의 눈물을 흘리면서 밤을 새워 도란도란 이야기를 했었다.

그날 밤에 아버지는 나와 어머니 등 가족에게 "내년 봄이 되면 서울에 올라가서 한약국을 다시 열고, 돈을 벌어서 가족에게 좋은 옷도 사주고, 맛있는 음식도 사주 겠다"고 말씀하신 것을 추억하면 지금도 기쁨의 눈물이 난다. 당시 나는 몇 살 안 되는 어린아이였지만 부모님 이 강제징용의 공포에서 해방되어 기뻐하던 모습을 지 금도 생생하게 기억하고 있는 것이다. 그리고 그 기억이 날 때면, 나는 유방(有邦)이라는 이름을 지어주신 아버지 께서 얼마나 나라 잃은 설움을 강하게 느끼셨는지 새삼 깨닫고는 한다.

아버지는 말씀하신 대로 그 이듬해인 1946년 봄에 서 울에 상경하시어, 서울 종로구 당주동 28번지에서 한약 국을 다시 개업하였다.

나는 1947년 가을에 어머니의 손을 잡고, 언덕 위에 있는 회인국민학교에 1학년에 입학을 했고, 누나는 회인 초등학교 3학년에 들어갔다. 내가 회인초등학교 2학년 때인 1948년 8월 15일 대한민국정부가 수립되었다.

내가 10살 때에 북한 김일성 정권의 남침으로 인하여 6·25동란이 발발하였는데, 그 당시 나는 회인초등학교 4학년생으로 어머니와 누나 및 동생과 함께 충북 보은 군 회북면 회인에서 생활을 하고 있으며, 나의 아버지는 서울 종로구 당주동에서 한약국을 운영하고 있었다.

6·25전쟁이 발생한 초기인 1950년 7월 초에 어머니와 나의 가족은 서울에 계신 아버지의 생사에 관한 소식도 모른 채 충북 옥천군을 향해서 피난길을 떠났다가, 낙동

강을 건널 수 없었으므로 그해 8월 경 다시 충북 보은 군 회인으로 되돌아와서 살았다.

　아버지는 그해 8월경 서울 종로구에서 한강을 건너 북한 인민군의 눈을 피해 남하하여 9월 중순경 회인의 집에 도착하여 가족과 재회의 기쁨을 나누고 함께 살게 되었다. 나의 아버지는 한약국을 경영하기 위하여 한약사 자격시험에 합격을 했으므로 사서삼경 등 상당한 수준의 중국 고전을 읽는 한학지식이 있었다.

　나는 회인초등학교 4학년 가을학기로부터 나의 아버지로부터 천자문과 한문 붓글씨를 배웠다. 나의 어머니는 단양 우씨의 시조인 고려 말 우탁 선생의 후손으로 독학으로 한글을 배워서 한글로 된 고전 소설을 읽고, 회인초등학교 1학년 때부터 신유복전, 홍길동전 등을 나에게 가르쳐 주었다.

중·고등학교 및 대학교 시절

　나는 1952년 충북 청주시에 소재한 교동국민학교에 6학년으로 전학을 와서 공부하고 청주중학교에 진학했으며 1956년 청주고등학교에 진학을 했다.

　나는 1959년 청주고등학교를 졸업하고 그해 서울대학교 법과대학에 합격했다. 나는 서울대학교 법과대학 1학년 겨울방학부터 도서관에 나가서 법률공부를 시작하여 열심히 공부했다. 내가 대학 2년생인 1960년 4월 19일 학생의거가 발생했다. 나는 당일 오전에 서울 종로 5가에 위치한 서울대학교 법과대학에서 민법강의를 듣고 있던 중 서울대학교 문리과대학생들의 선도에 따라 서울 종로구 광화문 네거리에 진출하여 고려대학교, 동국대학교 등의 학생데모대와 합류했다.

　그 당시 나는 4월 19일 오후 광화문 네거리와 서울시청 앞 광장에서 학생데모를 진압하던 경찰이 쏜 총탄에 맞아 아스팔트위에 선혈을 토하고 죽어간 대학생들의

1963년 필자의 대학졸업식에서 필자가 당시 연애를 하던 현재의
아내 김영숙과 함께한 모습

죽음을 목격하고, 자유당 독재정권의 잔혹함을 몸서리치
게 느꼈다. 이승만 대통령은 4·19혁명으로 하야(下野)하
고 자유당의 독재정권은 종식되었으며, 장면 민주당 정
부가 출범을 했다.

내가 대학 2학년 때 대학생의 민주화운동에 참여할 것
인가에 관하여 고민하기도 했으나 가정의 어려운 형편과
부모님의 기대를 저버릴 수 없어 고시공부를 열심히 한
결과, 1962년 대학 4학년 때 고등고시 제14회 행정과에
합격하고, 1963년 법과대학을 졸업하던 해에 제1회 사법
시험에 합격했다.

사법시험에 합격한 후 1963년 가을에 서울대학교 사
법대학원에 입학해서 1965년 봄에 수료했다.

결혼과 가족

　나와 충북 청주의 동향 출신인 김영숙은 고등학교 시절에는 서로 몰랐다. 서울대학교 법과대학 2학년 때에 서울에서 이화여자대학교 가정학과를 다니던 김영숙을 알게 되어 4년 동안 연애를 했다. 물론 내가 고등고시 공부를 할 때에는 6개월씩 서로 만나지 않기도 하였다.

　내가 1965년 3월 서울대학교 사법대학원을 졸업하고 그해 5월 육군법무관으로 임관한 이후, 결혼식을 올리기 1개월 전에 서울 청량리역 다방에서 나의 아내 김영숙의 부친이신 김유복 회장을 처음으로 단독 상면하였다. 나의 장인께서는 충북 초대상공회의 소장을 역임하고 대성여객 및 중선화물 주식회사의 대표이사를 역임하신 호탕한 분이셨다. 이날 만남에서 약혼식을 생략하고 결혼예물도 생략하며, 결혼청첩장도 돌리지 않기로 합의하였다.

　나는 장모님 고정순 여사를 처음 만났을 때는 그분이 한국의 전형적인 현모양처(賢母良妻)의 현숙한 미모를

신랑인 필자와 신부인 김영숙과의 결혼식에서 주례 신태환 서울대학교 총장과 홍복유 교수와 함께

가지고 있고, 매사에 정성을 다하고 마음을 다하는 여성 이라는 인상을 받았다.

그 후에 나는 양가의 부모님 모두에게 간소한 결혼절 차에 관하여 승낙을 받아 일체 청첩장을 돌리지 않기로 하고, 양가에서 20명 이내만 참석하기로 했다.

나와 김영숙은 금 1돈으로 손 가락지 2개를 만들어 교환하되 신랑 및 신부 양가 부모친척에게 보내는 예물 을 생략하기로 하고, 신랑은 군복이 아닌 일반신사복을 입고, 신부는 서양식 혼례복이 아닌 한복치마저고리를 입고 소박하고 간결하게 결혼식을 올리기로 합의했다.

그리고 내가 1965년 서울대학교 사법대학원을 졸업하고 육군법무관으로 임관한 그해 8월 22일 서울대학교 의과대학 구내에 위치한 교수회관에서 서울대학교 총장인 신태환 교수의 주례로 결혼식을 거행했다. 나는 지금도 이것을 자랑스럽게 생각한다.

내가 처음 신혼살림을 차린 곳은 당시 육군 제2군단 사령부가 주둔해 있던 강원도 춘천이었다. 부엌도 없이 문간방 한 칸만 달랑 있는 월세 방이었다.

현재 나와 아내 김영숙은 3남 1녀를 두고 있다. 첫째는 아들 오주한, 둘째는 아들 오성한, 셋째는 아들 오정한이고, 넷째는 딸 오현정이다.

월남전 자원 참전

나는 1966년 백마부대 제1진으로 월남전쟁에 참전할 것을 지원했다. 그때는 내가 이미 결혼을 해서 첫 아들 오주한을 낳은 지 얼마 되지 않았을 때로, 전방과 후방이 없는 월남의 게릴라 전쟁에 참전하는 것에 대하여 부모님과 가족은 물론 주위 친구들의 반대가 대단했다. 주위 사람들은 명문 서울대학교 법과대학을 졸업하고 고등고시 양과에 합격한 오유방이, 살아서 돌아오는 것이 보장되지 않는 월남전선에 자원했다는 것에 대하여 당시의 세태로는 이해가 되지 않는다고 했다.

1965년 당시 한국의 1인당 국민소득은 미화 180불로 1인당 국민소득이 미화 200불인 북한보다도 빈곤했다. 당시 나는 한국이 경제건설을 위해서는 파월장병이 송금하는 외화가 결정적으로 필요하다는 정부의 주장을 인정하고 있었다.

또한 당시 나는 월남전쟁에 차출된 병사가 죽음의 위

1967년 월남전쟁을 자원하여 참전한 필자

험성 때문에 탈영을 했다가 체포되면 군형법에 규정된 3년의 최고형으로 처벌하는 재판을 하고 있었는데, 내가 월남전쟁에서의 생명의 위험성 때문에 월남참전을 회피하는 것은 양심상 허용되지 않아서 월남전쟁에 참전할 것을 자원했던 것이다.

월남으로 떠나기 전에 친구들이 베풀어 준 환송회 석상에서 "나는 월남전쟁이 위험하니까 가야 한다. 나는 한국에서 안락한 삶을 즐기면서 병사들은 죽음의 땅, 월남으로 가야한다는 그런 논리에 승복할 수 없어서 월남

1967년 월남전쟁에서 필자가 김경옥 대위, 이일영 법무관과 함께한 모습, 왼쪽부터
필자, 김경옥 대위, 이일영 법무관

으로 간다"라고 소감을 밝힌 일이 있다.

　내가 월남전쟁에 참전해서 체험한 것은 생사의 위험
속에서의 인간 의지와 조국에 대한 사랑이었다.

　한국이 월남전쟁에 참전해서 매일 병사들이 전사하고
있는데도 한국의 야당은 월남파병이 피를 파는 용병 전
쟁이라고 비판만하는 것에 대하여, 나는 많은 젊은 장병
들과 함께 분개하지 않을 수 없었다.

　당시 야당인 신민당의 여성당수인 박순천 총재가 월
남파병에 대한 비판을 중지하고 월남에 와서 참전용사
들을 직접 위문했을 때, 많은 젊은 장병들은 박순천 당
수에 대하여 열광적인 환영과 지지를 보냈다.

　나는 1973년 제9대 국회에 진출한 이후 월남참전 전

필자가 채명신 전 주월사령관과 대화하는 모습, 왼쪽부터 필자, 채명신 전 주월사령관

우회를 결성하여 파월장병들에 대한 고엽제 질병치료와
복지향상을 위해 앞장서 노력했다.

또한 나는 1983년 미국 UC버클리대학교 동아시아문
제연구소에서 수학할 때 채명신 주월사령관을 만나서
친교를 나눌 기회를 가졌다. 나는 채명신 주월사령관으
로부터 웨스트모어랜드 주월연합군사령관과의 협상과
관련하여 여러 가지 비화를 들었다.

채명신 사령관은 키가 크고 미남형 장군인데, 다정다
감한 성격도 갖고 있다. 내가 1986년 새정치국민회의
용산지구당 위원장으로 활동할 당시에는 채명신 사령관
은 서울 용산구 후암동에 거주하면서 나의 정치활동을
적극 지지했다.

군 만기제대 후 변호사 개업

나는 1967년 월남에서 귀국한 후 서울에 주둔하고 있는 육군 제6관구 사령부 보통군법회의에서 육군법무관으로 복무하고 1968년 만기제대를 했다.

나는 군에서 제대한 이후 소위 출세가도가 보장된다는 판·검사를 마다하고, 1968년 봄 변호사의 길을 택했다. 나는 서울 중구 명동에 소재한 유네스코회관에서 법률사무소를 열고 민·형사소송을 맡아서 열심히 일했다. 청주중·고등학교 동창생인 박경태 친구가 선물해 준, 내가 존경하는 링컨 대통령의 초상화를 변호사 사무실에 걸었었는데, 지금도 광화문법무법인의 내 사무실에 걸어 놓고 있다.

나는 힘없고 억울한 사람들의 사건을 변호하면서 우리 사회에 강자의 횡포와 약자의 고통이 만연한 현실을 체험하였고, 그것을 계기로 정치에 참여할 것을 결심했다.

정치 입문

나는 1971년 민주공화당의 공천으로 서울 서대문 갑구에서 신민당의 원내총무인 김재광 의원과 대결하게 되었다. 당시 서울은 야당이라면 막대기만 꽂아 놓아도 당선된다는 말이 있을 정도로 야당 강세의 지역이었다. 서대문 네거리와 통일로에 '서울의 31세 오유방'이라는 현수막을 내걸고, 신선하고 저돌적인 모습으로 서울시민 앞에 나섰다. 전국 최연소 후보인 나는 집권 여당의 후보로서 민주공화당은 이미 부패했으므로 권력형 비리와 부패를 척결해야 한다고 정면으로 도전해서 물의를 일으켰다. 서울 전역의 19개 선거구 중 18개 선거구에서 여당인 민주공화당 후보가 전멸하는 상황이었고, 나의 첫 출마도 낙선으로 끝났다. 그러나 나는 논리 정연한 정견발표와 참신한 이미지로 서울시민의 시선을 끌었을 뿐만 아니라 미래가 약속된 청년 오유방으로서의 이미지를 서울시민에게 심었다. 그래서 나는 지면서도 이기는 선거를 했다.

나는 뜻밖에도 1972년 10월 제8대 국회가 해산되고 1973년 봄에 제9대 국회의원선거가 실시되어, 2명을 선출하는 서대문(은평)구에서 민주공화당 후보로 출마하게 되었다. 당시 신민당 대변인 편용호 의원, 통일당의 윤제술 의원, 무소속의 김재광 의원 등과 치열하게 경쟁한 결과, 전국 최연소의원으로 당선되어 김재광 의원과 함께 국회의사당에 입성하게 되었다.

제2부

정풍운동

박정희 대통령의 서거

1. 10·26사태

1979년 10월 26일.

그날의 사건에 대해 언론보도와 입소문으로 전해지는 이야기 등을 종합하면 다음과 같이 요약할 수 있다.

박정희 대통령은 1979년 10월 26일 오후 KBS 당진 송신소 개소식과 삽교천 방조제 준공식에 참석한 후 상경했다. 그날 저녁 서울 종로구 궁정동 안가에서 경호실장 차지철, 비서실장 김계원, 중앙정보부장 김재규와 함께 연회를 갖는 도중에 김재규가 발사한 총탄을 가슴과 머리에 맞고, 국군수도병원으로 이송되던 중 만 62세에 세상을 떠났다.

김재규는 훗날 군사재판정에서 자신은 민주화를 이룩하기 위해서 대통령을 시해했다고 주장했으나, 그보다는 권력의 암투에서 밀려나던 김재규가 충동적으로 범행을 일으킨 것이라는 측면에서 보는 이들이 많았고, 또한 재판에서도 그렇게 인정하여 사형을 선고하였다.

한편 김재규는 박정희 대통령의 시해를 다년간에 걸쳐 준비해 왔다는 설도 있고, 박정희 대통령의 핵개발 추진에 대한 제동을 걸기 위해서 미국이 김재규를 통해서 시해사건 조장했다는 설도 있다.

하지만 나에게 있어서의 그날은 언론보도나 혹은 풍문이 전하는 것 같이 단순하지가 못했다.

그날 내가 소식을 접한 것은 9시가 지나서였다. 당시 나는 민주공화당 대변인이었기 때문에 기자들과 간담회를 겸한 식사자리가 자주 있었는데, 그날도 서울의 일간지 기자 대여섯 명과 간담회를 겸한 저녁식사를 하고 있던 중이었다. 그 당시에는 휴대폰은 생각도 못하고, 집이나 사무실이 아니면 공중전화밖에 소재를 알리거나 소식을 보낼 방법이 없었다. 당연히 나를 찾는 상대가 내가 어디에 있는지를 모르는 이상, 소식을 전할 길이 없던 시대였기 때문에 박정희 대통령의 서거 소식이 내게는 2시간이 지나 늦게 전해지게 되었다.

그런 까닭에 내가 소식을 접한 것은 이미 상황은 벌어진 뒤였다. 우리 일행 중에 누가 먼저 알았는지는 모르지만, 그런 중차대한 일이 벌어진 것을 알게 되자 식사자리를 박차고 당시 서울 남산 아래 후암동에 있던 민주공화당 당사로 달려갔다.

당사에 도착하자 아직 상황도 모르는 나에게 질문이 쏟아졌다. 나는 일단 기자들을 위로하고 상황 파악에 들어갔지만 확실하게 알 수 있는 것은 오직 한 가지, 박정희 대통령께서 총에 맞아 서거하셨다는 것이 전부였다. 아직 기자회견을 할 준비도 되지 않은 상황이라 좀 더 상황을 지켜볼 겸 대변인실에 앉아서 나도 모르게 손이 가는 담배를 꺼내 물었다.

물론 지금은 나도 금연을 하고 있지만, 그 당시에는 금연구역이라는 것도 없고 흡연이 아주 자유롭던 시대였다. 담배를 한 대를 피워 물고 깊이 들이마신 다음에 연기를 내뿜었다. 입에서 뿜어져 나간 담배 연기가 잠시 작은 흰색 뭉치처럼 보이다가 이내 가는 줄기로 변하는 듯싶더니 마치 언제 존재한 것이냐는 듯이 사라졌다.

그 순간, 그 연기 속에서 인생이 보이는 것 같았다.

인생이 바로 저 연기처럼 이내 사라지는 것으로 허무하게만 보였다. 권력이라는 것도 처음에는 작은 흰색 뭉치처럼 보이다가 이내 엷어지며 가늘어지더니 끝에 가서 꼬리를 감추고 마는 연기처럼 허무한 것만 같았다.

도대체 이 상황을 어떻게 받아들여야 하는지 아직 준비가 되지 않은 것 같았다. 무엇을 어떻게 대처해야 하는지 정리가 되지를 않았다.

그때 문득 나는 내가 처음 박정희 대통령과 독대하던 때가 생각났다.

2. 민주공화당 공천장과 정치 입문

1970년 12월 23일(경) 내가 30세의 젊은 나이로 민주공화당 서대문 갑구 지구당 위원장으로서 제8대 국회의원 총선거 공천자로 임명장을 받던 날, 당시 민주공화당 총재를 겸하고 있던 박정희 대통령께서 직접 공천자들을 청와대로 초청하셔서 각 개인에게 일일이 공천장을 수여하셨다. 그날이 내가 박정희 대통령을 처음 뵙던 날이다. 그날 처음 청와대에 들어가서 공천장을 받는 장소에 도열한 후 멀리서 내가 본 대통령의 첫 인상은 참으로 왜소한 체구였다는 것이다. TV에서 볼 때 왜소하다는 생각을 했지만, 그보다 훨씬 작아 보였다.

그러나 막상 내가 공천장을 받을 순서가 되어 대통령 앞에 나가 섰을 때, 내가 마치 대통령을 내려다보듯이 공천장을 받고 악수를 하면서 그분의 눈을 보는 순간, 그분의 눈에서 범인에게서는 볼 수 없는 강인한 눈빛이 쏟아져 나와 나의 눈에 부딪쳐 나의 눈을 압도하고 있었다.

나도 그 당시에는 월남전쟁에 참전하고 돌아온 지 얼마 되지 않아 군인정신이 그대로 살아 있는데다가, 갓 서른의 한참 젊은 나이로 패기가 가득 차 있었기 때문에 웬만한 사람과 맞상대하면 결코 만만치 않았었지만, 내가 박정희 대통령과 눈을 마주치던 순간의 기억은 지

필자가 제8대 국회의원선거 공천장수여식에서 민주공화당 총재인 박정희 대통령으로부터 공천장을 받는 모습

금도 잊을 수 없다.

박정희 대통령께서는 공천장수여식 후에 공천장을 받은 사람들을 위해 다과회를 열어 주었다. 그렇지만 박 대통령께서는 당 간부들과 저 앞쪽에서 대화를 하고 있었기에 나는 그분과 대화를 한마디도 할 수 없었다. 그날 내가 이야기를 나눌 수 있었던 상대는 단 한 사람, 바로 박찬종 민주공화당 공천자일 뿐이었다. 그는 나보다 1살 위로, 당시 김영삼 전 신민당 원내총무의 지역구인 부산 서구에서 출마하기 위해서 공천장을 받은 사람이었다. 당시는 김영삼 의원이 야당의 원내총무를 역임

한 때니까, 박찬종 민주공화당 공천자는 야당의 전 원내 총무와 격돌을 하게 된 것이다.

한편 당시 내가 출마한 서울 서대문 갑구의 상대자는 당시 원내총무인 김재광 의원이니, 젊은 사람끼리 서로 통할 수 있는 동병상련(同病相憐)의 여지가 많았다. 그 다과회에서 우리는 이번에 과연 당선될 수 있을까를 가지고 이야기를 하며 서로 선전을 다짐하기도 하였다. 길지 않은 다과회 시간을 마치고 집으로 돌아왔다.

3. 박정희 대통령과 최초의 독대

문제는 이튿날이었다.

전날 공천장을 받은 나는 아침 일찍부터 서울 서대문 갑 지역구 내에 인사를 나갔다.

그 당시 서울 만리동은 서대문 갑구에 속해 있었다. 서울 만리동에는 재래시장도 있고, 상가도 많이 있었다. 그때나 지금이나 시장은 일찍 문을 열고 있기 때문에 어두컴컴한 겨울 아침부터 시장을 찾아서 상인들에게 먼저 나를 알리는 것이 중요하다고 생각해서 나는 일찍 나의 집을 나온 것이다.

아침 일찍 상점 문을 열고 있는 상인들에게 다가가서, 내가 상인들에게 명함을 내밀며 '오유방(吳有邦)'을 각인

시키고 있을 때, 서울 서대문경찰서 소속인 만리동 파출소에서 순경이 허겁지겁 나를 찾아왔다. 나를 본 순경은 인사도 없이 다짜고짜 입을 열었다.

"오유방 위원장님, 맞습니까?"

"그렇습니다만…?"

"아이고 힘이 듭니다. 위원장님의 집에 어디로 간다고 알려 놓고 나가야지요, 제가 위원장님을 한참 동안 찾았습니다. 그것은 그렇고, 어서 위원장님께서 청와대로 가 보십시오. 청와대에서 위원장님을 찾으신답니다. 서둘러 가 보십시오. 제가 위원장님 찾는 데만도 시간이 많이 지체 되었으니까, 서둘러서 가보셔야 할 겁니다."

순간 나는 무슨 일인지 궁금하기보다는 박정희 대통령께서 나를 찾는다는 사실이 더 기뻤다. 어제 공천장도 받았으니, 오늘 박정희 대통령께서 나를 찾으시는 것은 틀림없이 좋은 일이라는 생각이 들었다.

서둘러서 같이 주민과 인사를 하던 당시 서울 서대문 갑구 지구당의 사무국장이 내 승용차를 운전하고, 나는 옷매무새를 가다듬으면서 청와대로 향했다. 그 당시는 차도 지금처럼 많지 않은데다가, 이른 시간이라 그런지 청와대로 가는 시간은 얼마 걸리지 않았다. 게다가 이미 나의 차량번호가 전달이 되었는지, 청와대 앞에서 마주치는 초소의 보초들은 거수경례를 하며 일사천리(一瀉千里)로 나의 차량을 통과시켰다. 그리고 내가 청와대에 도착하자 대통령 집무실이 있는 2층 벽돌건물 앞에 나의 차를 세울 수 있도록 유도해 주었다.

청와대에 도착하기까지는 정말 짧은 시간이었다.

나는 그 짧은 시간 동안에 "이제 정치초년병이 대통령을 마주하면 무슨 말을 해야 할 것인가?" 하는 것보다 "아니 내가 무슨 말을 하는 것이 아니라, 대통령께서 무슨 말씀을 나에게 해 오실 것인가?"에 관하여 더 궁금하였다. 나는 대통령께서 무엇을 물어오면 무엇을 어떻게 답해야 하는지, 자꾸만 혼자서 문답을 해 보아도 도저히 알아낼 재주가 없었다.

그동안 나의 직업이 변호사이다 보니 처음 만나는 민주공화당의 중앙당 당직자들로부터 "왜? 젊은 나이에 정치를 시작 했나?"라고 질문을 받을 때면 나는 유창한 말로 친절히 대답하곤 했다.

그러나 이번 경우는 다르다.

이번은 법이라는 테두리 안에서 이루어지는 일도 아니고, 대한민국의 최고정치권위를 가진 대통령께서 정치 신입생인 민주공화당 최연소 지구당 위원장 오유방을 단독으로 만나자고 하신다는 것은 분명히 무언가 하실 말씀이 있는 것이고, 나는 그 말씀에 답변을 해야 할 것으로 생각되었다.

분명히 짧은 시간의 만남일 것이라는 생각이 들었다. 그 짧은 시간의 만남 중에 그분의 질문에 대답을 잘해서 그분에게 잘 보이고 싶은 마음도 솔직히 조금은 있었다. 그렇지만 그보다는 그분에게 나 오유방의 패기 넘치는 모습을 보여드릴 뿐만 아니라 나의 진실한 모습을 보여드리고 싶었기에, 그게 고민이 되었다.

짧은 시간이었지만 긴장한 덕분인지 이른 아침에 도착한 청와대는 어제 내가 보던 청와대와는 또 다른 모습이었다. 내가 도착했을 때는 아직 이른 시간이라 청와대 비서실장도 출근을 안 한 상태였다. 당시 청와대 건물 1층에 있는 대통령 집무실 앞에서 부속실장이 나를 맞아 주면서 대통령 집무실의 문을 세 번 노크했다.

"각하, 오유방 위원장이 오셨습니다."

"들어오라고 해요."

그 말과 함께 문이 열리고, 대통령 집무실에 들어서는 순간 첫눈에 들어 온 것은, 집무실 저편에서 나를 바라보는 박정희 대통령의 얼굴이었다. 대통령께서 나에게 걸어오시며 손을 내미셔서 엉겁결에 악수를 했다.

"자, 앉읍시다."

박정희 대통령께서 내게 자리에 앉을 것을 권하시며, 당신이 먼저 자리에 앉으셨다. 그 뒤를 이어 나도 자리에 앉자, 대통령께서 나에게 담배를 권하셨다. 당시에는 나도 담배를 피울 때지만 나는 사양했다.

나이로 보나 무엇으로 보나 어른 앞이었다. 우리나라 담배 예절이 근래에는 많이 무너졌지만, 전에는 어른 앞에서는 절대 피우지 못하는 것이 담배였다. 술은 어른 앞에서 고개를 옆으로 반쯤 돌린 후 마실 수 있지만 담배는 그렇지가 않았다.

내가 담배를 사양하자, 박정희 대통령께서는 다시 나에게 권하지 않으셨다. 이미 그분께서는 내가 왜 담배를 사양하는지 누구보다 잘 알고 계신 까닭이라고 생각하면서 나는 대통령의 다음 말씀에 촉각을 세웠다.

"오 위원장은 장래가 촉망되는 법조계의 엘리트라고 소문이 자자한데, 왜 어렵고 힘든 정치를 하려고 합니까?"

이건 당연히 질문하실 것이라고 생각했던 것이다. 그렇다고 이런 질문을 해오시면, 어떤 대답을 해야 할지 미리 준비하지는 않았다. 이 질문이야 말로 내가 정치를 하게 된 가장 근본적인 이유에 해당하는 것으로서, 나는 누가 어떤 자리에서 물어도 같은 대답을 할 수 있는 내 신념에 해당하는 것이기 때문이었다.

"예, 저는 법조인으로 '죄는 미워해도 사람은 미워하지 말라'는 인도주의적 정신에 입각하여, 억울하게 누명을 쓴 사람과 자신이 잘못한 것을 시인하고 솔직하게 뉘우치는 사람들을 구해서, 그들이 보다 밝은 내일을 살아나갈 수 있는 일을 하고 있는 변호사라는 신분에 보람을 느끼며 최선을 다하고 있습니다. 그러나 변호사로서 억울한 국민들의 한을 풀어주는 것에는 한계가 있다는 것을 느꼈습니다. 정말 국민 모두가 행복하게 잘 살 수 있게 하려면 국민들이 살아나가는 방향을 인도해 줄 수 있는 힘을 가진 정치가 바르게 설 때, 나라가 바로 서고 나라가 바로 서면 국민들은 저절로 억울하게 희생되는 일 없이 행복하게 잘 살 수 있다는 생각입니다. 바른 정치는 법의 정신에 입각하여 할 때 더욱 바르고, 잘 될 수 있다는 생각을 가지고 있는 법조인으로서 정치를 지망하게 된 것입니다."

"그래요? 젊은 사람답게 패기만만(覇氣滿滿)하구먼! 권력에 욕심이 나서가 아니라, 국민들이 행복하게 잘 사는 나라, 정치가 바로 서야 나라가 바로 서고 나라가 바로 서야 국민들이 잘 사는 나라가 되니, 그것을 위해 정치에 입문했다?

정말 좋은 생각이고 패기가 넘쳐! 그 생각, 그 초심, 정치를 떠나는 날까지, 아니 오 동지가 이 세상을 떠나는 날까지 변하지 말고 가슴속에 간직한다면, 장래 틀림없이 좋은 정치인이 될 거요.

그런데 서울에서는 야당으로 출마를 해야 누구라도 당선이 된다고들 하는데 오 동지는 왜 서울에서도 야당세가 강하다는 서대문 갑구에 출마를 했소? 이길 자신은 있는 거요?"

지금도 그런 경향이 없는 것은 아니지만 당시 서울에서는 야당세가 강하다는 점을 들어서 박정희 대통령께서는 "왜 하필 서울에서 출마를 할 생각을 했느냐?"고 하시는 것이었다. 박정희 대통령께서는 정치를 하려는 목적이 마음에 든다고 하시면서 그 말씀을 내게 하신 것은, 내가 젊은 패기로 정치에 도전하여 공연히 낙선이라는 큰 상처를 입고 주저앉을 수도 있다는 걱정에서 하신 말씀이었다.

그 질문을 할 때 대통령의 표정에서, 특히 카리스마로 유명한 그분의 눈빛에서, 그리고 약간은 쇳소리가 섞인 듯하면서도 상대를 압도하는 그분의 목소리 톤에서 나는 분명하게 그분의 의도를 읽을 수 있었다.

하지만 지금이나 그때나 나는 당락을 두려워하지 않았으며, 단지 국회의원이 되어 정치를 하는 것 자체가 목적이 아니었다.

기왕 출마를 하는 것이니 당연히 당선은 되어야 한다고 생각했지만 당선을 위해 지역을 고르고 그러기 위해서 당이나 기타 지인들을 찾아 부탁을 하고 그러는 것은 첫 단추부터 잘못 끼는 것이라고 생각했다. 정말 국민들을 위해 정치를 하겠다면 내가 내 힘으로 출마할 수 있는 지역, 또 내가 현재 살고 있는 지역에 당당하게 출마해서 내 뜻을 주민들에게 밝히고 나라를 위해 당신이 나가서 일해 보라는 선택을 받고 싶었다.

그러나 그 모든 것을 구구절절 말씀드릴 수는 없는 터라 짧게 대답했다.

"모두들 어렵다고 피하지만 젊음으로 무장된 용기를 갖고 국민들을 위한 정열로 나간다면 주민들께서도 제 진심을 알아주시리라고 믿습니다. 국민들을 위해서 정치를 하겠다는 신념 하나만 갖고 열심히, 최선을 다하겠습니다."

짧은 내 대답을 들으며 대통령께서는 고개를 몇 번인가 끄덕이셨다. 그리고 나를 정면으로 똑바로 보시면서 말씀하셨다.

"국민들을 위해서 정치를 하겠다는 신념 하나만 갖고 열심히 하면 주민들이 진심을 알아 선택해 줄 것이다?

그렇지.

적어도 그런 용기와 배짱과 진심으로 무장된 신념이 있다면 성공할 수 있겠지.

정말이지 우리 당의 거물이라는 사람들도 서울, 특히 야당의 현역 원내총무가 자리 잡고 있는 오 위원장의 지역구는 회피하는데, 오 동지의 용기는 가상해! 그리고 그 용기와 진실한 신념이 반드시 성공으로 이어질 것이라고 나도 공감하오."

하고는 잠시 말을 끊으셨다.

4. 오유방 동지는 친구는 갖고 있소?

그리고 박정희 대통령께서 이어서 하시는 질문을 받는 순간 나는 말문이 탁 막히는 것을 느꼈다.

"그러나 저러나, 이건 내가 개인적으로 물어보는 건데, 오 동지는 친구는 갖고 있소?"

친구가 없는 사람이 있을까? 더더욱 나는 원래 원만하고 호탕한 성격이라는 평을 받으면서 평소에 각계각층의 친구들이 많기로 유명했다. 친구를 능력으로 평한다는 것은 우스운 말이고 있을 수 없는 일이지만, 주위에 유능하고 똑똑하다고 자타가 공인하는 친구부터, 사회적으로는 커다란 능력이나 재능을 인정받지는 못하지만 그저 어렵고 힘든 일을 만났을 때 소주잔을 기울이면서 서로의 가슴 안에 있는 모든 것을 툭 털어놓고 풀어버림으로써 서로에게 커다란 위안이 되는 친구까지 다양한 친구들과 더불어 살고 있다고 자부하던 나였다.

그런데 막상 그런 질문을 받자 무어라 대답할 수가 없었다. 대통령께서 원하시는 대답이 무엇인지 그 진의를 모르는 것은 당연하지만, 그분의 뜻에 맞는 대답을 하기 위해서는 아니었다. 갑자기 그런 질문을 받자 지금까지 내가 친구라고 생각하면서 더불어 살던 이웃과는 또 다른 의미의 친구를 뜻하는 것이라는 생각이 들면서, 대통령께서 무언가 내게 조언하시기 위한 질문이라는

필자가 제9대 국회의원 당선 이후 청와대 당선축하식
에서 박정희 대통령과 악수하는 모습

생각이 들었던 것이다. 그런 생각이 들자 이런 경우에는
대답도 중요하지만 그보다는 그분의 조언을 듣는 것이
더 중요하다는 생각이 들어서 잠시 가만히 있었다. 그러
자 박정희 대통령께서 차분하지만 단호하고, 단호하면서
정이 가득 어린 목소리로 부드럽게 말씀하셨다.

　"정치를 하는 사람에게 가장 중요한 것은 같은 뜻을
갖고 생사를 함께 할 수 있는 동지가 있어야 하오. 그런
친구가 7명만 되면 나라도 다스릴 수 있어. 아직 젊으니
까 내 말 귀담아 듣고 앞으로 좋은 친구를 갖도록 노력

하시오."

박정희 대통령께서는 바로 그 조언을 해 주시고 싶어서 내게 친구가 있느냐고 물으셨던 것이었다. 순간 나는 진심으로 고마운 마음이 앞서면서, 반드시 그렇게 하리라는 각오를 대답했다.

"아직 그런 친구는 갖고 있지 못하지만, 앞으로 노력해서 반드시 그런 친구를 갖도록 하겠습니다. 감사합니다."

정말 고마웠다. 누가 첫 독대에서 개인적으로 민감하다면 민감한 친구 문제까지 거론하면서 그런 동지를 갖는 것에 대해 충고를 해 줄 수 있을까? 그리고 뜻 맞는 친구 7명이면 나라도 다스릴 수 있다는 충고를 스스럼없이 해 줄 수 있는 사람이 내 주위에 또 있을까? 마지막으로 하신 그 말씀은 나를 차세대를 위한 새로운 일꾼으로 키우기 위해 발탁한 젊은이라고 생각해서 특별하게 말씀해 주신 것이라는 감동까지 들었다.

5. 박정희 대통령 서거에 관한 민주공화당 대변인으로서의 성명

그런데 그분께서 돌아가셨다.

그때 그분께서 내게 그런 말씀을 하신 것은 그분이야말로 정말 친구가 필요한 것이 아니었던가?

물론 당시의 나로서는 그분에게 충언을 하여 그분의 정치행로에 영향을 줄 정도의 지위가 못 되었지만, 내가 조금 더 용기를 내서라도 그분에게 다가가 올바른 충언을 하는 친구가 되어 주었다면 이렇게 비극적인 생의 마지막을 맞지는 않았을 것 아닌가?

묘한 기분으로 한동안 슬픔과 상념에 잠겨 애꿎은 담배만 피워 물고 있는데 나에게 당의 공식 입장에 대해 성명을 내야 하지 않겠느냐는 전갈이 왔다. 당연히 그당시 대변인인 내가 할 일이었다.

"이 사건이야 말로 한국판 시저 같은 영웅적 죽음을 맞이하신 것입니다. 그러나 이 사건은 비극이자 동시에 새로운 시작입니다."

그날 나는 성명을 내면서 내 머릿속에 있던 말을 한 것이 아니라 가슴속에 있던 말을 한 것이다. 정말이지 누가 그분이 총에 맞아 돌아가실 줄 알았다는 말인가? 더더욱 자신이 안전하다고 믿었기에 택한 안가에서 죽을 줄 알았던 사람은 없었을 것이다. 그리고 그분을 쏜 사람은 그분의 육사동기생으로 고향 후배인 김재규 당시 중앙정보부장이다. 중앙정보부장이라면 가장 신임하는 사람 중 하나를 임명하던 당시의 관행으로 본다면 육사동기이자 고향 후배인 김재규를 대통령은 믿었고, 자신이 믿었던 사람의 총에 맞아 서거하신 것이다.

시저는 가장 믿던 부르터스의 칼에 맞아 죽었다. 그런

데 부르터스는 시저가 공화정을 붕괴하고 황제가 되려고 해서 죽였노라고 민중을 설득했다. 사실 내가 성명을 발표하던 그 시간에는 아직 김재규의 변명을 들은 것은 아니었다. 그렇지만 나는 김재규 자신이 민주주의를 위해서 박정희 대통령을 시해했다고 말할 것만 같은 생각이 들어서 그렇게 이야기한 것이었다.

박정희 대통령은 절대빈곤에서 나라를 구한 분이다. 물론 독재로 얼룩지기는 했지만 인정해야 할 공(功)은 인정해야 한다. 그래서 비극이다. 그러나 독재가 종식된 새로운 시작인 것이 분명했다. 그래서 나는 '영웅적인 죽음이요, 비극이지만 새로운 시작'이라는 성명을 발표한 것이다.

내가 이런 성명을 발표한 것은 당시의 시대 상황을 비춰볼 때 김재규가 변명할 것을 대충이나마 짐작할 수도 있었던 이유도 있지만, 그보다는 이미 우리들 사이에서도 이대로는 안 된다는 기운이 감돌고 있었기 때문이다. 물론 우리가 이대로 안 된다고 생각했던 것은 대통령을 시해하거나, 혁명을 한다거나 하는 얼토당토아니한 구상은 아니었다. 단지 그 시대의 상황에 비추어 국민들이 원하는 것이 무엇인지를 간파하고 있었다. 국민들이 원하는 민주주의에 충족하지는 못할지라도 그에 버금가는 정치개혁이 있어야 한다고 느끼고, 실제로 논의를 하고 있던 터였다.

정풍운동의 시작

1. 10·26사태 직후의 정국 상황

1979년 10월 26일 오후 박정희 대통령의 서거로 최규하 국무총리가 대통령권한대행에 취임하고, 이튿날인 10월 27일 오전 4시를 기해 전국에 비상계엄이 선포됐다. 아울러 10월 27일 오전 정부 대변인인 김성진 문공부장관은 "긴급 국무회의를 마친 정부는 헌법 제48조 규정에 의하여 최규하 국무총리가 대통령권한을 대행하여 수행하게 되었다"고 발표했다. 최규하 대통령권한대행은 비상계엄사령관에 정승화 육군참모총장을 임명했다. 계엄사는 계엄 선포 직후인 27일 새벽 포고1호를 발표, 통행금지 시간을 오후 10시부터 익일 오전 4시까지로 연장하고 전국 대학에 휴교 조치했다.

최규하 대통령권한대행은 1979년 11월 3일 박정희 대통령의 국장을 엄수한 이후 11월 10일 오전에 중앙청에서 전 국무위원들을 배석시킨 가운데 '시국에 관한 특별담화'를 발표하였다. 최규하 대통령권한대행은 "헌법에 규정된 시일 내에 국법이 정하는 절차에 따라 대통령선거를 실시하여 새로 선출되는 대통령에게 정부를 이양한다는 것을 정부 방침으로 확정했다"라고 밝히고, "새로 선출되는 대통령은 현행 헌법에 규정된 잔여임기를 채우지 않고 현실적으로 가능한 빠른 기간 내에 각계각층의 의견을 광범위하게 들어서 헌법을 개정하고 그 헌법에 따라 선거를 실시해야 한다는 것이 헌법 문제에 관한 본인의 의견이다"라고 말했다.

그 당시 최규하 대통령권한대행의 이 특별담화에 따라 통일주체국민회의는 헌법 제45조2항의 규정대로 대통령 유고(10월 26일) 후 3개월 안에 제10대 대통령을 선출하게 되며, 새 대통령은 1984년 12월 26일까지 잔여임기 5년 2개월을 채우지 않고 가능한 빠른 기간 안에 헌법을 개정, 새 헌법에 따라 대통령선거를 실시하게 될 것으로 전망되었다. 최규하 대통령권한대행은 "이렇게 하는 것이 안정을 바라는 국민의 염원에 부응하면서 헌정 질서를 유지하는 가운데, 이 나라 민주주의를 착실하게 발전시켜 나가는 가장 슬기로운 길이며 또한 순리라고 믿는다"라고 강조했다.

한편, 민주공화당은 1979년 11월 10일 당무회의를 개최하고 당헌 제15조 제2항을 신설하여, 당 총재가 궐위 중인 때 전당대회를 소집하기 곤란할 경우 당무회의에서 당 총재를 선출할 수 있도록 했다. 민주공화당은 11월 12일 박준규 당의장서리 주재로 개최된 당무회의에서 박정희 대통령의 서거에 따라 궐위된 민주공화당 총재에 김종필 전 국무총리를 당무위원 만장일치의 찬성으로 추대했다. 또한 민주공화당은 1979년 12월 초에 실시될 제10대 대통령 보궐선거에 후보자를 내세우지 않기로 결정했다.

나는 1979년 11월 12일 민주공화당 당무회의가 끝난 후에 김종필 총재에게 민주공화당 대변인 직의 사의를 표명했고, 김종필 총재는 이틀 후인 11월 14일 민주공화당 후임 대변인에 최영철 의원을 임명했다.

또한 민주공화당은 1979년 11월 16일 김종필 총재의 취임식을 개최하였는데, 김종필 총재는 취임식에서 "의원총회와 당무회의가 우리 당의 대통령 후보 옹립을 만장일치로 결의했고, 많은 당원 동지들의 뜻이 또한 그러하다는 것을 잘 알면서도 본인은 이번 12월 대통령 보궐선거에 출마하지 않기로 했다"고 밝혔다.

2. 민주공화당 소장의원들의 첫 모임

1979년 11월 중순경.

나는 종로구 인사동 소재 한정식 집인 경향에 박찬종, 정동성, 윤국노, 남재희, 이태섭, 홍성우, 김수, 변정일 의원 등을 저녁식사에 초대하였다. 당시의 착잡한 심경을 달래고 장래 정국의 추이와 소장의원들이 해야 할 일들에 관하여 허심탄회(虛心坦懷)하게 의논하자는 취지였다.

여기서 소장파라고 말하니까 마치 우리가 무슨 파벌이라도 형성하고 있었던 것처럼 보일 수 있을지도 모르지만 사실은 그렇지 않다. 다만 그때 모인 의원들은 일단 젊은 의원들로 서로 친분이 있던 의원들이었다.

내가 대변인을 했었던 때이므로 주로 대변인실에 자주 들리던 의원들로 실제로도 개인적인 친분이 있던 의원들도 상당수가 되었다.

당시 민주공화당 당사에는 대변인실이 따로 있었는데 대변인이라는 직책이 당의 입장이나 정책에 대해 대외적으로 알리고 홍보하는 입장이다 보니 의례히 기자들을 비롯한 많은 사람들을 만나야 하는 직책이었다. 당연히 대변인이 머무르는 대변인실의 공간은 어느 정도 클 수밖에 없었다. 그 덕분에 우리 당 소속 국회의원들 중 또래가 비슷한 국회의원들이 국회가 열리지 않는 날 당사에 일이 있어서 들렸다가는 의례히 내가 머물고 있는 대변인실에 들려서 차 한잔하면서 그동안의 안부와 당에 대한 이야기 등등을 나누곤 하였다. 그 바람에 대변인실에 자주 들리는 나이 또래들은 쉽게 어울릴 수 있었던 것이다.

물론 이태섭 의원 같은 경우에는 이태섭 의원이 국회에 입성하기 전에 근무하던 곳의 사장 아들이 내 친구라서 개인적으로 알기도 했고, 정동성 의원 같은 경우에는 내가 현역의원으로 청년분과위원회 고문을 맡았을 때 청년분과위원장을 역임하여 개인적인 친분이 있었다. 홍성우 의원은 당시 무소속으로 당선되었는데 그분을 민주공화당으로 입당시킨 것이 나였으며, 변정일 의원은 같은 고등학교 1년 후배로 같은 변호사이면서 또 무소속으로 당선된 것을 내가 민주공화당에 입당시켰기 때문에 가깝게 지냈다.

특히 박찬종 의원과 남재희 의원 같은 경우에는 특별한 인연이 있었다.

3. 박찬종 의원과의 인연

나와 박찬종 의원은 처음 공천장을 받을 때 청와대에서도 같이 이야기를 나눌 정도로 이미 가까운 사이가 되

필자가 제9대 국회 본회의장에서 박찬종 의원과 함께 있는 모습. 왼쪽부터 필자, 박찬종 의원

었을 때이다. 그러나 박찬종 의원과 오랫동안 친분을 이어왔던 것은 아니다. 만난 세월에 비해 가까운 친분을 가졌던 것이다. 흔히 박찬종 의원이나 내가 같은 서울대학교를 1년 차이로 입학과 졸업을 하고, 나는 사법고시와 행정고시 양과에 합격을 했고, 박찬종 의원은 양과는 물론 공인회계사까지 합격을 했으니 서로 대학교 때부터 친분이 있는 사이라고 생각하는 분들도 많이 있었다. 그러나 박찬종 의원이 나보다 나이도 한 살 많고, 입학과 졸업 모두 1년 선배인 것은 확실하지만 나는 청주고등학교를 졸업했고, 박찬종 의원은 경기고등학교를 졸업했다. 또 대학에서도 나는 법과대학을 졸업했고 박찬종 의원은 상대 경제과를 졸업했다. 당연히 학교는 물론 이미 사회에도 많은 이들에게 알려지고 주목을 받았지만, 정작 우리 둘은 학교를 졸업할 때까지는 서로의 이름을 들어서 알고는 있으면서도 서로 마주한 적이 없었다.

박찬종 의원과의 첫 만남은 우연이라면 우연이고 필연이라면 필연인 아주 우연한 일에서 시작되었다.

박찬종 의원은 당시 서울지검의 민완검사로 1968년 대대적인 부정부패 척결을 위한 수사에 참여하여 언론에도 자주 등장할 정도로 이름을 날리고 있었다. 당연히 나 역시 그 이름을 알던 터이라 관심 있게 지켜보던 중이었다.

그런데 내가 월남참전 법무관 시절을 끝내고 변호사 개업을 시작하기로 결심하고 명동 유네스코회관에 사무실을 임대하여 변호사로 개업하는 것을 지인들에게 알리기 위해 안내장을 발송한 후였다.

나는 안내장에 내가 월남참전 법무관으로 근무하던 이야기를 써서 변호사가 되기 위한 나의 마음 자세를 적었었다. 실제로 검사나 판사의 길을 택할 수도 있겠지만 법을 모르는 바람에 법의 보호를 받지 못하는 약자의 편에 서서 그들에게 이익을 주는 변호사가 되고 싶다는 내 의지를 솔직히 밝혔다.

그런데 얼마 후에 전화 한 통이 왔다. 전화를 받자 스스로 박찬종이라고 밝히면서 거침없이 말을 이었다.

"부럽소이다. 그 용기가 정말 대단합니다. 양과 모두 합격을 해 놓고도 공직 한 번 거치지 않고 대뜸 변호사 개업을 한다는 그 배짱에 박수를 보냅니다. 그것도 서울 명동 한복판에 개업을 하는 그 모습이 부럽기조차 합니다. 나도 그런 용기를 전수받고 싶은데 우리 한 번 만나서 이야기라도 합시다. 이미 서로 익히 학창시절부터 이야기는 들었지만 막상 마주한 적이 없는 것 같은데 조만간 만납시다."

그 전화가 인연이 되어 우리는 곧바로 만나 같이 식사를 하면서 이런저런 이야기를 나누다가 당장 의기투합하여 그날부로 서로 말을 놓는 사이가 되었다. 그렇게 나와 인연이 시작된 박찬종 의원은 한참 훗날 내가 천주교에 입교하고 세례를 받을 때 내 대부가 되어 주기도 했다.

4. 남재희 의원과의 인연

남재희 의원은 나보다 무려 7년이나 선배다. 같은 청주고등학교 선배지만 7년이라는 세월은 차이가 많이 나는 세월이다. 그런데도 불구하고 우리 둘 사이가 가까울 수 있었던 이유는 우리 아버지와 남 선배의 부친께서도 막역한 사이였기 때문이었다.

이미 내가 국민학교(현재의 초등학교임) 때 청주에서는 수재로 이름을 날리던 남재희 선배였다. 당연히 우리 아버지께서는 나 오유방도 그런 사람이 되어 주기를 바라셨고 틈만 나면 "너도 남재희를 본받아라"고 말씀을 하시는 바람에 나도 모르는 순간에 이미 남재희 선배가 동경하는 대상이 되어 있었다.

당시 남재희 선배는 서울대학교 의대에 입학을 했다가 1학년을 다니던 중 다시 법대로 재입학을 하였으니 남들은 한 번 들어가기도 어렵다는 서울대학교에 두 번을 입학한 셈이었다. 게다가 대학 4학년 때는 그 유명한 '이강석 서울대 입학 저지 사건'을 남기기도 한 우리 시대의 작은 영웅이었다.

'이강석 서울대 입학 저지 사건'이라는 것은 당시 자유당 정권의 2인자인 이기붕의 아들이자 이승만 대통령의 수양아들인 이강석이 무시험 특별전형으로 서울대학교 법과대학에 입학한 것을 남재희 선배가 무효로 만든 사건이다. 당시 이강석이라는 이름이 얼마나 대단한 존재였는가 하면, '가짜 이강석 사건'이라는 희대의 웃지 못 할 사기극이 있었을 정도였다.

'가짜 이강석 사건'은 그 당시 자유당의 이기붕 아들이라는 존재만으로도 대단했는데 이승만 대통령이 수양아들로 삼고 이강석의 말이라면 무엇이든지 들어준다는 소문이 나면서 강성병이라는 청년이 이강석을 사칭하여 경찰서장은 물론 도지사까지 농락하려다가 들통이 난 사건을 말하는 것이다.

이강석은 이승만 대통령의 양자로 입적되었던 이기붕의 아들이다. 1957년 8월 이강석이라고 자신을 밝힌 청년이 아버지의 명을 받고 왔다고 하며 경주경찰서에 나타났다. 그러자 경주경찰서 서장은 물론 군수와 시장들은 대통령 각하의 아드님께서 와주셔서 영광이라고 온통 호들갑을 떨며 극진하게 대접을 하여 관광까지 즐기며 온갖 호사를 누렸다. 그러나 당시 도지사였던 이근직의 아들과 진짜 이강석이 서로 아는 사이였던 것을 모르던 그 사기 청년은 이근직에 의해 3일 만에 가짜로 들통이 나서 체포되었음에도 검찰과 경찰이 이승만 대통령과 이기붕에게 누가 될까봐 소문나지 않게 처리하려 했다. 그러나 신문기자가 이 사실을 들춰내어 특종 보도하는 바람에 세상을 떠들썩하게 했던 사건이다. 이 사건이야말로 당시 권력이 얼마나 부패하고 막강한 것이었는지를 보여주는 극적인 사건이었다.

사건의 내용만 보아도 이강석이 얼마나 막강한 세력을 등에 업고 있었는지 단박에 짐작을 할 것이다.

그러니 서울고등학교를 졸업한 이강석이 서울대학교 법과대학에 무시험 특별전형으로 입학하는 것이 어쩌면 당연히 받아들일 수도 있는 일이라고 해도 과언이 아니었다. 그렇지만 그 당시 서울대학교 법대 학생회장이 바로 남재희 선배였다. 남재희 선배는 서울대 법대의 명예를 지키기 위해 자신을 내던질 각오로 결사항전을 선포했다.

"서울대 법대가 어떤 곳입니까? 누구라도 자신이 실력을 갖추면 들어올 수 있지만 실력이 없어서 들어오지 못하는 자라면 대통령의 아들이 아니라 더한 사람이라도 들어와서는 안 되는 곳입니다. 자유와 평등과 정의를 지키는 것을 그 기치로 삼는 것이 우리 법대의 학습목표입니다. 그런데 우리 법대인들 스스로 우리의 학습목표가 일그러져가는 것을 보면서 모르는 체 한다면 도대체 법대의 존재가 왜 필요한 것입니까?

누구에게라도 평등한 기회를 부여하고 그 주어진 기회를 이용해서 자신의 뜻을 펼 수 있는 장(場)을 만들자는 것이 법대인의 자부심입니다. 그런데 대통령의 수양아들, 부통령의 아들이라고 해서 서울대 법대에 무시험으로 입학을 한다면 우리 법대의 명예와 자존심은 어디로 간 것입니까? 이런 불법을 법대인이 그냥 앉아서 구경만 한다면 과연 법대인이라고 자부심을 가질 수 있겠습니까?"

당시 서울 출신들이 거의 태반이던 서울대 법대에서 학생회장으로 선출된 것만 해도 대단했던 일인데 그 기백으로 법대의 명예를 지키겠다고 당시 최고 권력자에게 선전포고를 한 것이나 다름없었던 것이다.

처음에는 긴가민가했지만 법대인들은 즉각적으로 호응하기 시작했고 결국 언론까지 가세해서 남재희 선배의 손을 들어준 결과, 이강석은 자퇴를 하고 말았다. 남재희 선배의 권력에 맞서는 어려운 항거는 승리로 끝이 났고, 우리 시대의 작은 영웅으로 기억되기에 충분한 일을 해 낸 것이다.

그런데 내가 법대 2학년이던 어느 날.

아버지께서 책을 한 보따리 가지고 하숙집으로 찾아오셨다.

"이게 남재희가 보던 책이란다. 이 책을 가지고 공부하면 도움이 될 성 싶어서 내가 가지고 왔다."

남재희 선배가 대학 때 고시공부를 잠시 하다가 꿈을 바꿔서 졸업과 동시에 한국일보 기자로 입사를 했으니 더 이상 크게 필요하지 않은 법전 등 고시에 필요한 책들을 남재희 선배의 부친과 막역한 관계이시던 아버지께서 부탁하여 가지고 오신 것이다.

순간 나는 아버지의 지극한 정성에 감복하지 않을 수 없었다. 남재희 선배가 보던 책이라고 다를 것이 있다는 것이 아니다. 얼마나 자식이 잘 되기를 염원하셨으면 그먼 곳에서 교통도 불편한데 저 무거운 책 보따리를 가지고 힘들게 여기까지 오셨다는 말인가?

나는 책 보따리를 받아 안으면서 아버지의 이렇게 애틋하신 자식사랑에 보답하기 위해서라도 반드시 고시에 합격해야 한다는 사명감까지 생겨나는 것을 스스로 느끼고 있었다. 내가 고시에 합격한 것에는 여러 가지 요인들이 있겠지만, 그런 아버지의 정성도 분명히 한 몫을 했던 것만은 틀림이 없는 사실이다.

어쨌든 내가 고시에 합격하고 그 후 남 선배와 같이 정치활동을 하면서 남 선배는 나를 볼 때 가끔 농담을 했다.

"오 의원. 내 책 덕분에 고시에 합격한 줄 알고 있지? 그 책이 내 기를 담아서 잔뜩 지식을 가지고 있는데 나는 고시를 안 했으니까 그 기가 다 오 의원에게 전달되어 쉽게 양과에 합격한 거라는 사실 잊지 않았겠지?"

남재희 선배가 그렇게 농담을 할 때 서로 마주보며 웃고는 했다.

5. 자기반성으로 시작한 정풍운동의 씨앗

우리가 말하는 소위 민주공화당 소장파 모임은 어쩌면 그런 개인적인 친분이 있기에 가능했는지도 모른다. 그렇지만 그런 개인적인 친분보다는 10·26 이전부터 서로 자주 만나 당과 나라를 위해 이야기를 나누던 것이 그날 모임에 같이 자리한 이유일 것이다.

그러나 우리가 처음부터 정풍운동을 하기 위해서 모인 것은 아니다. 처음부터 정풍운동을 계획하고 모였다면 정말 멋있게는 보일지 모르지만 그런 식으로 미화시키고 싶지는 않다. 그렇다고 정풍운동이 우발적으로 생긴 것은 더더욱 아니다. 그날 첫 모임을 계기로 그 후 20여 차례 삼삼오오(三三五五) 만나면서, 이 혼란한 시기에 나라와 우리 당과 또 국민들을 위해서 우리가 정말로 해야 할 일이 무엇인가에 대해 이야기를 나누는 중에 생겨난 안이 바로 정풍운동이었다. 그 당시의 상황은 치적의 결과는 차치(且置)하고라도 온 국민에게 불안과 어려움을 가중시키는 것이 사실이었다. 이 나라를 절대빈곤에서 벗어날 수 있도록 만든 훌륭한 성과를 냈음에도 불구하고 혼란을 가중하는 상황으로 몰아넣은 가장 큰 이유는 장기집권에서 비롯된 것이다. 장기집권을 한다는 것은 장기집권이라는 그 자체도 문제가 되지만 권력이 한군데에 집중되어 머물면서 그곳에서 파생되는 여러 가지 부정부패의 끈이 더 문제가 되는 것이었다.

처음 모임에서는 너 나 할 것 없이 박정희 대통령의 서거와 이제 다가올 정치 후폭풍에 입을 모았다.

"글쎄, 어차피 야당에서도 이제는 서로 기를 펴고 나설 것이고, 우리 공화당 내에서도 어떤 한 사람을 내세우고 가만히 앉아서 구경들만 하지는 않을 터이니, 그리되면 점점 정국만 더 혼란해 지는 것 아니겠어? 진작 이런 일이 일어나지 않도록 어떤 조치를 취하는 것이 더 중요했던 것인데 그동안 우리는 무얼 했는지 모르겠어. 우리가 붙인 이름은 아니지만, 소위 소장파라고 하면서 정말 소장파답게 행동한 것은 없는 것 같아서 부끄럽기 그지없어."

"각하께서 그렇게 갑자기 서거하실 줄 누가 알았나? 그것도 가장 믿고 의지하던 같은 고향 후배이자 각하의 수족 같았던 이들과 함께한 자리에서 그렇게 변을 당하실 줄 아는 사람이 있었겠어?"

"말하면 무엇 하겠나? 각하께서 안가에서 그리 당하실 줄 누가 알았나? 여기 있는 오 의원이 대변인 성명에서도 밝혔지만 부르터스에게 칼 맞은 시저처럼 돌아가실 줄을 누가 알았겠는가? 하지만 이 사건을 계기로 우리 집권당도 무언가 자성을 하기는 해야 돼. 오 의원이 대변인 성명에 명기한 대로 각하의 영웅적인 서거인 이 사건을 비극이지만 새로운 시작으로 삼아야 한다고."

"맞아. 당연한 말이지. 지금 우리에게는 우리의 과오를 거울로 삼는 지혜가 필요한 거야. 우리의 과오를 거울로 삼아서 다시는 이런 과오가 대한민국 정치사에는 벌어지지 말아야 하는 것 아니겠어? 솔직히 우리 정치인들의 잘못으로 지금 전 국민이 불안해하고 있잖은가? 그나마 북쪽에서 큰 움직임이 없으니까 다행이지, 만약 때는 이때다 하고 북쪽에서 어떤 기미라도 보였다면 국민들은 어땠겠나? 그리고 지금까지 피땀 흘려 이룩한 우리 경제적 결실은 어찌 할 거고. 그래서 바르고 부끄럽지 않은 정치를 했어야 하는 것인데…."

사실 10·26사태가 나기 전부터 무작정적인 대국민 탄압과 장기집권에 대해 우려를 나타내던 우리 소장파 의원들이었기 때문에 거침없이 자신의 목소리를 내고 있었다. 하지만 몇 번을 모이면서도 이렇다하게 내놓은 것은 없었다. 다만 대통령의 서거에 대해 안타까운 심정과 앞으로 다가올 정국이 혼란을 피하고 제발 안정적인 정치 일정을 소화해서 국민 모두에게 평안함을 전해 주는 정치가 되기만 바라는 목소리를 낼 뿐이었다. 그러면서도 모이는 사람들의 가슴 가슴에는 무언가 새롭고 확실한 것을 추진할 수 있는 구심점이 있어야 한다는 것이 싹트고 있었고 그것은 이심전심(以心傳心)으로 전달되고 있었다.

6. 움트는 정풍운동의 새싹

그러던 중 11월 하순경의 어느 날.

그날도 우리 중 몇이서 경향에 다시 모여 반주를 겸한 식사를 함께 했다. 당시 한정식 집은 식사와 반주도 함께하면서 방이 따로 마련된 곳이라 누구의 눈치를 볼 필요도 없이 모인 사람끼리 자유롭게 이야기할 수 있다는 특성상 우리들이 자주 모였던 곳이다.

그날도 그동안 했던 이야기를 또 하면서 무언가 돌파구를 마련하자는 이야기를 하던 중이었다.

"이렇게 우리끼리 모여 앉아서 떠들기만 할 것이 아니라 우리가 먼저 나선다는 각오로 우리 의사를 공식화시키면 어떨까요?"

"공식화?"

"어떻게?"

"구체적으로 말해보게."

내가 먼저 공식화시킬 것을 제의하자 이미 서로의 마음에 있던 일인지라 모두 귀를 쫑긋 세우고 눈을 빛내며 나를 쳐다봤다.

"예를 들자면 올곧고 바른 정치를 해서 국민들의 기대에 부응하자는 정치를 하자는 운동을 우리가 먼저 시작하자는 거지요."

"바른 정치를 하자는 운동을 한다? 정치인 스스로 누가 시킨 것도 아닌데 자발적으로 지금까지의 잘못을 반성하면서 바른 정치하기 운동을 한다?"

"그것도 좋은 생각인 것 같은데요? 왜냐하면 그래도 아직은 우리가 집권당인데 집권당의 정치인들이 스스로 과거를 반성하면서 미래의 활기찬 정치활동을 위해 바른 정치를 하자는 것이라면 국민들에게도 희망을 줄 수 있을 것 아니겠습니까?"

"그럼 그런 운동을 하는 것에 대해서 당에서는 가만히 두고만 볼까?"

"당에서 어떤 반응이 나올 것인지를 미리 걱정하는 것은 중요하지 않다는 생각입니다. 어차피 지금 정국에서는 당의 반응이 중요한 것이 아닙니다.

이미 최규하 대통령권한대행께서 지난 11월 10일 유신헌법에 따라 새 대통령을 선출하고 새 대통령이 빠른 시일 내에 헌법을 개정한다는 '시국에 관한 특별담화'를 발표하였잖습니까? 그러자 윤보선 전 대통령께서 즉시 정치범 석방을 요구하라고 했습니다. 그리고 민주주의와 민족통일을 위한 국민연합은 11월 12일 통일주체국민회의에서 대통령을 선출한다는 것은 결코 용납할 수 없다는 강경 투쟁의사를 밝히고, 민주헌법을 3개월 이내에 제정하고 빠른 시일 내에 선거를 실시할 것을 요구했어요.

그뿐입니까? 지난 22일에는 서울대생들이 조기 개헌, 조기 총선을 요구하며 시위를 벌였습니다. 또 24일에는 YMCA 강당에서 4백여 명이 집회를 갖고 통일주체국민회의 대의원에 의한 체육관대통령 선출을 강력히 비판하고 국민의 기본권을 보장하여 국민에 의한 헌법을 확정할 것을 주장하면서 민심을 동요시키고 있습니다.

하루가 다르게 정국이 요동치고 있습니다. 이럴 때 바른 정치를 하겠다는 것이 나쁜 운동은 아니지 않습니까? 더더욱 그동안의 장기집권에 의해서 지금의 정치가 부정부패로 얼룩졌다고 생각하는 국민들에게는 신선한 바람을 불어 넣을 수도 있는 일입니다. 국민들에게 정치인들이 자성한다는 모습을 조금이나마 보여줄 수 있는 신선한 충격이 될 수도 있다는 말이죠."

"하기야 이미 최규하 대통령권한대행께서 현행 헌법에 의해 대통령을 선출하되 빠른 시일 내에 헌법을 개정한다는 '시국에 관한 특별담화'까지 발표하였으니 지금 우리 정치가 무언가 잘못되고 있다는 것은 이미 인정한 셈이 된 거요. 그런 상황에서 바른 정치를 한다는 운동을 벌인다는 것이 나쁠 것은 없다는 생각이오. 나는 전적으로 찬성하오."

"좋습니다. 되도록 우리 소장파 의원들이 많이 참석하는 방향으로 서로 힘을 모아 봅시다. 그래서 정말 맑고 투명하면서도 국민들에게 희망을 줄 수 있는 정치를 해보면 될 것 아닙니까? 말로만이 아니라 행동 역시 그 사람들 정치 제대로 한다는 소리를 들으면서 정치를 해보자는 겁니다."

거의 한 달여 모임 끝에 우리는 비로소 뜻을 같이하는 동지들을 모아서 본격적인 바른 정치하기 운동을 해보자고 의견을 모은 것이었다.

우리는 바른 정치, 올곧은 정치를 하는 것이 정치인으로서 국민과 나라를 위해서 할 수 있는 일이라는 결론에 다다르게 되어 시작한 것이 바로 정풍운동이었다.

그러나 우리나라 장례 풍습상 49제라는 것이 있으니 그 전에 모임을 가지면서 여러 가지 의논은 하되 정식 발의는 박정희 대통령 49제 이후에 하기로 하면서 그날 모임을 마쳤다.

12·12사태와 정국의 불안정

1. 제10대 대통령 보궐선거와 최규하 대통령 선출

1979년 12월 3일 최규하 대통령권한대행은 통일주체국민회의 대의원 827명의 추천으로 제10대 대통령선거에 후보자로 등록을 했고, 통일주체국민회의는 12월 6일 장충체육관에서 회의를 개최하고 박정희 대통령 서거에 따른 제10대 대통령 보궐선거를 실시하여 최규하 후보를 대통령으로 선출했다.

2. 신군부의 12·12 하극상

민주공화당 정풍파 의원들이 1979년 11월 하순경 모임을 갖기는 했지만 정국은 하루가 다르게 변하고 있었다. 그중에서 가장 커다란 사건은 바로 1979년 12월 12일에 전두환 당시 계엄사령부 합동수사본부장의 신군부 측이 정승화 육군참모총장 겸 계엄사령관을 비롯한 육군 수뇌부들을 강제로 연행하고 체포한 항명사건이다.

12·12사태는 박정희 대통령의 서거로 인하여 계엄이 선포되고, 당시 육군 참모총장이던 정승화 계엄사령관이 군의 내부의 정치군인을 제거하려 하자, 하나회를 중심으로 한 전두환 당시 계엄사령부 합동수사본부장 등의 신군부가 최규하 대통령의 재가도 없이 정승화 계엄사령관을 강제로 연행하는 하극상을 저지른 사건이다.

12월 12일 전두환 당시 계엄사령부 합동수사본부장은 정승화 육군참모총장의 강제연행을 지시하였고, 당시 계엄사령부 합동수사본부 허삼수 대령이 무장한 제33헌병대 병력을 정승화 육군참모총장 공관 주변에 배치하고 7시가 조금 지나서 정승화 육군참모총장을 총으로 위협하여 체포한 상태로 국군보안사령부 서빙고분실로 연행하였다. 연행과정에서 정승화 육군참모총장을 지키려는 측과 정승화 육군참모총장을 연행하려는 계엄사령부 합동수사본부측이 권총을 발사해 양측 간에 총격전이 벌어지기는 했으나 큰 저항을 받지 않고 정승화 육군참모총장 겸 계엄사령관을 연행함으로써 군사쿠데타에 성공했다.

그 시각에 전두환 당시 전두환 계엄사령부 합동수사본부장은 최규하 대통령에게 정승화 계엄사령관의 체포에 대한 재가를 요청했지만 거절당했다.

12·12사태를 통해 군권을 장악한 신군부 세력은 12월 13일 0시부터 중앙청, 육군본부, 방송국, 신문사 등 국가의 핵심 시설을 무력으로 강제 점령하였다. 또한 정병주 특전사령관과 장태완 수도경비사령관을 체포한 것은 물론 윤성민 참모차장 등 육군본부의 주요 장성들도 지휘권을 발동할 수 없도록 만들었다.

10·26사태 이튿날 최규하 대통령권한대행은 비상계엄을 선포하고 비상계엄사령관에 정승화 육군참모총장을 임명했다. 계엄사령관으로 임명된 정승화 육군참모총장은 계엄법에 따라 전두환 보안사령관을 계엄사령부 합동수사본부장에 임명하고 박정희대통령시해사건을 지시한 것이 결국 계엄사령관인 자신을 불법 연행하는 하극상을 불러온 것이다.

그런 하극상을 보면서 이미 무언가 어두운 그림자가 드리우고 있는 것을 조금씩 피부로 느끼고 있었다. 아마 나뿐만이 아니라 그런 불안한 마음을 가진 사람들이 꽤나 많았을 것이다. 다만 제발 그것이 현실로 나타나지 않기를 바라는 마음이었다. 또 내 불안감이 나 스스로 나라를 우려하는 입장에서 생겨나는 것일 수 있다는 생각으로 스스로의 생각을 다잡아 가고 있던 중이었다.

신군부가 저지른 하극상이 정말로 나라를 위한 것이기를 바랐다. 그들이 한 행동에 다른 사욕이 없기를 바랐다. 그들의 주장대로 당시 정승화 육군참모총장이 10·26 사태가 일어난 안가에 있었던 것은 사실이다. 그렇다면 당연히 김재규를 어떻게 했어야 옳다는 것은 맞는 말이기도 하다. 그러니 저들이 박정희대통령시해사건을 올바르게 판명하기 위해서 저지른 짓이기만 바랐다.

다만 자꾸 마음에 걸리는 일은 12월 6일 치러진 제10대 대통령 보궐선거에서 최규하 대통령권한대행이 96.7%(2,465표)의 득표율을 얻고 당선되었다는 점이다. 어차피 헌법을 민주적으로 개정하고 조기 선거를 치를 것이라면 굳이 국민들과 야당이 반대하는 통일주체국민회의를 통한 '체육관선거'를 한 번 더 치룰 필요가 있었을까 하는 것이었다. 최규하 대통령은 정치경력이 없이 교수를 거쳐 정부의 관직에서 성장하여 외무부 장관과 국무총리에 임명되어 임무를 수행하던 중에 10·26사태를 맞는 바람에 대통령권한대행이 되셨던 분이기에 더 걱정이 되었다.

기왕 최규하 대통령권한대행이 헌법을 민주적으로 만들어서 대통령선거를 할 것이라고 특별담화까지 발표한 후이기 때문에 굳이 '체육관선거'를 통해 대통령을 한 번 더 선출하는 것보다는 대통령권한대행의 신분으로 헌법을 제정하고 그에 의해 선거를 하는 편이 더 낫지 않았을까 하는 우려였다. 사실 '체육관선거'를 한다는 자체가 그 당시 우리들이 벌이고 있던 정치개혁을 위한 일에도 걸맞지 않은 일이기에 더 그랬는지도 모른다.

제1차 정풍결의문 토의, 작성, 건의 및 발표 경위

1. 민주공화당 소장의원들의 토의

민주공화당 소장의원 중 11명은 1979년 12월 21일 서울가든호텔에 모여서 허심탄회(虛心坦懷)하게 의견을 교환하면서 심도 있는 자유토론을 통해 정치개혁에 관한 주장을 논의했다.

그날 분위기는 비록 자주 만난 사이라 할지라도 의례히 주고받는 인사를 제외하고는 참으로 뜨거웠다.

박찬종 의원이 1983년 펴낸 『부끄러운 이야기』라는 책의 114쪽에 실린 글에 의하면, 그날 논의된 5개항의 내용은 다음과 같다.

첫째, 우리들은 국민의 진정한 소리에 귀를 기울이지 않았다.

양심 있는 말을 못하고, 행동해야 할 때 행동하지 못하고, 행동하지 말아야 할 때 행동했다. 그동안 신념의 정치가 아닌 눈치(感)정치를 앞세워 민심에 유리된 절름발이 정국을 초래, 급기야 10·26사태를 겪게 된 데 대해 책임을 통감하고 반성한다.

둘째, 안정과 변화를 동시에 열망하는 국민의 뜻에 따라 국정 전반에 걸쳐 위험과 혼란이 없는 개혁을 주장한다.

셋째, 모든 공직자와 여야 정치인의 부패와 타락을 방지하고 깨끗하고 명랑하며 품위 있는 정치풍토를 조성한다.

넷째, 앞의 첫째 항에서 셋째 항까지를 창조적으로 개혁하고, 정부와의 관계에서 독자적이고 주체적인 입장을 정립한다. 여당으로 만이 아니고, 야당으로서도 국민에 뿌리박는 전천후 정당이 되기 위해 당내 민주주의가 보장되고 발전되어야 한다.

다섯째, 분열과 분파를 지양하고 생명력 있는 단합을 이룩하기 위해 국민적 비판을 받은 여러 요인을 과감히 잘라 내야 한다. 권력의 그늘에서 부정부패거나 정치를 빙자하여 치부하거나 도덕적으로 타락하거나 권력의 양지만을 따라가는 해바라기 정치 작태는 일소되어야 한다. 이러한 사항이 현저한 사람은 당을 떠나고, 그 밖의 관련자들은 공직에서 물러나야 한다.

필자가 정풍운동 모임에서 정동성 의원과 함께 있는 모습, 필자는 왼쪽부터 두 번째, 맨 오른쪽은 정동성 의원

  특히 제5항에 대해서는 격론이 벌어졌다. 부정부패 등으로 낙인이 찍힌 인사들의 명단을 공개하느냐 아니냐가 초점이 된 것이었다.

  "부정부패를 한 사람이 있다고 하면서 이름이 공표되지 않으면 이러한 주장은 한낱 종이호랑이에 불과하고 용두사미(龍頭蛇尾)가 되어 버릴 위험이 있습니다. 어차피 다 아는 일이니 명단을 작성, 공개해야 합니다. 만일 그렇게 하지 않으면 우리가 이런 성명을 발표해도 큰 효과를 거두지 못할 겁니다. 많은 사람을 거명할 필요도 없습니다. 대표적인 두세 명만 공표한다면 나머지는 다 알아서 처신할 것입니다."

  "글쎄요? 그 의견도 일리는 있습니다만 솔직하게 말해서 대표적인 사람이라고 해서 이름을 공개했다가는 공연히 이게 누구 한 사람을 죽이기 위한 일로밖에 보이지 않을 수도 있습니다. 결국 우리가 정치개혁운동을 한답시고 어떤 특정인을 목표로 정해서 그 사람을 배제하기 위한 것이라고 매도당할 수도 있다는 겁니다. 따라서 명단을 공개한다는 것은 옳지 않다는 것이지요."

격론의 요지는 크게 이 두 가지였다.

부정부패를 한 사람은 정계나 공직에서 물러나야 한다고 하면서 그 실체를 밝히지 않는다면 우리가 공연한 공염불이나 외면서 정치개혁이라는 간판만 내건 꼴이 된다는 것은 명단을 공개하자는 의견이 옳은 것이었다.

하지만 이번에 벌이는 정치개혁운동은 어느 한 사람을 죽이고 살리자는 것이 아니라 결국은 우리 정치인 모두가 자성하고 앞으로 바른 정치를 하자는 의미이니 부정부패에 연루된 자라고 해서 명단을 공개해서 공연히 어떤 개인을 목표로 이번 운동을 벌이는 것처럼 보이지 말고 좀 더 대의적인 차원에서 일을 시작한 것임을 알리자는 측면에서는 명단을 공개하지 말자는 측이 옳은 것이었다.

어느 쪽의 의견이 더 낫고 부족하고를 따지기 전에 대의적인 명분이나 정치개혁운동의 추진동력을 얻기 위해서 과연 어느 것이 옳으냐를 가지고 격론을 벌였던 것이다. 한참 동안의 격론에도 결론을 내지 못하다가 결국은 서로가 내놓은 중재안으로 일단 그날 토론은 마무리가 되었다.

결론으로 채택한 공통된 의견은 당장 부정부패에 연루된 정치인이라고 어느 특정인의 명단을 공개하는 것 보다는 부정에 연루된 사람은 알아서 정계와 당을 떠나라는 선에서 선언을 마무리하고, 만일 추후에 꼭 발표를 해야 할 일이 벌어진다면 그때 가서 하자는 것이었다. 물론 우리는 이미 대표적으로 부정부패에 연루된 사람이라고 발표를 할 것까지 염두에 둔 터이기에 그 명단 역시 갖추고 있었지만 그 명단에 대해서는 함구하고 일단은 모두가 의견일치를 본 중재 선에서 마무리가 되었다.

2. 정풍운동(整風運動)이라는 용어의 사용

그리고 그날 우리 소장파 의원들이 논의한 정치개혁 5개항의 주장에 관하여 발표용 문안작성은 민주공화당 대변인을 지낸 나 오유방에게 위임되었다.

내가 문안을 정리해서 우리 11명이 대표 결의한 내용에 동참하는 의원들의 서명을 받아서 성탄 전날인 12월 24일 박찬종 의원이 김종필 총재에게 정치개혁 5개항의 결의문을 건의함과 동시에 나는 각 신문·방송의 정치부에 알리기로 하였다.

막상 박찬종 의원이 김종필 총재에게 정치개혁 5개항

의 결의문을 전달하고 건의하는 역할을 위임 받았지만 그 자체도 쉬운 일은 아니었다. 막상 이 결의문을 받아 든 총재께서 어떤 반응을 보일지에 관해서는 아무도 앞을 내다 볼 수 없기 때문이었다. 경우에 따라서는 정말 큰 곤혹을 치를 각오까지 해야 하는 일이었다. 그런데 그 결의문을 들고 총재에게 가서 직접 전달하고 건의한다는 것이 보통 용기 있는 일은 아니었다.

물론, 만일 책임 추궁이 따른다면 그 문안을 정리하고 언론에 알리는 나에게도 책임이 따르는 것이었다. 단순한 책임이 따르는 것보다 더 큰 징계를 받을 수도 있었다. 박찬종 의원은 단순히 총재에게 전달하는 역이었지만, 나는 그것을 작성하고 언론에 알리는 역이었다. 나 혼자서 문안을 만든 것이 아니라 우리 11명의 의견을 모아서 그 뜻을 간략하게 표현하는 문구로 다듬어서 만들고 그 뜻을 대표로 언론에 전하는 것이었다.

그것이 당의 공식적인 입장이거나 아니면 당의 뜻이 반영되는 일이라면 당 대변인으로서는 당연히 내가 할 일이었다. 하지만 1979년 11월 14일 민주공화당 대변인에서 공식적으로 물러난 나에게 이 일은 당의 의사와는 전혀 무관한 것이었다. 앞으로는 국민들을 위해서 정치를 하는 사람들은 이렇게 정치를 했으면 좋겠다는 우리 소장파 의원들의 바람이자 우리가 내놓는 개혁안이었다. 당의 의사와는 전혀 관계가 없는 일을, 그것도 반길 이 없다는 것이 빤히 들여다보이는 개혁안을 언론사 모두에게 마음대로 전달했으니 해당행위가 될 수도 있는 일이었다.

그러나 그런 일에 미리 걱정을 하고 겁낼 나였다면 일을 시작도 하지 않았을 것이었다.

나는 문안을 다듬으면서 제목을 어떻게 붙일 것인지에 대해 곰곰이 생각해 보았다. 그러다가 생각난 것이 바로 '정풍운동(整風運動)'이라는 용어였다.

하지만 내가 박찬종 의원 등과 함께 전개한 민주공화당 정풍운동의 개념 자체를 오인함으로써 민주공화당 정풍운동에 대하여 선입견을 갖고 특정세력을 제거하기 위한 운동으로 오해하는 것을 풀기 위해서 먼저 내가 사용했던 정풍운동의 개념을 명확히 살펴보고자 한다.

3. 정풍운동(整風運動)의 개념

1974년 어문각에서 발간한 『신국어대사전』에 의하면 '정풍(整風)'은 "모택동(毛澤東)이 제창한 중국 공산당에 있어서의 당원 활동 쇄신운동"이라고 정의하고 있다. 또한 2009년 중원문화사에서 발간한 『철학사전』에 의하면 "정풍운동(整風運動)은 삼풍정돈(三風整頓)이라고도 하며, 여기서 삼풍(三風)이란 '학풍(學風)', '당풍(黨風)', '문풍(文

風)'을 의미한다. 모택동은 1942년에 중국 공산당 내부에서의 사상 방법상의 주관(主觀)주의, 공작 방법상의 종파(宗派)주의, 표현 방법상의 공언(空言)주의의 극복을 부르짖어, 올바른 마르크스·레닌주의 활동방법의 확립을 위한 길을 제시하였다. 이 운동은 그 후 여러 가지 형태로 계속되었다"라고 정풍운동의 개념을 정리하고 있다. 정풍운동(整風運動)은 영어로 'the rectification movement', 'the purification campaign'으로 번역할 수 있다.

민주공화당 소장의원들이 12월 21일 토의한 정치개혁 5개항에 관하여 내가 문안을 정리하면서 정풍운동이라는 용어를 사용한 것은 내가 서울대학교 사법대학원 시절에 고려대학교 김상협(金相浹) 교수가 쓰신 『모택동사상』이라는 책을 독파한 사실이 있기 때문에 그것으로부터 영향을 받은 것이다.

모택동(毛澤東)노선 다시 말하면, 항일 민족통일전선, 지구전(持久戰)안에서의 유격전술 및 신민주주의를 통하여 공산당의 세력은 계획대로 소생·발전에 큰 성과를 거두었다. 1937년 4만의 당원밖에 없었던 공산당이 불과 4년이 지난 1941년에는 무려 80만의 당원을 가진 대(大)정당으로 팽창하였다.

그러나 단시간 내에 팽창한 공산당 내부에는 반(反)모택동 이질 분자들이 적지 않게 침투하였고, 팽창의 기쁨에 도취된 당원들 사이에는 어느덧 긴장이 풀려가고 있었다. 뿐만 아니라 소생·발전을 위해서 취한 당노선(黨路線)의 완화, 신민주주의

노선의 채택, 지식인의 대량흡수로 말미암아 공산당의 '볼셰비키' 정당으로서의 성격도 흐려질 위험이 없지 않았다.

모택동은 당내 이질 분자의 철저한 색출과 당원의 철저한 정신무장 강화를 위해서 대규모의 정풍운동(整風運動)에 착수하였다. 모택동의 눈으로 보면, 중국 공산당 내부에는 세 가지 그릇된 풍조(風潮) 즉, 학풍(학습태도)에 있어서 주관주의, 당풍(당활동태도)에 있어서 종파주의, 문풍(문장스타일)에 있어서의 당8고(黨八股)가 유행하고 있었다. 모택동은 이상에서 말한 정풍운동과 당내투쟁을 통해서 불과 2년 내에 거물급의 반(反)모택동 분자를 당내에서 축출하고 전체 공산당원을 강화하는데 다대한 성과를 거두었다.

다대한 성과를 거둘 수 있었던 것은 모택동에 의해서 전개된 정풍운동이 어디까지나 소련의 방식에 따르지 않고 중국 실정에 맞는 조용한 방식을 취하였기 때문이다. 이 자리에서 특히 지적하여 두거니와 모택동의 정풍운동은 단순히 마르크스·레닌주의 정통이론의 보급운동은 아니었다. 마르크스·레닌주의 보편적 진리와 중국혁명의 구체적 실천을 적절히 통일시킨 객관주의, 보다 구체적으로 표현하면 항일민족통일전, 유격전술, 신민주주의론을 바탕으로 하는 모택동사상의 보급운동이었던 것이다. 모택동의 정풍운동은 소련의 대숙청과 같이 광적인 것은 아니었다.

따라서 1980년 서울의 봄 시절에 내가 주창한 민주공화당 정풍운동은 '대한민국 헌법에 명시된 민주공화국의 정체성을 회복하기 위하여 장기집권의 종식과 민주적

선거에 의한 정권교체를 보장하고, 민주공화당의 과두체제와 종파주의를 개혁하여 정당민주화를 이룩하며, 장기집권으로 인한 민주공화당의 부정부패를 척결하여 깨끗한 정치풍토를 조성하기 위한 '정치개혁운동'이다"라고 정의할 수 있다.

4. 정풍운동 이전의 주요 선례

나는 서울대학교 법과대학 2학년 시절에 수많은 학생들이 참여한 4·19혁명에 참여했다. 또한 나는 4·19혁명을 계기로 자유당 정권이 붕괴한 이후 새 헌법에 의하여 출범한 헌정사상 최초의 내각책임제 정부인 장면 정부하에서 신민당 소장의원들이 전개한 '청조운동(淸潮運動)'에 대하여 박수를 보냈다.

청조운동의 내용을 요약하면 아래와 같다.

장면 정부 시절에 신민당 소장의원인 박준규, 김재순, 김영삼 의원을 비롯한 10여 명의 소장의원들이 자동차 폐차, 이권운동 금지, 요정출입 금지 등 7개항의 새로운 생활운동을 실천하겠다고 전개한 운동이다. 그들은 국산품 골덴지로 지은 제복을 입는가 하면 윤보선 대통령에게도 골덴 양복을 선물했다. 윤보선 대통령도 골덴 양복을 입고 신생활운동의 선두에 서게 되었다. 윤보선 대통령은 수천 년 동안 지속되어 온 생활방식 중

불합리한 폐풍, 폐습을 타파하고 생활혁명을 일으켜야 한다는 지론을 갖고 있었기에, 청조운동을 하는 국회의원들에게 앞으로 나도 이 양복을 입겠다고 하며 생활혁명을 위한 입법조치도 해보라고 권고했다.

내가 정풍운동이라는 이름을 붙인 데에는 청조운동의 영향도 있었지만 그보다 더 큰 영향을 주었던 것은 바로 1971년 초에 대구의 법원에서 일어난 '법원 정풍운동'이었다.

나는 1971년 5월에 실시된 제8대 국회의원 총선거 때 서울 서대문(갑) 선거구에서 31살 나이에 민주공화당의 최연소 공천자로 입후보하였다가 낙선했다. 1971년은 내가 서울 서대문구 정동(현재 서울 중구 정동임)에서 법률사무소를 개설하고 변호사로 활동하고 있을 때인데, 그해 초 대구의 법원에서 '권력으로부터의 독립', '청탁 배제', '법관자세 쇄신'의 3개항을 슬로건을 내세우고 정풍운동을 시작한 것이다. 4명의 부장판사가 주동이 되고 100여 명의 법관이 호응했다. 당시 대구 법관들의 정풍운동은 임항준 대구고법원장이 미리 민복기 대법원장에게 보고한 것으로 알려져 있었다. 그 당시 나는 대구의 법관들이 정풍운동의 행동강령으로 내세운 3개항이 반드시 실천되어야 할 과제라고 생각하며 전국의 법관들로 확대되기는 바랐다. 나는 서울의 재야법조계에서도 이에 호응해야 한다고 생각하고 있었다.

따라서 이미 앞에서 언급한 바와 같이, 나는 당시 민주공화당 소장의원 11명이 토의한 정치개혁방안 5개항에 관하여 문안을 정리하면서 '정풍운동(整風運動)'이란 용어를 과감하게 사용하기로 했다.

정풍운동이란 용어가 비록 마오쩌둥이 중국 공산당의 당원 활동 쇄신운동에서 처음으로 사용한 용어이지만, 우리나라에서도 이미 1971년도에 대구지역의 법관들이 사법부의 쇄신운동을 하면서 정풍운동이란 용어를 사용한 것에 고무되었다. 더욱이 민주공화당의 부정부패한 정치풍토를 쇄신하기 위하여서는 국회의원 자신의 정화노력이 필요하기 때문에 정풍운동을 전개해야 한다고 표현한 것이다. 그뿐만 아니라 당시의 내 생각으로는 우리나라가 민주주의이기 때문에 중국 공산당에서 마오쩌둥이 사용했던 언어를 사용할 수 있다고 생각했다. 그것을 사용할 수 없게 한다면 이미 그 자체가 민주주의의 틀을 벗어나고 있는 것이라고 생각했다. 그러나 박찬종 의원이 김종필 총재에게 전하기로 한 건의문에는 그냥 '정치개혁을 위한 건의문 5개항'이라고 표현을 하고, 기자들에게 배포해 주는 언론용에는 '정풍운동'이라는 용어를 쓰기로 했다.

5. 제1차 정풍결의문 건의 및 발표

서명하고 결의한 17명의 의원들을 대표해서 박찬종 의원이 1979년 12월 24일 민주공화당 중앙당사에서 김종필 총재를 정식면담하고 '정치개혁을 위한 건의문 5개항'을 전달했다.

그 후에 박찬종 의원에게서 전해들은 이야기에 의하면, 그 당시 김종필 총재는 우리의 정풍운동에 대해서 사전에 들은 정보가 없었던 것 같다고 했다.

김종필 총재는 박찬종 의원이 건의문을 들고 찾아갔을 때 아무런 동요 없이 물었다고 한다.

"나를 만나야 하는 이유가 여러 의원들의 뜻을 전달하기 위해서 만들어 온 것이 있다고 하던데, 그것이 무엇입니까?"

"여기에 서명한 결의문은 저희 젊은 의원들이 당을 위한, 아니 정말 국민들을 위한 정치를 하자는 충정을 적은 것입니다. 우리 당이 앞으로 국민들 앞에 떳떳이 설 수 있는 방법은 이것 밖에 없다는 생각입니다. 그리고 이것은 단순히 국민들 앞에 발표하기 위한 것이 아니라 정말 이렇게 정치를 해야 한다는 우리들의 각오이기도 합니다."

그러나 박찬종 의원이 내놓은 건의문을 읽은 김종필 총재는 얼굴이 심각한 표정으로 굳으면서, 그 특유의 낮은 목소리로 말했다.

"이게 뭐 하는 거요? 이걸 어떻게 하자는 겁니까?"

"예. 그건 이미 말씀드린 대로 저희들이 당과 나라와 국민을 생각해서 만든 결의문으로서 모든 국민들에게 알리고, 앞으로는 그런 정치를 하자고 정치인들에게 호소하자는 취지의…."

그러나 박찬종 의원의 말이 끝을 맺기도 전에 김종필 총재가 재차 물었다.

"그럼, 이걸 나한테 건의하는 것 말고, 국민들에게 알린다면? 언론에라도 뿌리겠다는 말이오?"

"예. 이미 언론사에는 배포가 되었을 것입니다. 제가 총재님께 건의문을 보고 드리는 순간 언론사에 전달하기로 사전에 약조가 되어있던 일입니다. 만일 이런 것을 우리 정치인들끼리 알고 덮어버리거나 아니면 설령 실행을 하더라도 지금처럼 불안한 정국을 맞이하고 있는 국민들에게 이런 정치를 할 것이라는 희망을 줄 수 있어야 한다는 생각에 그렇게 한 것입니다."

그러자 김종필 총재는 민주공화당 소장의원들의 건의문을 책상에 내려놓으면서 심각하게 말했다.

"아주 쓸데없는 짓들을 하고 있다는 것입니다. 이것이 설령 국민들에게 당장은 어떤 희망을 준다고 칩시다. 이런 것들이 언론에 보도되면서 불어오게 될 후폭풍에 의해 오히려 국민들에게 불안을 가중시킬 수도 있다는 생각은 안 해 봤습니까?"

그러나 이미 화살은 활시위를 떠난 뒤였다.

박찬종 의원이 건의문을 들고 김종필 총재를 찾아가서 총재실의 문을 열고 들어갔다는 소식을 듣는 순간, 나는 이미 사전에 약속된 대로 언론사에 우리의 결의문을 보도자료로 발표하고 있었다.

나는 '공화당 소장의원의 정풍운동 5개항'이라는 제목 하에 아래와 같은 내용을 각 언론사에 발표했다.

> 첫째, 양심 있는 말을 못하고, 행동해야 할 때 행동하지 못하고, 신념의 정치가 아닌 감(感)의 정치를 앞세워 민심에 유리된 절름발이 정국을 초래한 것을 반성한다.

> 둘째, 박정희 대통령의 지도이념 중 훌륭한 것은 계승발전하고, 상황변화에 따른 정치를 발전시킨다.

> 셋째, 모든 공직자와 여야 정치인의 부패타락을 방지하고, 깨끗하고 명랑하며 품위 있는 정치풍토를 조성한다.

> 넷째, 당을 창조적으로 개혁하고, 정부와의 관계에서 독자적이고 주체적인 입장을 정립한다. 여당만이 아니고 야당으로서도 국민에 뿌리박는 전천후 정당이 되기 위해 당내민주주의를 창달하고, 참신한 인사를 과감히 영입한다.

> 다섯째, 분열과 분파를 지양해야 하지만 미봉적인 단합이 아니

라 생명력 있는 단합을 이룩하여 정풍운동을 위해 권력의 그늘에서 부정부패한 자, 정치를 빙자해서 치부한 자, 도덕적으로 타락한 자, 해바라기 정치작태는 일소해야 한다. 이러한 사항이 현저한 사람은 당을 떠나고, 그 밖의 관련자들은 당직에서 물러나야 한다.

정풍운동 5개항에 최초로 찬성하고 서명한 민주공화당 국회의원은 박찬종, 오유방, 정동성, 윤국노, 홍성우, 김수, 박용기, 변정일, 남재희, 이태섭, 유경현, 하대돈, 김상석, 김재홍, 이호종, 노인환, 설인수 등 17명이다.

이상의 정풍운동 5개항이 언론에 보도가 되자마자 언론은 들끓기 시작했다. 엄연히 집권당인 민주공화당의 국회의원들이 이런 운동을 하리라고는 언론에서는 꿈도 못 꿀 일이었을 것이다. 원래 이런 일은 야당이 주도해서 하는 일인데, 이건 거꾸로 된 셈이라고 생각했을 것이다. 게다가 부정부패라는 말이 들어가고 그런 자들은 정치무대를 알아서 떠나라고 했으니, 그 일만 가지고도 기삿거리는 넘치고도 남을 일이었다. 하지만 당시의 언론은 이 일을 단순히 기삿거리로 좋아했던 것만은 분명히 아니다. 정풍운동 5개항과 같은 정치개혁이 반드시 이뤄지기를 바랐다는 것이 당시 언론보도를 통해서 보면 여실히 드러나고 있다.

6. 제1차 정풍결의문에 대한 언론의 반응

그 당시 동아일보는 1979년 12월 25일자 해설기사에서 우리의 정풍운동이 야당·관가까지 파급가능성이 있다고 하면서 "공화당 소장파 의원들의 당 정풍운동은 10·26사태 이후 사회 각계각층에 '새로운 자세', '새로운 바람'이 필요하다는 국민들의 눈초리를 의식한 첫 반응이란 점에서 앞으로의 추이와 파급과정 등이 주목되며, 정치인들이 자신들의 행적을 되돌아보는 자기비판의 움직임이라는 점에서는 일단 긍정적이며, 이들의 건의가 당략을 위한 구두선(口頭禪)에 그치지 않고 새 시대를 향한 정치풍토조성에 어떤 도움을 가져 올지 주목된다"는 기대 반, 의구심 반이 섞인 기사를 보도했다. 이것만 보아도 당시의 국민들은 정치권의 정풍운동을 기대하고 있었던 것은 사실이지만, 그 당시의 정치풍토로 보아서 과연 정풍운동이 성공할 수 있을지에 대해서는 의문을 품을 수밖에 없었던 것이다.

또한 당시 조선일보는 1979년 12월 26일자로 민주공화당 17명의 소장의원 중에 박찬종 의원과 나 오유방을 대표자로 하여 인터뷰한 기사를 보도하였다. 이 인터뷰 기사의 내용은 정풍운동을 왜 시작하게 되었으며, 앞으로 어떻게 할 것인가에 관하여 최초로 공식 인터뷰를 통해 국민에게 밝힌 중요한 내용이다. 따라서 조선일보

의 강인원 기자가 작성한 인터뷰 기사의 내용을 아래에
게재하기로 한다.

기자: 결의문을 보면 신념의 정치 아닌 감(感)의 정치를 앞세
워 민심에 유리된 절름발이 정국을 초래한 점을 반성한다고 했
는데, 무엇이 감(感)의 정치 절름발이 정국인가? 이는 여권정
치인의 공동책임이 아닌가? 또 당직자들을 비롯한 다른 지도
급 인사들도 반성하여 새바람에 참여하면 될 것 아닌가?

박찬종 의원: 정치인으로서의 양심과 주관에 따라 정책이나 방
향을 제시하지 못하고, 자신보다 상위 계급자의 생각이 무엇인
가, 오직 거기에만 맞추어 눈치정치를 벌여온 데 대해 반성한
다는 뜻이다. 지난날을 보면 그 책임과 원인이 어디에 있건 간
에 대화와 타협으로 정국을 이끌어 가지 못하고, 여야 관계가
너무 강경 일변도로 나갔다. 과거 당직자들이 반성한다해서 면
책되었다고 할 수 없으며, 그 심판은 국민만이 할 뿐이다
우리의 정풍운동은 특정인을 겨냥해서 치기 위한 게 결코 아니
며, 우리의 과거 행동을 반성, 스스로 겸양하는 풍토를 기르자
는 것이다. 당직자들의 태도는 현재로서는 국민의 기대에 부응
할 만큼 반성의 기미를 보이지 않고 있다는 게, 소장의원 대부
분의 생각이다.

오유방 의원: 국회의원들은 정당조직원의 일원으로서 당명에
따라야 하는 윤리적 측면과 정치인 개인으로서의 자기 도덕률
에 따라야 한다는 2개의 측면을 어떻게 조화시키느냐가 문제

다. 10대 국회에 들어와 백두진 파동 이후 전개된 일련의 사태는 정치인의 양심과 민심에서 이탈, 정국을 운영해 온 점을 부인할 수 없다. 이들 잘못을 소극적으로는 자성하고, 나아가서 다음 국회에선 다시 일어나지 않도록 말과 행동으로 나타내야 한다. 그러한 반성의 표시로 해당자들은 당직이나 일선에 나서지 말아야 한다.

기자: 박정희 대통령의 지도이념을 계승한다고 했는데, 구체적으로 언급한다면?

박찬종 의원: 빈곤과 정체로부터 벗어나 민족중흥의 번영을 추구한 근대화 이념이나 자립, 자주의 이념은 80년대에도 지속적으로 발전시켜야 한다. 특히 한국민에게 자신감을 심어준 성과는 평가해야 한다. 이 점에서 박정희 대통령의 위대성이 나타나는데, 이 시점에서 우리가 이를 다시 주장하는 것은 복고주의적 발상에서 나온 것은 결코 아니라는 점을 알아 달라.

오유방 의원: 박대통령의 지도이념은 훌륭했다. 최근 정가에서 얘기하고 있는 정치발전이 유정회 폐지나 대통령직선제 등만을 지나치게 강조한 나머지 박대통령이 추구한 이념자체를 격하시키는 가치관의 혼돈을 가져오는 경향이 있기 때문에 새삼 이를 강조하게 된 것이다. 과거 패배주의에 사로잡히고, 외세의존적인 사고방식에서 벗어나 민족 자주성을 확립하려던 노력은 공화당 자체에서부터 명백히 정립해 둬야 한다.

기자: 공직자와 여야 정치인의 부패방지는 어느 때나 강조돼 왔다. 그 구체적인 대책은 무엇인가?

박찬종 의원: 변화의 시기엔 과거에 대한 냉엄한 반성의 정도에 따라 그 변화의 폭이 달라진다. 모든 부패의 근원은 정치에서 출발한다 해도 과언이 아니므로, 정치인 자세부터 바로 잡아야 한다고 생각한다. 국회의원선거에 있어서도 돈을 쓰지 않는 선거가 이루어져야 한다. 마음으로부터 이행의 의식을 멋지게 행사하는 게 바람직스럽다.

오유방 의원: 민주정치의 흠결로서 정치를 통한 부정부패의 만연, 이권개입의 악순환이 지적되고 있다. 만일 앞으로도 이와 같은 일이 다시 계속되면 타율적인 힘에 의해 민주정치가 중단되는 일이 전개될 것이다. 그러므로 국회의원을 포함해서 모든 공직자의 재산을 공개하는 제도와 부패방지법을 제정해야 할 것이다. 또 적극적으로 타락정치를 방지하기 위해 서독과 같이 정당의 경상운영자금에 대한 국고부담제도(의석비율에 따른)를 강구하는 것도 한 방법이다. 최소한 돈 있는 사람만이 정치하는 풍토는 없어져야 하며, 다른 공직자선거도 공영제로 이뤄지도록 보다 강화되어야 한다고 생각한다.

기자: 정부와의 독자적인 관계정립과 당내 민주주의를 주장했는데, 이는 무엇을 의미하는가?

박찬종 의원: 공화당 의원은 여당만 한다는 고정관념에서 벗어

나야 한다. 정권은 돌고 도는 것이다. 언젠가는 야당을 한다는 피나는 각오 없이는 국민의 지지로부터 멀어질 수밖에 없다. 법률적으로 집권당도 아니면서 대안 없이 무작정 세파에 떠내려 갈 수는 없는 것이다. 우리 스스로가 우리 위치를 정립해서 때로는 정부를 비판해야 할 입장에서는 원내 제1당의 입장에서 과감하게 정부를 비판, 상호 공정한 관계를 정립하자는 것이다. 과거와 같은 정부라는 배후 옹호세력이나 집권당으로서의 프리미엄은 이미 갖고 있지 않으므로 우리 자신 냉혹하게 비판해야 한다.

오유방 의원: 지난날이 너무 의타적이고 피동적이었기 때문에 반성하는 것이다. 여당의원으로서 조용히 지내는 것이 옳다는 생각을 갖거나 정부시책에 일사분란하게 지지를 표시하는 것이 옳다는 생각을 가져 왔는데, 여기에서 벗어나야한다. 과도정부에 대해 정국안정을 위해 대승적 입장에서 협조하는 것은 좋으나, 개혁 면에서 정부와 의견을 달리 할 때는 당의 입장은 독자적으로 표시해야 한다. 예를 들면, 과도정부기간에 대해 국민들은 장기화를 바라지 않고 있다. 국민이 바라지 않는 이점에 협력할 필요가 없으며, 이를 최소한의 기간에 끝내도록 앞장서야 한다.

우리의 정풍운동은 당내 불화를 일으키는 것은 아니다. 과거 공화당에 참여를 꺼린 인사나 당의 폐쇄적 운영으로 들어오지 못한 인사를 영입할 수 있도록 우리가 교량적인 역할을 해야 하겠다는 것이다. 전국 어느 지역이건 공천경합이 이루어지고 전직관료나 허명에 구애 받지 않고 새로운 인사라는 새 피를 받지 않고는 80년대 선거전에서 자웅을 겨룰 수 없다. 해방

이후 교육 받은 세대가 전체의 60%이므로 심지어 20대 30대도 과감히 영입해야 한다. 또 당내에서는 공개토론 등 당내비판이 없어서는 발전이 이룩되지 못한다. 우리는 지금까지 너무 자가비판이 없었다.

기자: 정풍운동을 위해 부정부패인사, 정치를 빙자해서 치부한 자, 도덕적으로 타락한 자, 해바라기 정치인 일소를 주장했는데, 이들 인사들은 얼마나 되며, 이들에게 돌을 던질 수 있는 공화당 의원은 얼마인가? 그리고 그 구체적 방안은 무엇인가?

박찬종 의원: 앞에서도 얘기했지만 우리가 누구를 치겠다는 게 아니며, 보기에 따라서는 우리 모두가 당사자이다. 박 대통령을 잃은 상상치 못한 계기를 만났으므로 우리 모두가 반성하자는 생각에서 이번 결의를 하였으며, 이번 결의의 가장 큰 역점은 제5항 바로 이 부분이다. 우리가 당사자 일진대 성경 속의 요한복음 제8장 제1절부터 제12절에 나오는 것처럼 누가 죄 없다고 죄진 이를 칠 수 있겠는가. 다만 그들 숫자를 공약수처럼 집약해서 얘기하자는 의견도 소장의원 간에 한때 나왔으나 결국 발표하지 말자는 얘기가 유력했다. 김종필 총재에게 감지할 수 있는 정도로 보고했다. 15명이란 얘기가 보도됐지만 사실은 약간 명이다. 우리 소장의원들이 잘못했다고 스스로 시인하고 나온 점만이라도 높이 평가해 주어야 한다.

오유방 의원: 나 자신을 포함해서 우리 소장의원들은 당내에서 준엄한 심판을 받을 각오가 돼 있다. 공화당 의원이 모두 병자

라고 국민들이 보고 있는데, 누가 누구를 칠 수 있겠는가. 다만 국민들은 공화당을 집권능력을 가진 정당으로 인정하고 있는데, 권력에 안주해서 부패로 치부한 인사들이 이러한 이미지를 흐리고 있으므로 스스로 물러나기를 바라고 있을 뿐이다. 한 번 실수는 병가상사(兵家常事)라고, 상당기간 지나면 국민으로부터 새로운 신임을 다시 받을 수 있지 않겠는가. 공화당은 뼈를 깎는 아픔을 겪지 않고는 국민의 지지를 받을 수 없다.

기자: 이번 정풍운동이 정국의 장래에 어떤 영향을 끼칠 것으로 보는가?

박찬종 의원: 이번 결의는 자기반성하자는 선언적 의미가 있으므로 정국엔 큰 영향이 없을 것으로 본다. 깨끗한 정치 분위기를 추구하기 위한 것이므로 방법에 대한 일부 질책이 있을지 몰라도, 어떤 파동이 일어나지는 않을 것이다. 나는 정풍을 얘기할 때 다른 동료들 앞에서 분명히 밝혀 둔 게 있다.

오유방 의원: 공화당원의 한 사람, 또 공화당 국회의원의 한사람으로서 우리의 치부를 드러내 놓고 반성하는 것은 새 시대 출발에 도움이 될 것이다. 당내에서 1차적으로 풍파가 있을 것이나 최종적인 평가는 국민만이 내릴 것이다. 이번 정풍운동은 당내나 당외에서 사전 협의한 바 없는 자연발생적인 것이고, 신당 움직임과는 전혀 무관하다. 만에 하나라도 이번일로 당에서 쫓겨나든 공천에서 탈락하든 우리는 소신대로 밀고 나갈 뿐이다.

정풍운동은 이렇게 시작되어, 당시 정풍이라는 말만 들어도 아킬레스건을 다친 것 같았던 일부 인사들의 과민반응에 의하여 정가에 파문을 일으키게 된 것이다. 순수하게 우리가 정치를 하는 사람들이니 바른 정치를 하자는 의미로 받아들이지 못하고, 마치 누군가를 해하려 한다는 생각에 그 피해자가 자신이 될 것이라고 믿었던 그 사람들이 지금 생각하면 한편으로는 참 가엽다는 생각까지 든다. 그러나 그런 생각을 하는 사람들이 의외로 많았던 까닭인지 정풍운동으로 인한 회오리가 거침없이 불어댔다.

그러나 그 후의 정풍운동에 대한 회오리바람이 불어쳤음에도 불구하고, 내가 인터뷰에서 주장한 것들이 정권이 바뀌고 지나오면서 하나씩 이뤄졌다는 것에 대해 나는 지금도 자부심을 느낀다.

그 당시에는 내 인터뷰는 말할 것도 없고 정풍운동 자체가 정치인으로서는 해서는 안 되는 일처럼 여겨졌던 일이다. 뒤에 나오겠지만 나는 정풍운동을 주도하여 민주공화당에서 제명되기 때문이다. 하지만 이미 앞서 말한 바와 같이 인터뷰를 하면서 언급했던 내용들 중에서 상당수가 이미 우리나라 정치 현장에서 당연한 일처럼 받아들여지고 있고 또 모두가 시행되고 있다. 진작 그렇게 했었다면 우리나라 정치는 저만큼 앞에 가 있을 것이다. 하지만 당시에는 듣기 싫은 소리일 뿐이었다.

그런 차원으로 지금 이 시점에서 생각해 보면 정풍운동은 정말 국민을 위하는 정치를 하려는 정치인이라면 자신에게는 쓴 소리가 되는 것을 들을 줄 아는 정치인이 되어야 한다는 것을 나 스스로에게 새삼 일깨워준 일이기도 하다.

정풍운동의 단계적 추진

1. 민주공화당 12·26 당직 개편

민주공화당과 김종필 총재는 1979년 12월 26일 당직 개편을 발표했는데, 정풍의원들에 대한 당직은 아래와 같다.

> 정책조정실장 박찬종 의원, 원내부총무 오유방 의원, 자원개발분과위원장 김상석 의원, 법제사법분과위원장 김수 의원, 안보국방분과위원장 남재희 의원(정책조정실차장에도 임명), 기술인력개발특별위원장 노인환, 중소기업분과위원장 박용기 의원, 환경공해분과위원장 변정일, 문교분과위원장 설인수 의원, 청소년대책분과위원장 윤국노 의원, 총재비서실장 이태섭 의원, 원내부총무 이호종 의원, 중앙위부의장 정동성 의원, 사회보장분과위원장 홍성우 의원, 언론출판분과위원장 하대돈 의원, 부대변인 유임 유경현 의원

12월 26일 민주공화당 의원총회에서 김종필 총재가 "더 이상 정풍운동을 하지 말라"고 하며 소장의원들의 정풍운동에 대하여 제동을 걸었다. 이에 박찬종 의원은 "정풍 5개항은 윤리선언이며 자연발생적인 운동으로 당 총재의 한마디에 중단될 수 없다"고 못 박고, 그러나 "이 운동은 자생적으로 확산될 것"이라고 말했다.

나는 10·26사태 당시 민주공화당 당직자(대변인)로서의 책임을 통감하고, 가혹한 자기반성을 하기 위해 백의종군하겠다는 입장을 밝히고 김종필 총재에게 원내부총무직의 사의를 표명했다.

그리고 그 당시 나는 우리 정풍파 의원들이 지금 당장 어떤 후속행동을 할 생각은 없으나, 정풍운동 5개항에 담긴 의지는 분명한 것이므로 당의 모든 처사가 합당하게 운영되는 가를 앞으로 계속 주시하게 될 것이라고 말하고, 정풍파 의원들은 이번 당직 개편으로 정풍이 마무리됐다고는 생각하지 않으며 앞으로 정풍운동은 단계적으로 추진될 것이라는 입장을 밝혔다.

2. 정풍운동의 소강 및 재연

1980년 1월 새해 들어 일부 언론에서 민주공화당이 상명하복의 타성에 젖어 개헌시안조차 만들지 못하고,

시대 적응에 소극적이라는 비판에 일어났다.

나는 1980년 1월 중순경 언론에 "배가 서서히 침몰하고 있는 것을 배 안에 타고 있는 사람들은 알 수 없는 것"이라며 "당내의 자리바꿈보다는 적극적인 문호개방 정책과 국민 속에 파고 들어가서 적극적인 정책개발에 앞서야 할 것"이라고 강조했다.

1980년 1월 30일자 일부 언론보도에 의하면 "공화·신민 양당에서 불었던 정풍바람은 한동안 잦아지는 듯 했으나 원내외에서 이 문제가 다시 거론됨으로써 새로운 양상을 띠고 재연될 움직임을 보이고 있다고 보도하고 있다. 공화당원외 당원들은 당의 현 지도부를 그대로 밀고 나갈 경우 내년에 있을 선거에서 고전할 것이란 점을 내세워 숙당이 불가피하다고 주장하면서 밑에서부터 이 문제를 거론, 당의 이미지 쇄신과 체질의 개선을 요구하겠다는 강경한 태도를 보이고 있는데, 주로 청년분과위원회 소속 당원이 주축이 된 이들 공화당 원외당원들은 그동안 청년분과위원회의 소집을 요구했으나 현재까지 열리지 않고 있으며, 집행부가 회의 불소집 이유에 대해 해명을 않고 있는 것은 정풍운동의 확산을 막으려는 저의가 숨어있다고 주장하고 있다"고 보도했다

고 박정희 대통령의 상(喪)이 100일이 되는 1980년 2월 2일을 넘기면서 우리 정풍파 의원들은 자제할 시간이 지났다는 자체 판단 아래, 당직 사퇴, 의원직 사퇴 등의

배수진을 치고 정풍의 구체적인 결과를 요구하며 정풍 운동을 확산시켜 나갔다.

3. 제2차 정풍결의문

민주공화당 정풍파 의원 중 박찬종, 오유방, 정동성, 윤국노, 이태섭, 김수, 박용기, 변정일, 홍성우(외유·위임) 의원 9명은 1980년 2월 18일 오후 민주공화당 김종필 총재와 면담하고 제2차 결의문을 전달했는데, 그 내용은 아래와 같다.

첫째, 지난 연말의 5개항 건의의 실현을 위해 부단한 노력을 경주한다.

둘째, 공화당 창당기념일인 오는 2월 26일 제2창당 이념과 행동철학을 내외에 선포하라.

셋째, 당내 민주주의 창달을 위한 당헌의 민주적 개정이 이루어져야 하며 당의 모든 중요사항은 표결 등의 민주적 방법으로 결정하여 당 운영의 과두화를 지양해야 한다.

넷째, 새로운 체제 정비를 위해 가급적 조속한 시일 내에 전당대회를 개최하라.

다섯째, 범여권 내의 신당 출현을 강력히 배격한다.

여섯째, 당내 일부 인사들이 우리의 순수한 노력과 정신을 매도·격하하는 여하한 운동도 배격한다.

일곱째, 우리는 이의 실현을 위해 당원자격을 제외한 어떠한 정치적 희생도 감수할 각오이다.

위의 면담에서 김종필 총재는 우리 정풍의원들에게 "당의 이미지쇄신을 위한 충정으로 알고 당 운영에 반영하겠다"면서, "당내에서 애기하는 것은 좋으나 대외적으로 떠드는 것은 바람직하지 못하다"고 말했다. 김종필 총재는 또 "전당대회 후에 당직을 일부 개편하도록 하겠다"고 밝혔으나, "조기 전당대회를 열면 대통령 후보 지명대회 등 사실상 전당대회를 두 번 열어야 하는데 그럴 수는 없다"고 말했다.

우리 정풍의원들의 제2차 결의문 제출에 이어서 민주공화당 중앙위 청년분과위원회는 2월 27일, 그리고 중앙위 운영위원회는 3월 초 각각 별도의 모임을 갖고 정풍운동의 원외 확산을 논의할 방침이었다.

한편, 제1차 정풍결의문에 서명했던 남재희, 유경현 의원은 "당초 합의한 정풍 5개 원칙에는 변함이 없으나 서명의원 전체회의를 한 번도 열지 않은 상태에서 제2차 결의문을 만드는 데는 찬성할 수 없다"면서 서명을 거부했는데 남재희 의원은 이와 함께 정풍서명의원의 전체회의 소집을 요구했다.

당시 제17차 창당기념일을 맞은 민주공화당의 상황에 관하여 일부 언론은 "아직까지도 공화당이 구태에서 탈피하지 못하고 있다는 판단에서 일어나고 있는 일부 소장의원들의 정풍운동은 새 시대에서의 장래 공화당의 운명과 관련, 큰 관심을 끌고 있다. 정풍주역들은 '유신 이래 단 한 번의 창당선언문 낭독', '창당 후 다섯 차례밖에 안 되는 전당대회 개최' 등의 사실을 들추면서, 공화당이 그동안 지나칠 정도로 한 인물을 위한 체질만을 유지해 왔다고 주장하고 있다. 신질서를 향한 소장정풍의원들의 외침과 구질서 속의 안태를 바라는 중진 및 노장들 간의 마찰이 해소되지 않는 한 공화당이 과연 제대로 순항을 기약할 수 있을지 미지수다"라고 분석하고 있었다.

나는 민주공화당이 창당기념행사를 마친 다음날인 2월 27일에 "창당기념식에서 창당발기문이 낭독되고 5대 실천지표가 발표된 것은 다행스러운 일이나, 전당대회를 초가을에 열겠다고 하는 것은 납득할 수 없다"는 입장을 밝히고 "공화당 지도층이 하루 빨리 당 체제 정비를 위한 임시전당대회를 소집할 것과 비민주적인 현행 당헌을 민주적으로 개정하기 위한 당헌개정심의위원회를 조속히 설치할 것을 선언해야 한다"고 주장했다.

4. 이후락 의원의 '떡고물 발언' 파동

나와 박찬종, 정동성, 윤국노, 홍성우, 김수, 변정일, 박용기 의원 등은 1980년 3월 초순경 모임을 갖고, 그동안 언론이 추측하여 보도하고 있는 권력형 부정부패 인사의 명단에 관하여 공개할 것인지 여부를 토의했다.

"명단을 공개하자고. 두려울 것이 없잖아. 그리고 우리가 없는 사실을 공개자는 것도 아니고 말이야."

당시 정풍의원 8인 중에서 강직한 성품을 갖고 있는 김수 의원은 명단을 공개하여 언론보도의 혼선을 막을 것을 주장했다.

"공화당에서도 잔뜩 촉각을 세우고 있고, 만일 우리가 명단을 발표한다면 때는 이때다 하고 역공을 펼 수 있는 소지가 있을 수도 있는데요?"

"역공이라니?"

"꼭 그렇다는 것은 아니지만, 예를 들자면 우리가 발표하는 명단 중 어떤 사람이 자기를 음해하기 위해서 공화당 지도부에서 우리를 조정해서 벌인 일이라고 할 수도 있다는 말입니다."

"그래, 그건 일리 있는 말이요. 정말 역공에 빠져서 우리의 본래 의도가 희석될 수도 있어요."

"우리의 본래 의도가 바른 정치를 하자는 것인데, 이미 언론에서 부정·부패 인사로 지목을 받고 있는 사람에 대하여 명단을 공개하는 것이 문제가 되겠는가?"

"원래 처음에 우리들이 일을 도모할 때에도 일단 명단 공개는 유보를 하지만 정 필요할 경우에는 공개하는 것을 전제로 했던 것 아닙니까?"

"그때는 이렇게 추측성 발언들이 난무할 것이라는 생각은 안 했을 때죠. 그렇지 않아도 추측성 발언들이 난무하는데 공연한 오해까지 불러일으킬 필요는 없지 않겠냐는 겁니다. 누가 겁이 나고 무엇이 두려워서가 아니라 우리의 본래 순수했던, 바른 정치를 하자는 취지의 일이 공연히 누구를 찍어내서 누구 좋게 하려 한다는 오해는 받지 말아야 한다는 것이지요."

"정말로 이 나라를 위한 바른 정치를 하기 위해서라면 부정부패인사의 명단이 당연히 밝혀져야 할 일인데, 우리가 밝히는 것과 또 다른 주체가 밝히는 것이 무슨 차이가 있습니까?"

여러 시간 동안 난상토론을 벌였다. 처음에는 예상하지 못했던 일들을 겪으면서, 발표를 하고 나면 혹시 닥칠지도 모르는 후유증에까지 신경을 쓰는 의견도 나왔지만 발표를 하자는 쪽과 하지 말자는 쪽의 의견은 정말 팽팽해서 결론이 나지를 않을 것 같았다.

그렇다고 어느 한 쪽의 의견이 맞는 것이라고 결론을 내릴 수도 없는 노릇이었다.

결국은 정풍의원 8명은 권력형 부정부패인사의 명단

을 발표하는 것에 관하여 비밀투표로 결론을 내리기로 했다. 투표 결과는 발표를 하자는 것이었다.

발표를 하기로 결론이 났으니까 누가 발표를 하는가를 가지고 이야기를 하려는데, 김수 의원이 용감하게 자신이 발표하겠다고 자원을 했다.

"어차피 밉든 곱든지 간에 같은 공화당원이고 또 무슨 억하심정이 있는 것도 아닌데 누군들 이런 발표를 하고 싶겠습니까? 나야 원래 이런저런 눈치 안 보기로 유명하다는 것은 주위에서 아는 일이니, 내가 하리다."

이튿날 공화당사에서 권력형 부정부패인사로 지목된 세 사람이 전격 발표되었다. 이후락 전 중앙정보부장과 김진만 전 민주공화당 재정위원장, 박종규 전 청와대 경호실장이 그 주인공이었다. 누가 들어도 쟁쟁한 인사들이었다. 감히 그들을 부정부패인사로 발표하리라고는 그 누구도 짐작도 못했을지 모른다. 설령 그들이 부정부패한 사실을 알고 있는 사람들일지라도 그들에 비하면 한참이나 힘이 약한 소장파 의원들이 감히 그들을 부정부패한 인사라고 지목하고 나설 줄을 그 누가 알았겠는가?

그런데 문제는 청와대 비서실장과 중앙정보부장을 역임한 이후락 의원이 외국여행을 마치고 1980년 3월 14일 귀국하여 소위 '떡고물 발언' 사건으로 일컬어지는 폭탄선언을 하고 말았다.

이후락 의원은 "떡 장사를 하다 보면, 옷에 떡고물도

묻는 법"이라고 말하고 "정치자금을 만지다 보니 이런 저런 오해를 받을 수 있다"고 해명했다. 그리고 그는 정풍의원들을 JP(김종필 민주공화당 총재의 애칭)의 홍위병이라고 비난하고, "옷에 떡고물을 가장 많이 묻힌 부패인사는 김종필 총재이니, 그가 정계에서 물러나야 한다"라고 주장한 것이다.

이후락 의원은 김종필 총재가 자신을 파멸시키기 위해서 정풍의원들을 사주하고 있다고 주장하고, 김종필 총재는 우리들에게 정풍운동을 그만 둘 것을 종용하고 있었다. 상황은 점점 꼬여만 갔다.

5. 제3차 정풍결의문

나와 박찬종, 정동성, 윤국노, 홍성우, 김수, 변정일, 박용기 의원 등 8명은 1980년 3월 18일 오후 서울 근교에 있는 늘봄농원에서 모임을 갖고 저녁에는 다른 장소로 자리를 옮겨 밤늦도록 마라톤 회의를 했다. 이날 우리 정풍의원 8명은 3차 정풍결의문의 채택에 대해서 토의를 하고 당직사퇴서를 제출하기로 결정했다. 이튿날인 3월 19일에는 아침부터 롯데호텔에서 다시 모임을 갖고 정풍운동 추진방안을 구체적으로 논의하여 제3차 정풍결의문을 채택했다. 우리 정풍의원 8명을 대표하여 김수, 박용기 의원 등 2명이 이날 오전에 당직사퇴서를 포함해서 제3차 정풍결의문을 김종필 민주공화당 총재에게 전달했다.

우리 정풍의원 8명은 "국민적 여망에 따라 1979년 12월과 1980년 2월에 당내 정풍을 건의한 바 있으나, 당 지도부가 아직도 받아들이지 않고 있어 정풍의지의 1차적 표시로 당직을 사퇴하겠다"고 밝히고 정풍운동의 요구사항들을 당론으로 확정키 위하여 조속히 의총을 개최할 것과 전당대회를 조속히 개최할 것을 요구했다.

또한 우리 정풍의원 8명은 "자기양심에 비추어 국민적 지탄을 받고 있다고 생각하는 인사들은 멸사봉공(滅私奉公) 백의종군(白衣從軍)의 애당정신을 발휘하여 당직 일선에서 물러날 것을 강력히 권고한다"고 발표했다.

이날 김종필 민주공화당 총재를 만나 우리 정풍의원 8명의 뜻을 전달한 김수, 박용기 의원은 정풍건의 내용을 발표하면서 '국민적 지탄을 받고 있다고 생각하는 인사'라는 구절에 언급, "숫자를 논의한 적이 없어 이 자리에서 밝힐 수 없으나 정풍운동 추진과정 속에 점차 윤곽이 나타날 것으로 생각한다"고 말했다.

김종필 민주공화당 총재는 정풍파 의원들과 면담하는 자리에서 "정풍의 취지와 뜻은 충분히 이해하지만 시기와 방법에 있어 여러 가지 문제가 있기 때문에 조급하게 서두르지 말라"고 만류하면서 "결과적으로는 여러분들이 바라는 것이 실천될 것이므로 당의 입장을 고려해야 할 것"이라고 말했다고 김수 의원은 밝혔다.

지난 2월 정풍 요구 때 가담했던 이태섭 비서실장은 "정풍파 의원들의 운동 취지와 정신에는 변함이 없지만 바쁜 일정 때문에 연락이 닿지 못해 이날 행동에는 참가치 못했다"고 김수 의원이 설명했다.

이날 정풍의원 8명이 사표를 제출한 당직은 정책조정실장 박찬종, 원내부총무 오유방, 중앙위부의장 정동성, 청소년대책분과위원장 윤국노, 사회보장분과위원장 홍성우, 법제사법분과위원장 김수, 환경공해분과위원장 변정일, 중소기업분과위원장 박용기 등이다.

이날 당직사퇴서를 양찬우 민주공화당 사무총장에게 제출한 우리 정풍의원 8명은 우리들의 주장이 받아들여지지 않는 한 당직사퇴서가 반려되더라도 받아들이지 않을 것임을 분명히 했다.

나는 민주공화당 당직 개편이 있었던 지난 1979년 12월 26일의 이튿날인 12월 27일 이미 김종필 민주공화당 총재에 "10·26사태 당시 당직자(대변인)로서 책임을 통감하고 가혹한 자기반성을 하기 위해 백의종군하겠다"고 밝히며 사의를 표명했었다.

언론에서는 비록 정풍운동의 서명자의 수는 줄어들었어도 이들의 요구가 더욱 더 강경해지고 구체화되게 됨에 따라 정풍운동의 파문은 확대될 것으로 보인다고 전망했다.

이후락 의원의 기자회견과
민주공화당의 숙당

1. 정풍의원들의 정관

우리 정풍의원 8명은 1980년 3월 23일과 24일 연쇄적인 회합을 갖고, 정풍운동이 정치과열을 조성, 정치발전 일정을 저해할 우려가 있다고 판단하여 당분간 정관(靜觀)하기로 했다. 정동성, 변정일 의원이 우리 정풍의원 8명을 대표해서 3월 24일 오전 김종필 민주공화당 총재를 만나 "자제의 뜻에서 당분간 정관키로 했다"는 입장을 전달했다.

김종필 민주공화당 총재는 정동성, 변정일 의원을 만난 자리에서 정풍추진 의원들의 요구사항에 대해 "전적으로 나에게 맡겨 달라"라고 요망하고, 3월 26일 정풍파 의원 8명과 면담을 갖기로 약속했다.

정동성, 변정일 의원은 김종필 총재와 면담이 끝난 후 기자들에게 "해방 35년 역사의 소산인 현재의 현실 정치 속에서 공화당이 새로이 국민의 심판을 받고 공화당에 부여된 사명과 책임을 다하기 위해서는 불가피하게 냉철한 자기반성과 양심운동을 전개해야 하기 때문에 정풍운동은 앞으로 계속 추진돼야 할 것"이라고 전제하면서 "부정부패한 인사의 탈당을 권고한 결과에 대해서는 인간적인 번민을 금할 수 없다"고 말했다.

또한 정동성, 변정일 의원은 "정풍운동으로 인하여 일시적으로 당내에서 자기 살을 도려내는 진통은 있겠지만 결코 이 운동이 당의 분열과 당원 간의 불신풍조를 조성하거나 지도부의 리더십을 손상할 목적이 아님을 명백히 한다"고 말하고, "그러나 정치적 격동기에는 국민의 지지를 받기 위해서라도 당의 단결이 선결문제"라고 정풍운동 추진의 일시중지에 대한 이유를 밝혔다.

2. 이후락 의원의 기자회견과 폭탄발언

한편, 그동안 민주공화당 정풍 대상의 한 사람이며 '떡고물 발언'을 했던 이후락 의원은 1980년 3월 24일 오후 3시 30분경에 갑자기 민주공화당 남산당사에 나타나 긴급 기자회견을 하며 김종필 민주공화당 총재를 직격으로 설탄공세를 하고 나섬으로써 비상한 충격과 파문을 던졌다.

이날 이후락 의원은 약 15분 동안에 걸쳐 자신의 견해를 밝힌 뒤 황급히 일어섰는데, 그 기자회견의 주요 발언은 아래와 같다.

"나의 기분 같아서는 탈당계를 내고 물러서고 싶은 심정이었으나, 그것은 소극적인 애당은 되지만 근본적인 애당은 되지 않는다고 생각했다. 들리는 바에 의하면, 내일 공화당 당무회의에서 소위 정풍의원들의 당직 사표를 선별 수리하느니 일괄 수리하느니, 제명을 한다느니 하는 애기가 있는데, 나는 공화당을 위해 전적으로 반대한다. 김종필 총재는 그전에도 그랬지만 총재가 되고난 그때부터 이후락을 못마땅하게 생각하고 나를 멀리 하면서 되도록 당에서 몰아내야겠다는 생각을 가지고 있었다. 이것이 바로 공화당 소장의원들의 정풍 대상의 한 기준이 됐다. 나를 몰아내야겠다는 정풍의 기준은 김종필 총재가 부여한 것이다. 이제 정풍의 방향이 김종필 총재 자신에게 오니 막고 눌러야겠고 정풍의원들을 제명하겠다는 것은 정치인으로서 있을 수 없는 것이다."

"이후락이 정치자금에 관여해서 돈이 많은 것 같은 인상을 받고 있지만, 솔직히 말해 다른 사람보다 조금 잘 살았을 뿐이다. 나는 10년간 놀고 있으면서, 돈을 좀 썼다. 소문난 잔치에 먹을 것 없다고 실상 나는 별로 가진 게 없다. 당국에서 조사해 보면 알 것이다. 내가 돈이 많아 잘 먹고 잘 살 생각이 있었다면, 죽을 각오를 하고 평양에 가지 않았을 것이다. 요즘

축재의 사회 환원이라는 말이 많은데, 어떤 사람은 사회에 환원했다고 하지만 우습다. 나는 말없이 내 고향 울산에 공업단지가 생긴 뒤 교육과 육영을 위해 울산육영회에 7개 중고교를 만들어 이미 사회 환원 작업을 해 왔다."

"박정희 공화당 총재께서 불의에 서거하신 뒤, 김종필 씨는 공화당 당무위원들로 하여금 당헌에도 없는 절차로 규정을 마음대로 고쳐 공화당 총재에 취임했다. 이러한 독재적이고 비민주적인 방법은 과거 어느 때도 없었고, 어느 나라 역사에도 찾아볼 수 없는 행위이다."

"나도 공화당 당원의 한 사람으로서 박정희 대통령의 귀염을 받았기 때문에 서로 똘똘 뭉쳐 공화당과 박정희 대통령의 이념을 이어나가자는 애기를 김종필 씨에게 간곡히 했다. 그 사람은 근본적으로 박정희 대통령의 이념을 계승하겠다는 의지가 없었기 때문에 견해의 차이를 빚었고, 그러한 김종필 씨의 태도가 오늘날 공화당의 혼란을 빚었다."

일부 언론에서는 "지난날 고 박정희 대통령 치하에서 공보실장, 대통령비서실장, 중앙정보부장 등 요직을 역임하면서 막강한 영향력을 행사한 이후락 의원이, 역시 초대 중앙정보부장, 공화당의장, 국무총리 등을 거치면서 한때는 제2인자로 군림했었던 김종필 총재를 공격한 것은 용호상박과 같은 긴장감을 주고 있다. 이 두 사람 모두가 박정희 정부에서 상당 기간 동안 권력의 핵심부에서 오월동주(吳越同舟) 격으로 있으면서 이 나라의 정치 요리사 역할을 해 왔었기 때문이다. 고 박정희 대통령의 용병술에 따라 김종필, 이후락 양 씨의 권좌는 서로 바꾸어가며 부침을 거듭하면서 냉전과 암투의 양상을 빚어온 것이 사실이다"라고 분석했다.

이날 이후락 의원이 메가톤급 폭탄발언을 던지고 그냥 사라지자, 민주공화당 남산당사에서는 긴급회의들이 열려 대책을 논의하는 등 돌풍에 휘말렸다.

3. 이후락 의원의 기자회견에 대한 정풍의원들의 입장

나와 박찬종, 정동성, 윤국노 의원, 홍성우, 김수, 변정일, 박용기 의원 등 정풍파 의원 8명은 1980년 3월 25일 오전, 서울 마포구에 소재한 서울가든호텔에서 이후락 의원의 기자회견 발언에 대한 대책을 논의하고, 이후락 의원의 기자회견에 대한 정풍파 의원들의 입장을 밝혔다.

우리 정풍파 의원 8명은 "정풍운동 초기부터 권력형 부정부패인사로 이후락 의원을 간주했고, 박정희 대통령이 제10대 국회의원서거 때 공화당 공천도 배제한 사실이 있는데, 김종필 공화당 총재가 공화당 소장파 의원들에게 정풍 대상 의원의 기준을 부여해 주었다는 이후락 의원의 주장은 삼척동자도 웃을 일이다. 이후락 의원이 마치 정풍운동이 JP의 사주를 받은 것처럼 몰아치는 것은 이후락 의원의 마지막 발악적인 외침에 불과하다"는

데 의견을 모으고 "정풍운동을 추진해 온 우리가 최근 이후락 의원의 이름을 공개하면서까지 공화당의 탈당과 자퇴할 것을 권고한 충정과 이유의 정당성은 3월 24일 그가 권력형 부정부패인사로 지탄받고 있음을 망각하면 서 국민의 경악을 금치 못하게 하는 언동을 함으로써 더욱 실증됐다"는 입장을 밝혔다.

한편 우리 정풍파 의원 8명은 "10·26사태 이후 공화 당의 공백을 막고 원내 다수당으로서의 사명과 책임을 완수하기 위해 부득이 현 당헌의 절차에 따라 김종필 총재를 선출한 것은 불가피한 절차로서 합법성은 인정 하지만, 조속한 시일 내에 공화당의 당헌을 민주적으로 개정하고 전당대회를 열어 개정된 당헌에 따라 대의원 들의 투표로 김종필 총재에 대한 신임을 물어야 한다" 고 주장했다.

아울러 우리 8명은 "공화당의 당기위원회를 열어 이 후락 의원의 문제를 처리하기보다 의원총회를 열어 탈 당권고를 당론으로 확정, 당과 국민의 분노를 진정시켜 야 할 것"을 주장했다.

4. 민주공화당의 숙당 결정

민주공화당은 이후락 의원이 1980년 3월 24일 김종필 총재에 대하여 정면도전한 것을 계기로 3월 25일 오전, 서울 남산의 중앙당사에서 당무회의를 개최하여 본격적인 숙당작업을 펴기로 결정했다.

이날 민주공화당은 이후락 의원과 1980년 2월 1일 공개서한을 보내 김종필 총재의 사퇴를 요구한 임호 의원, 그리고 그동안 정풍을 추진하여 당을 소란케 한 소장파 의원들을 모두 당기위원회에 회부, 조속한 시일 안에 징계종류를 결정하여 당무회의에 보고하도록 결정했다.

충남 대전 출신 임호 의원은 1980년 2월 1일 김종필 민주공화당 총재에게 공개서한을 보내 "김종필 총재가 공화당의 총재로 있는 것이 정치 불안의 요소이며, 김 총재는 정보정치의 창시자이다"라고 격렬히 비난하며 퇴진을 요구했다. 이후에도 그는 "김종필 총재는 특급부정축재자이므로 공화당 총재직에서 물러나야 한다"라고 비난하며 부정했었다.

당시 민주공화당 당헌당규에 규정된 징계의 종류로 제명, 탈당권고(10일 내 탈당하지 않으면 자동 제명), 당원 자격 정지(6개월~1년), 경고 등 4가지가 있었으며, 당기위원회의 징계조치는 당무회의의 인준을 거쳐야 확정되었다.

민주공화당 당무회의가 끝난 뒤 최영철 대변인은 "이후락 의원이 당과 전혀 관계없이 기자회견을 통해서, 김종필 총재가 박정희 대통령의 유업을 계승하지 않고, 공화당 총재선임 과정이 불법·부당하며, 정풍의 책임이 김 종필 총재에게 있다고 한 것 등에 대해 당무의원들은 전혀 근거 없는 악의에 찬 모략이라는 결론을 내리고 징계키로 했다"고 밝혔다.

또한 최영철 민주공화당 대변인은 정풍운동 소장의원 들을 당기위원회에 회부한 것에 대해 "정풍의 뜻은 좋 지만 오늘날 당이 이처럼 시끄러워진 원인은 정풍운동 에 연유하기 때문"이라고 말하고 "정풍파 의원들의 당 직사퇴서 문제는 당기위원회에서 처리될 것"이라고도 전했다. 한편 그는 임호 의원에 대해서도 "당과 이미 인 연을 끊은 상태에서 당 지도부에 대해 일방적인 모략과 악담을 일삼고 다니기 때문에 재제키로 했다"고 밝혔다.

5. 민주공화당의 숙당 결정에 대한 정풍의원들의 입장

나와 박찬종, 정동성, 윤국노, 홍성우, 김수, 변정일, 박용기 의원 등 정풍파 의원 8명은 1980년 3월 25일 오 후, 국회의원회관 박용기 의원 사무실에 모여 '정풍파 의원'들을 이후락, 임호 의원 등과 함께 당기위원회에 회부키로 한 민주공화당 당무회의의 결정에 대한 대책 을 난상토의했다.

우리 정풍의원 8명은 이어 서울 시내 한 음식점으로

자리를 옮겨 정풍 방향을 검토한 끝에 '정풍운동정신의 관철'을 재확인하면서 "조직인으로서 공화당에서 어떤 결정을 내리든 당명에 따르겠지만 무조건 백기를 들라는 명령에는 승복하지 못하겠다"는 결론을 내렸다.

이 모임에서 나는 "정풍운동은 정치개혁운동인데 자신의 보신을 위해 앞뒤를 자로 재어서는 안 된다. 만일 정풍운동이 중단된다면 밝고 깨끗한 사회를 만들자는 정의로운 정신이 사라질 것이므로 앞으로 정풍운동은 계속되어야 한다"라고 주장했다.

홍성우 의원은 "공화당이 정풍을 수습하는 방법이 그렇게 졸렬한지 당의 장래가 한심하다"며, "정치풍토를 개혁하기 위해서라도 정풍운동이 행동으로 무엇인가를 보여 주어야 한다"고 주장했다.

6. 정풍파 의원 8명과
김종필 민주공화당 총재와의 면담

나와 박찬종, 정동성, 윤국노, 홍성우, 김수, 변정일, 박용기 의원 등 정풍파 의원 8명은 1980년 3월 26일 오전 8시, 서울 시내 한 호텔에서 모임을 갖고 이날 오전 9시 30분으로 예정된 김종필 민주공화당 총재와의 면담에서 주로 '듣는 입장'을 취하되 JP가 내놓는 카드여하

1980년 3월 26일 정풍파 의원들과 김종필 민주공화당 총재가 남산당사 총재실에서 대화하는 모습. 오른쪽부터 박찬종 의원, 박용기 의원, 김종필 총재, 김수 의원, 필자, 윤국노 의원

에 따라 대응책을 강구하기로 의견을 집약했다.

김종필 민주공화당 총재는 이날 정풍의원 8명과의 면담에서 정풍의원들에게 당의 입장을 설명한 뒤 "조용히 내실을 기해야 할 시기"라고 하면서 정풍운동의 중지를 당부했다. 이에 대해 우리 정풍의원들은 "김종필 총재의 충정을 이해하며 당의 여러 사정을 감안해서 슬기롭게 양식(良識) 것 처신하고 대처하겠다"고 답변하고, 정풍운동의 중지에 대해서는 순응하는 답변을 하지 않았다.

한편 우리 정풍의원들은 김종필 민주공화당 총재에게 "만일 당이 정풍의원들을 처벌할 계획이라면, 이후락, 임호 의원과 묶지 말고 별도로 심의해 달라"고 요청했다.

7. 정풍파 의원 8명에 대한 민주공화당의 징계처분

민주공화당은 1980년 3일 26일 오후에 당기위원회와 당무위원회를 잇달아 열었다.

이날 민주공화당 당무회의는 이후락, 임호 의원에 대해서 "당과 총재에 대한 허위사실을 유포하여 당 위신을 추락시키고 내분조장과 명예훼손으로 당 발전에 막대한 지장을 초래했다"는 징계사유로 탈당권요처분을 결정하고 이의 없이 즉각 인준했다.

그러나 민주공화당 당무회의는 정풍파인 나와 박찬종 의원을 포함한 8명의 정풍파 의원에 대해서는 쉽게 결론을 내리지 못하고 몇 시간 동안 정회를 거듭하면서 진통을 겪었다. 그렇지만 결국에 온건론보다 강경론이 우세했던 민주공화당 당무회의는 나와 박찬종 의원에 대해서도 '당파조성과 정풍을 주동했다'는 등의 징계사유로 제명처분과 효력이 같은 탈당권유처분을 결정했다.

당시 민주공화당 당헌당규에 따른 탈당권유처분은 징계대상자가 처분통고를 받은 날로부터 10일 안에 탈당하지 아니하면 의원총회 결의 등의 절차를 거침이 없이 자동적으로 제명되는 것이므로 사실상 제명에 해당되는 징계방식이었다.

민주공화당 사무국은 이후락, 임호 의원에 대한 징계는 김종필 민주공화당 총재의 결재를 받아 이날 밤 본인들에게 즉각 통보했다. 그러나 정풍파인 나와 박찬종 의원에 대한 김종필 민주공화당 총재의 재가가 이날은 내려지지 않았다.

정풍파 의원 8명 중 나와 박찬종 의원을 제외한 정동성, 윤국노, 홍성우, 김수, 변정일, 박용기 의원 등 6명의 정풍의원에 대하여는 가벼운 징계인 경고처분이 되었다. 경고처분이 된 정풍의원 6명에게는 나와 박찬종 의원에게 적용됐던 여러 가지 징계사유 중 "당파조성과 정풍 주동"의 항목이 적용되지 않았다.

민주공화당의 당기위원회와 당무위원회가 나와 박찬종 의원에 대하여 탈당권유처분 결정을 내리자, 당시 민주공화당 당기위원인 정창화 훈련부장은 눈물을 흘리면서 "너무 가혹한 처벌이며 공화당이 국민을 의식해서라도 이러한 결정을 하지 말아야 했다"고 안타까워했다. 한편 3월 26일 오후 4시에 파리에서 귀국한 하대돈 당시 민주공화당 당기위원은 여행 가방을 든 채 서울 남산의 중앙당사에 달려와 JP에게 귀국 인사를 한 뒤 당기위원회에 참석하는 열의를 보였으나 당기위원회가 끝난 뒤, "한 명이라도 국회의원을 끌어들여야 할 아쉬운 이 시점에 동료 정풍의원에게 탈당권유를 한 것에 대하여 개인적으로 말도 못하게 가슴이 아프다"고 말하면서 당기위원회에 참석한 것을 후회했다.

일부 언론에서는 "박찬종, 오유방 두 의원을 이후락,

임호 의원과 같은 양의 처벌을 내린 것도 별로 설득력
이 없다는 일부 의견이 있다"고 보도하며 "자기반성과
제2의 창당정신을 부르짖는 정풍파에 가혹한 규제를 가
한 자체가 국민들의 공감을 사지 못할 뿐만 아니라 당
무회의 등에서 가장 강경론을 편 인사들이 그들로부터
정풍 대상으로 지목된 사람들이란 점도 지적되고 있다"
고 진단했다.

8. 민주공화당의 징계처분 이후 정풍파 의원들의 입장

나는 민주공화당 당무회의에서 탈당권유처분을 받았
다는 소식을 듣고 박찬종, 정동성, 윤국노, 홍성우, 김
수, 박용기 의원 등과 협의하여 입장을 정리했다.

우리 정풍의원들은 민주공화당 당무회의의 탈당권유
가 민주공화당의 개혁과 체질개선에 역행하는 것으로
박찬종 의원과 내가 스스로 민주공화당을 떠나야 할 이
유가 없으므로 앞으로 탈당하지 아니하기로 결의했다.
또한 우리는 민주공화당이 정당의 민주화를 이루어야한
다는 것은 국민적 여망이므로 앞으로도 정풍파 소장의
원이 일치단결하여 정풍의 소신에 변함없이 정풍운동의
정신을 살려 나가기로 했다.

박찬종 의원은 "나 자신 반성해야 될 점도 많고 이러한 사태를 빚어 국민과 당원들에게 송구하기 짝이 없지만, 공화당의 체질개선을 통해 국민적 정당으로 뿌리를 내리기 위한 정풍정신이 반드시 관철되어야 한다는 주장에는 아무런 변함이 없다"고 말했다.

나는 "새로운 정치적 전환기를 맞아 공화당이 과거와 현재의 자기모순을 지양, 극복하여 민주적 정치발전에 적응할 수 있는 유일한 길은 정풍운동뿐"이라고 말하고, "이미 밝힌 바와 같이 어떠한 정치적 희생도 각오하고 있으므로 공화당을 위해 백의종군하겠으며 추호도 탈당할 의사는 없다"고 입장을 밝혔다.

정동성 의원은 "당명에는 승복하지만 어떠한 희생도 각오하고 정풍운동을 시작했으므로 계속하여 정풍운동을 할 것"이라고 말했다.

경고처분을 받은 김수 의원은 "정풍의원에 대한 징계조치에 차등을 두어 처리한 것은 우리에 대한 인격 모독"이라고 이의를 제기했다.

박용기 의원은 "절대로 승복할 수 없으며 최악의 경우에는 법적 투쟁도 불사하겠다"고 입장을 밝혔다.

9. 정풍파 의원 8명에 대한 민주공화당 징계 이후 야당의원들의 반응

당시 야당인 신민당 의원들은 1980년 3월 27일 '이후 락 의원 기자회견 폭탄발언'으로 정풍의원들까지 중벌을 내리는 등 진통을 겪고 있는 민주공화당과 미묘하게 움 직이는 정국과 관련해서 우려하는 반응들을 보였다.

한때 신민당의 정풍운동을 주장했던 정대철 의원은 "중병을 앓고 있어 심장이식 정도의 대수술을 필요로 하는 공화당이 정풍주도의원들까지 처벌하는 것은 본말 이 전도된 느낌"이라고 민주공화당 사정을 걱정하면서, "언젠가는 공화당이 과거를 반성하고 새 시대에 맞도록 체질을 개선하는 큰 수술이 필요할 것"이라고 진단했다.

신민당의 한병심 의원은 "정풍의원들까지 중벌하는 것을 보니 이성을 잃은 것 같다"면서, "공화당은 새 시 대에 적합하지 못한 정당임을 대외에 공포한 결과가 됐 다"고 평가했다.

또한 신민당의 한영수 의원은 "공화당의 일부 정풍의 원들은 새 시대를 맞아 양심적인 몸부림을 친 것으로 알고 있는데 기존 공화당 조직에 의해 그 싹이 짓밟히 는 것은 유감"이라고 말하고, "공화당은 참다운 의미의 정치발전에 참여하기 어려운 전근대적인 정당임을 다시 한 번 보여줬다"고 논평했다.

정풍운동 배후설에 대한 진상

1. 정풍운동 관련 김종필 전 민주공화당 총재의
   언급 내용

　김종필 전 민주공화당 총재가 중앙일보 2015년 9월 7일
자 「김종필 증언록, 소이부답(笑而不答) 〈79〉 신군부와
공화당」에서 정풍운동의 배후설에 관하여 언급한 내용
은 아래와 같다.

　　12·12사태 이전까지 나는 전두환이란 인물을 크게 주목하지
　　않았다. 10·26 이후 전두환이 합동수사본부를 이끌며 실력자
　　로 부상했지만, 그 위험성을 제대로 주시하지 못했다. 나 자신
　　이 군인 출신이지만 군부에 관한 관심을 끊은 지 오래였다. 총
　　구의 권력 앞에서 정당이란 무력하기 짝이 없었다. 정당 대표
　　인 내가 바로 혁명으로 세상을 뒤엎은 장본인데도 말이다.
　　공화당의 분열상은 박찬종, 오유방, 이태섭을 비롯한 소장파

의원 17명이 "깨끗하지 못한 인물은 당직에서 배제해 달라"는 결의문을 1979년 12월 24일 내게 전달했다. 소위 정풍운동의 시작이었다. 부정부패자와 권력으로 치부한 자가 정풍대상으로 지목됐다. 정풍파 의원들은 "자발적인 윤리운동"이라고 강조했다. 하지만 시간이 지나면서 나는 그 순수성을 의심하게 됐다. 박정희 대통령 서거로 공화당은 모래성처럼 위태로운 처지였다. 한 마음으로 당의 단합을 주창해야 할 시기에 정풍을 이유로 내부 분란을 초래하고 있었다. 나는 "집안 식구 사이에 일어난 일이나 부부싸움을 이웃에 가서 고해바치는 것과 같다다"(1980년 1월 31일 부산 강연)면서 정풍파를 꾸짖었다. 정풍파 의원 중 몇몇은 전두환의 신군부와 끈이 닿아 있었거나 유혹을 받았다. 내 비서실장 이태섭이 훗날 전두환이 민정당을 만들 때 선두에 섰던 것만 봐도 알 수 있다.

2. JP의 자기 책임이다

중국을 통일한 마오쩌둥(毛澤東)이 "권력은 총구에서 나온다"라고 주장했고, 북한 김정일도 마오쩌둥의 주장에 따라 선군정치(先軍政治)를 하다가 사망한 것은 주지의 사실이다.

금번 중앙일보 2015년 9월 7일자 「김종필 증언록 소이부답(笑而不答) 〈79〉 신군부와 공화당」에 실린 김종필 전 민주공화당 총재 자신의 진술을 종합하여 판단해 보면, 전두환의 신군부가 처음부터 김종필과 민주공화당을 노렸음에도 불구하고, 김종필 총재는 전두환이란 인물을 크게 주목하지 않았고, 10·26 이후 전두환이 합동수사본부를 이끌며 실력자로 부상했지만 그 위험성을 제대로 주시하지 못함으로써 민주공화당의 대표인 김종필 총재 자신이 신군부에 의한 민주공화당의 붕괴를 막아내지 못한 책임이 있음을 자인하고 있는 것이다.

특히 김종필 전 민주공화당 총재가 "정풍파 의원 중 몇몇은 전두환의 신군부와 끈이 닿아 있었거나 유혹을 받았다. 내 비서실장이었던 이태섭이 훗날 전두환이 민정당을 만들 때 선두에 섰던 것만 봐도 알 수 있다"라고 아무런 근거도 없이 말하고 있다. 그러나 이것은 김종필 전 민주공화당 총재가 1980년 봄 당시에 민주공화당의 소멸을 방어하기 위하여 자기 책임을 다하지 못한 사실에 대한 변명에 불과하다.

김종필 총재가 자신의 비서실장이었던 이태섭 의원에 대한 관리 소홀을 자기 책임으로 인식하지 못하고 이를 호도(糊塗)하는 것이다. 서울대학교 총학생회장 출신이고 4·19혁명 민주세대의 촉망받는 리더 중 한 사람이었던 이태섭 의원이 민정당에 입당하여 주도적 역할을 하게 된 것은 정풍운동 당시 사전에 신군부와 내통했었기 때문이 아니라 이태섭 의원 자신의 꿈과 야망, 그로 인한 탁월한 능력 때문이라는 사실에 관하여 김종필 총재는 지금이라도 정확히 인식해야 할 것이다.

1980년 3월경 일부 언론의 보도에 의하면, 박찬종 의원은 "이후락의 발언 파동(HR) 때문에 정풍의 본질이 흐려져서는 안 되며, 정풍운동에 대한 정당한 평가는 국민과 당원이 할 것이다. 나는 하늘에 맹세코 신군부와 접촉한 사실이 없다"고 말했다. 또한 그는 그 당시 정풍운동에 배후가 있다는 설에 대해 "천주교 신자로서 하늘에 맹세코 그런 일은 없다"고 말하면서 "조만간 배후설이 터무니없는 얘기임이 드러날 것"이라고 해명했다.

내가 1979년 12월 24일자 정풍운동 제1차 정풍결의문에 서명하도록 설득한 초선 국회의원 중에는 나의 청주 중·고등학교 7년 선배인 남재희 의원이 있었다. 여기에서 나는 주당사회에서 명작(名作)으로 소문난 남재희 전 의원의 『남재희 회고-文酒 40년』, 「(9) 오유방과 공화당 정풍운동」에 관한 글 중에서 그 일부를 여기에서 원용함으로써 정풍운동의 배후에 관한 의혹이 진실이 아님을 증명하고자 한다.

> 오유방 의원은 나의 중학 7년 후배다. 대학도 같고 집안끼리 한 동네의 세교(世交)가 있는 사이다.
> 10대 국회 때 박정희 대통령이 김재규 중앙정보부장의 손에 갔을 때, 갑자기 오 의원이 나에게 공화당의 정풍운동을 하잔다. 박찬종 의원 등 10여 의원이 동조하고 있다는 것이다.
> 그때 나는 초선, 오 의원은 재선이다. 나는 정풍운동의 뜻이

좋고 오 의원과는 특별한 사이이기에 자세하게 물어보지 않고 우선 동참을 승낙하였다.

필자의 중학 7년 후배인 오유방 전 의원. 작은 몸집의 그는 술자리에서는 언제나 큰 목소리로 요란하게 술을 마셨다.

신문에 그 운동이 크게 나니 여러 가지로 추측이 분분하다. 그래서 자세히 이야기를 들어보려고 오 의원을 조선일보 근처의 맥주집 브론디에서 만났다. 그때는 서로 술 실력이 대단할 때다. 나의 궁금증은 세 가지로 집약되었다.

첫째로, 마침 그 당시에는 일본의 자민당에서 고노 요헤이(河野洋平) 등 젊은 그룹이 이탈하여 신자유클럽을 만들고 기세를 올리던 때라, 혹시 정풍그룹이 그런 것을 모방하려는 것은 아닌가 하는 것.

둘째는, 12·12 군부 하극상을 한, 이른바 신군부와 맥이 통해 있는 것은 아니냐는 것.

셋째로는, 정풍 대상이 우선은 이후락, 김진만 씨 등등인 것으로 알려졌지만 마지막에는 김종필 씨를 표적으로 하고 있는 것은 아니냐는 것. 셋째는 둘째와도 연관되고 박찬종 의원의 야망과도 관련된다.

오 의원은 "그렇지 않습니다. 첫째로…"하고 맥주병을 시멘트바닥에 박살을 내며 "이렇게 아니라는 것을 맹세합니다"하였다. 나도 뒤질세라 맥주잔을 바닥에 던지며 "그 맹세 확인하지"하였다. 오 의원의 맥주병을 깨서의 맹세와 나의 맥주잔 깨기 방식의 확인은 두 번째 문제, 세 번째 문제에 계속되었다. 브론디가 시끄러웠다.

그 후로 오유방, 홍성우, 윤국노 의원 등과의 술자리가 많아지고, 제5공화국에 들어서는 오·홍 두 의원에 이종찬 의원이 끼어 네 의원의 주석은 빈번해졌다. 넷이 북한산을 오르기도 하였는데 그럴 때면 거의 모든 사람이 네 명중 한 명에게는 인사를 하여 산을 오르기가 힘들 정도였다.

오유방 의원의 술 마시는 법은 대단히 요란하고 공격적이다. 항상 목소리는 왜 그리 크게 내는지, 혹시 체구가 약간 홀쭉하여, 그것을 보완하느라고 목청껏 떠드는 습관을 갖게 된 것이라는 심리학적 분석이 가능할지 모르겠다.

민자당 때에 YS를 지지할 것이냐 여부로 나와 심한 논쟁을 한 일이 있다. 그 후 그는 얼마간 우회하여 결국 DJ에게 갔는데, 그 후에 있은 술자리에서는 당파성까지 가미가 되어 더욱 시끄럽고 공격적이 되었다. 선후배 간이 무색할 정도다.

한 번은 홍성우 의원이 하림각에 자리를 마련하였다. 이종찬, 오유방 의원이 오고 나까지 네 명이 마셨다. 그렇게 넷은 구기동에 있는 카페 베이스캠프에 자주 갔던 게 아닌가. 홍 의원의 말은 넷이 정말 친한 사이인데, 나를 제외하고는 모두 DJ캠프에 가 있으니 나도 합류하라는 것이다.

도원결의(桃園結義)는 아니지만 그런 유사한 분위기에서의 설득이다. 나는 YS캠프에 있었지만 YS는 5년 단임으로 끝났으니까 DJ를 지지하는 마음이 되어 있었다. 그러나 옮겨 다니는 것을 꺼리는 유교적(?) 심리에서 끝내 합류는 거절하고 말았다.

오 의원은 16대 공천을 앞두고 술자리에서 민주당 간부들과 고성으로 한바탕하였다고 신문에 크게 났다. 목청껏 공격적으로 떠드는 그 습관은 예나 지금이나 같다. 요즘 정치적으로 불운해졌는데, 다시 재기해서 정계에서 호통 치는 인물로 큰 역할을 하기를 기대한다.

오유방과 박찬종 의원에 대한
민주공화당의 제명

1. 국민양심운동 차원으로 정풍운동 추진 결의

　김종필 민주공화당 총재는 1980년 3월 27일에 있은 당무회의와 당기위원회에서 탈당권유처분을 내린 나와 박찬종 의원과 경고처분을 내린 정동성, 윤국노, 김수, 박용기, 변정일, 홍성우 의원 등에 대해 그대로 재가했다.

　정동성, 윤국노, 홍성우, 김수, 변정일, 박용기 의원 등은 3월 27일 저녁, 서울 시내 모 음식점에서 민주공화당으로부터 제명처분을 받은 나와 박찬종 의원을 위로하고, 이튿날인 3월 28일에도 만나 대책을 협의했다.

　민주공화당의 탈당권유처분으로 사실상 제명처분을 받은 것에 대하여 박찬종 의원은 "당명에 불복하여 법정투쟁은 하지 않겠으며, 정풍운동은 누군가에 의하여 중단 없이 추진되어야 하므로, 경고처분을 받은 동료 정풍의원들은 공화당의 떠나지 말고 계속 정진해 달라"고 부탁했다. 또한 그는 "정치발전 일정에 저해된다는 이유에서 이루어졌다면 납득할 수 있으나 정풍의 잠재적 대상이 되고 있는 당직자들의 자기방어적 이루어졌다면 납득하거나 승복할 수 없다"고 밝혔다.

나는 "당명에 대한 승복과 불복의 차원을 떠나서 정풍운동은 공화당의 체질개선과 정치개혁을 위한 것이었으므로, 앞으로도 정풍운동을 국민에 대한 양심운동의 차원에서 추진해 나가겠다"고 입장을 밝혔다.

홍성우 의원은 "박찬종, 오유방 의원에 대한 탈당권유는 정풍의원 8명 전체에 대한 탈당권유로 해석하고 싶다. 공화당 의원총회에서 표대결로 정풍의 정당성 여부를 심판받아야 한다"고 주장했다.

또한 김수, 박용기 의원 등은 민주공화당의 징계처분에 대해 불복하여, 정치적, 법률적인 방법 등으로 다각적 투쟁을 전개할 것을 주장했다. 특히, 김수 의원은 "박찬종, 오유방 두 의원의 당원 자격 회복을 위해 법정투쟁을 불사해야 한다"고 주장했다. 박용기 의원은 민주공화당의 정풍의원 차등징계에 대하여 "1등 국회의원이 따로 있고, 2등 국회의원이 따로 있는 것이 아닌데 정풍의원에 대한 인격모독이다"라고 분개했다.

한편, 민주공화당은 나와 박찬종 의원 등이 1980년

4월 6일까지 탈당의사를 표시하지 아니할 것에 대비해서 의원총회를 열고 정당법 32조에 규정된 소속의원 제명에 필요한 재적의원 2분의 1 이상 찬성의 절차를 밟기로 결정했다.

2. 제4차 정풍결의문 채택

나와 박찬종, 정동성, 윤국노, 홍성우, 김수, 변정일, 박용기 의원 등 8명의 정풍의원들은 1980년 4월 2일 오전, 서울 시내 한 호텔에서 모임을 갖고, 민주공화당 당헌상 탈당권유처분이 사실상 제명과 같은 효과를 발생하므로 4명(이후락, 임호, 박찬종, 오유방)의 의원에 대한 탈당권유조치를 정당법 제32조에 따라 의원총회에서 무기명 비밀투표에 붙일 것을 요청하고 정풍 제4차 정풍결의문을 채택하였다.

우리 정풍의원 8명은 정풍운동의 진로와 관련하여 정풍운동이 시한성을 갖는 것이 아니므로 민주공화당의 징계조치에 대한 감정적이고 즉흥적인 대응을 하지 않고 사태추이를 보아 가면서 앞으로도 계속해서 정풍운동을 추진할 것을 확인하고, 민주공화당에서 3월 31일자로 사표를 이미 수리한 나와 박찬종 의원 이외의 정풍의원들에 대한 당직사퇴서도 반려되더라도 되돌려 받지 않기로 결의하였다.

아울러 우리는 이날 채택한 제4차 정풍결의문에서, 1971년 이후 한 번도 개최하지 못한 민주공화당 전당대회를 조속한 시일 내에 개최하여 민주공화당의 당헌을 민주적으로 개정하여 새 시대를 맞아 당의 민주적 체제를 확립해야 한다는 종래의 입장을 재확인하였다.

한편 홍성우, 변정일, 박용기 의원 등 정풍의원 3명은 4월 2일 낮, 국회로 김용호 원내총무를 방문하여 민주공화당 의원총회에서 그동안 정풍파가 주장해 온 전당대회 조기소집 문제 등에 대해 토론할 기회를 달라고 요청하였다. 또한 이들은 탈당권유처분을 내린 당기위원회 결정에 대해 소속의원 2분의 1의 찬성을 얻어야 하며, 그 방법은 무기명 비밀투표로 가부를 결정지어 줄 것과 그동안 상호 간에 오해가 있을 수 있으므로 정풍의원이 각자 입장을 밝히고, 특히 탈당권유 처분을 받은 당사자들이 해명할 수 있는 기회를 줄 것 등을 요청하였다.

이에 대해 김용호 민주공화당 "4월 3일 의총에서는 신임 당직자(3월 31일 당직 일부 개편)들의 인사와 당무보고를 마치고 징계의원에 대한 문제는 4월 7일쯤 다시 의총을 열어 논의하자"고 답변했다.

민주공화당은 징계처분을 받은 정풍의원들이 '의총에서 표결 요구'를 들고 나오자 4월 2일 오후에 전례용 당의장서리 주재로 긴급대책회의를 열고, 4월 3일 의원총회에서 4월 7일 의원총회를 대비하여 도상연습까지 실시하는 등 '선상반란'을 막기 위해 급급했다.

3. 민주공화당 지도부의 4·7 의원총회 대비 활동

당시의 언론보도에 의하면, 민주공화당 지도부는 1980년 4월 5일과 6일이 연휴이지만 '쉬는 날이 아니라 더욱 바쁜 날'로 보냈다. 민주공화당 지도부는 정풍운동, 이후락 파동, 3·26 숙당조치 등 일련의 사태를 끝내기 위해 4월 7일 의원총회에서 무기명 비밀투표를 사용할 방침을 정했다. 민주공화당 지도부는 나와 박찬종, 이후락, 임호 의원 등에 대한 탈당권유조치에 대하여 4월 7일 의총에서 기립표결 또는 구두표결로 처리할 계획을 당초 세웠으나, 떳떳이 정도를 걷는다는 입장에서 무기명 비밀투표로 처리하기로 방침으로 바꾸었다.

또한 당시 언론은 1980년 4월 7일 개최예정인 의원총회 결과의 의미와 중요성을 감안하여 당시 민주공화당 당직자들은 표점검에 전력을 기울이는 동시에 표결에 따른 위험부담을 덜기 위해 나와 박찬종 의원에게 직간접의 방법으로 자진탈당을 권유하는 작전도 병행하고 있다고 보도했다. 나와 박찬종 의원은 실제로 "자진 탈당할 의사가 없다. 공화당에 백의종군하겠다고 국민들에게 약속한 이상 탈당할 수 없다"며 거부하고 있었다.

특히 당시 언론은 정풍의원들은 자신들의 요구대로 민주공화당 의원총회에서 표결이 이뤄진다는 사실 자체에 큰 의의를 부여하고 있다고 보도했다. 민주공화당으로부터 징계처분을 받은 나와 정풍의원들은 "17년 동안의 공화당 역사상 의원총회에서 처음으로 표결을 한다는 사실이 바로 당내 민주화 실현의 전환점을 마련해 줄뿐 아니라 국민에게도 공화당의 새로운 모습을 보여주는 것이라고 평가하면서, 징계의 승복, 불복의 차원을 떠나서, 민주적이고 적법한 절차에 의한 공화당의 결정에는 따르겠다"는 입장을 밝히고 있었다.

당시의 정당법 32조는 국회의원 제명의 경우 소속의원 2분의 1 이상의 찬성을 얻도록 규정했다. 그러나 민주공화당은 나와 박찬종, 이후락, 임호 의원에 네 의원에 대한 말썽의 소지를 없애기 위해 당헌상 제명에 필요한 3분의 2 이상의 찬성을 얻을 방침을 세워 놓고 있었다. 일부 언론은 그 당시 민주공화당의 소속의원은 81명이므로 3분의 2선은 54명이고, 4월 7일 의총에서는 탈당권유처분을 받은 당사자 4명과 IPU총회 참석차 외유 중인 박준규, 임영득 의원이 불참하고 정풍파 6명이 반대표를 던진다면 찬성표의 최대 기대치는 69명이라고 분석하기도 했다.

4. 민주공화당의 4·7 의원총회 결과

나와 박찬종, 정동성, 윤국노, 홍성우, 김수, 변정일, 박용기 의원 등 8명의 정풍의원들은 1980년 4월 7일 오전, 서울 시내 한 호텔에서 모임을 갖고 의원총회 대책을 협의했다. 이 모임에서 나와 박찬종 의원은 의원총회에 불참하기로 결정하고, 다른 6명의 정풍의원은 의원총회에 참석하여 정풍정신에 따라 무기명 투표를 하며, 의사진행에 대한 방해행위는 하지 아니하기로 결정했다.

한편 당시의 언로보도에 의하면, 민주공화당 전례용 당의장서리는 4월 7일 상오, 의원총회에 앞서 시내 모 호텔에서 장영순 부의장 등 당 6역 및 국회 상임위원장 및 간사, 총무단 등 당 간부 연석회의를 열고, 최종 표 점검 및 사후 수습책 등을 논의했다. 탈당권유처분을 받고도 10일 이내에 탈당계를 제출하지 않아 민주공화당의 당헌에 따라 자동 제명되었으나, 민주공화당은 징계 의원들이 제명절차의 미비점을 들어 법정투쟁을 할 가능성을 미리 막기 위해 소속 재적의원 3분의 2 이상의 찬성을 얻어 당헌 18조와 정당법 32조에 따른 제명 절차를 모두 밟을 방침을 세웠다.

민주공화당은 4월 7일 하오 2시 20분부터 3시 5분까지 45분 동안 서울 남산의 중앙당사에서 의원총회를 열어, 김종필 총재의 인사말 후에 이후락, 임호, 박찬종,

오유방 의원 등 4명의 소속 국회의원에 대한 당무회의 및 당기위원회의 징계결정에 대하여 무기명 비밀투표를 실시했다.

정풍 주역인 나와 박찬종 의원에 대한 표결에서는 표결 직전에 김수 의원이, 표결 직후에 박용기 의원이 의사진행발언을 신청을 하였다. 그러나 사회를 맡은 김용호 원내총무가 "의원총회의 분위기가 이상하게 되니 아무 말 없이 투표를 끝내자"라고 설득하여 김수, 박용기 의원의 의사진행발언은 불발로 끝났다.

이날 민주공화당 의원총회에서는 74명의 국회의원이 투표를 하였는데, 나와 박찬종 의원 찬성 68표 반대 6표, 이후락 의원 찬성 72표, 임호 의원 찬성 74표로 4명의 소속의원에 대한 제명처분이 확정되었다. 민주공화당은 나와 박찬종 의원에 대한 제명처분을 반대한 6표는 경고처분을 받은 정풍의원 6명으로 분석했다.

5. 민주공화당으로부터 제명 이후의 정국

우리 정풍의원들은 민주공화당의 4월 7일 의원총회 직후 의원총회의 결과에 대하여, '順整風興(순정풍흥) 逆整風亡(역정풍망) 梅經寒苦(매경한고) 發淸香薰(발청향훈) (정풍을 따르면 흥하고 정풍을 거스르면 망한다. 매화는

추운 겨울을 겪고 나서야 맑은 향훈을 발산한다)'라는 4언절구를 지어 우리들의 심정을 토로하였다.

나와 박찬종, 정동성, 윤국노, 홍성우, 김수, 변정일, 박용기 의원 등 정풍의원 8명은 민주공화당의 4월 7일 의원총회 이후에 서울 시내 모 음식점에서 모임을 갖고 서로를 위로하였다.

이 자리에서 우리 정풍파 의원들은 "공화당 17년 역사로 보면 의원총회에서 당내 문제를 표결로 처리했다는 점에서 민주행사로 평가를 받을 만하다. 따라서 정풍의원들이 정풍운동을 하면서 역설해 온 정당의 민주화가 진일보했다고 볼 수 있다. 그러나 표결 결과로 볼 때, 과거 지도부의 지시에 따라 움직여 온 공화당의 생리가 아직도 잔존하고 있음을 인정하지 않을 수 없고, 공화당의 민주화에 한계를 드러낸 것으로 봐야 한다"라고 평가했다.

그 당시 일부 언론은 "김종필 민주공화당 총재가 4월 4일 민주공화당 훈련원 연설에서 '공화당은 일사불란이란 용어를 될 수 있으면 쓰지 않기를 바란다'고 애써 강조한 것도 표결에 대한 예방탄의 성격을 띤다는 점에서 주목된다"고 보도했다.

한편 그 당시 다른 언론에서는 JP가 장영순 부의장에게 "소속의원 80여명의 지지도 못 받으면서 어떻게 공당을 이끌어갈 것이며, 앞으로의 시국에 무슨 힘으로 대

늦깎이처해 나가겠는가"라고 말했다는 사실은 JP 스스로도 자신의 지도력 한계를 알아보고 싶었던 것으로 볼 수 있다. 10·26 이후 JP를 총재로 선출해 놓고도 그의 지도력을 의심하면서 여권에서 신당설이 나올 때마다 신경을 곤두세웠던 의원들은 "'JP 없는 공화호의 위기'를 강조한 당 지도부의 설득을 받아들여 이러한 결과를 가져온 것 같다"라고 분석했다.

민주공화당의 4월 7일 의원총회 이후 1980년 5월 9일 민주공화당 전례용 당의장서리를 비롯한 당 간부들은 정풍운동을 벌였던 정동성, 홍성우, 김수, 박용기 의원을 초청하여 서울 시내 모음식점에서 점심을 같이 하면서 대화를 나누었다.

정동성, 홍성우, 김수, 박용기 의원 등 정풍의원들은 정풍운동이 있은 후 처음으로 민주공화당 간부들과 대화를 가진 이 자리에서 "요즘 정풍요구를 내세우지 않는 것은 시국의 중요성 때문"이라고 말하고, "공화당은 정풍정신을 반영하여 나와 박찬종 의원에 대한 제명처분을 재고하라"고 요구하였다. 또한 이들 정풍의원들은 시국에 대처하는 민주공화당의 자세에 대해서도 언급하면서 임시국회를 조속히 소집하여 비상계엄 해제를 촉구하고, 국회 개헌안의 정부이송 뒤에 정부와 단일안 작성절차를 차질 없이 협의해야 할 것을 강조하였다.

6. 사람의 행동에는 책임이 동반한다

정치든 사회생활이든 결과에 대해서는 누군가는 반드시 책임을 져야 한다. 특히 정치인이 행한 어떤 행동에는 반드시 책임이 뒤따르는 것이다. 아무도 책임지지 못하고 막상 일이 벌어지면 책임을 회피하는 그런 정치는 국민을 기만하는 것이다. 정치라는 것이 국민을 대변하고 국민의 행복을 위해서 하는 것인데 잘못된 결과를 도출하는 짓을 저질러 놓고도 나 몰라라 한다면 그것은 국민의 행복권을 가지고 되든 안 되든 시험을 해 보자는 것 이상으로 받아들일 수밖에 없는 것이다. 더더욱 소신 있는 정치인이라면, 그리고 자신이 행한 행동이 옳은 일로서 그것이 국민들의 행복을 위해서는 반드시 해야 할 일이지만 그 일이 관철되지 않는다면, 자신의 정치 생명을 걸고라도 끝까지 관철시키기 위해서 노력하는 것이 중요하다. 자신의 안위를 위해서 옳다는 것을 알면서도 잘못을 인정해서 자리보전이나 하는 것은 정치인으로서는 절대 해서는 안 되는 일일뿐만 아니라 있을 수 없는 일이라는 것이 당시의 내 생각이었고 지금도 그 생각에는 변함이 없다.

결국 정풍운동으로 인해서 나와 박찬종 의원은 그렇게 제명을 당하고 말았다. 하지만 결코 내 행동에 대해서 후회하지 않았다. 오히려 국민들과 우리 서대문 주민들이 나에게 박수를 보내 줄 것을 생각하니 기쁘기조차 했다. 그리고 실제 나를 지지하는 많은 분들이 격려차 찾아오기도 했고, 또 격려 전화도 해 주면서 용기를 북돋아 주었다.

사람이 어떤 일을 하기 위해서는 반드시 대가를 치르기 마련이다. 하지만 그 대가가 정당할 때는 스스로 한 일로 위안을 받을 수 있지만, 대가가 정당하지 못할 때는 억울하기 그지없는 것이다. 사실 제명을 당한 나로서는 억울하기 그지없어야 하는데도 불구하고 나는 억울하지 않았다. 언젠가는 우리의 진의를 역사가 평가해 줄 것이라고 믿었다. 그 증거로 나를 찾아오거나 아니면 멀리서 전화로나마 격려해 주는 국민들 모두가 역사의 산증인이라고 나는 굳게 믿고 있었다. 그 당시의 나는 종교를 갖고 있지 않았지만 옳은 일을 하기 위해서는 박해를 당한다는 정도의 성경 구절 정도는 알고 있던 사람이다. 나는 내가 억울하다는 생각이 들라치면 그 성경 구절을 떠올리면서 스스로 위로를 삼았다. 아니 위로를 삼았다기보다는 정풍운동조차 받아들이지 않는 정당이라면 차라리 제명당하는 편이 낫다고 스스로를 위로하고 있었는지도 모른다.

오유방의 세례와 정풍운동

1. 이효상 국회의장의 세례 권유

내가 1973년 제9대 국회에 33세의 나이로 등원했을 때 나는 가톨릭신자 동우회 데이비드(David) 모임으로 주님의 뜻에 따라 인도해 주신 분은 시인이자 교육자이며 정치인으로, 이문희 대주교의 부친이신 한솔 이효상(작고) 제6대 국회의장이다.

내가 1973년 제9대 국회의원에 등원했을 때 한솔 이효상 의장의 직책은 민주공화당의 당의장이었는데, 나를 만나자 당선을 축하하는 제1성으로 데이비드(David) 모임에 가톨릭 예비신자의 자격으로 나오도록 권고한 것이다.

그로부터 7년여 후인 1980년 5월 28일에 약 7년 동안의 가톨릭예비신자 시절을 마감하고 세례를 받았다.

1980년 1월부터 5월까지 당시 나의 국회의원선거구인 서울 서대문·은평구에 위치한 역촌동성당의 야간반에서 매주 1회 일반신자들과 함께 가톨릭예비신자 교리수업을 졸업하고 드디어 세례를 받았던 것이다.

내가 1972년 실시된 제8대 국회의원선거에 출마했을 때 김창석 다두 신부님(1926년 6월 20일 인천에서 출생, 1950년 11월 21일 혜화동성당에서 노기남 대주교님 주례로 사제서품, 1993년 5월 29일 향년 67세에 심장마비로 선종함)은 서울 중림동성당(일명 약현성당)의 주임신부님으로 계셨다. 그 당시 중림동은 서대문구였는데 1975년경 서울특별시의 행정구역의 개편으로 중구에 속하게 된 것이다. 그때 내가 김창석 다두 주임신부님을 찾아뵙고서 금번 선거의 당락에 관계없이 가톨릭교회에 귀의하기로 약속을 한지, 실로 9년만의 일이다.

2. 오유방의 세례대부가 된 박찬종 의원

나는 1980년 1월부터 5월까지 서울 은평구에 소재하는 역촌동성당에서 일반신자들과 함께 교리공부를 하고 세례를 받기로 결정이 되었다.

나는 1980년 5월 20일경 한솔 이효상 의장님의 자택을 방문하여 1주일 후에 드디어 세례를 받게 된 기쁜 소식을 말씀드리고 대부(代父)를 맡아 주실 것을 부탁드렸더니, 의외로 일언지하에 거절을 하시면서 뜻밖에 박찬종 의원을 추천하셨다.

나는 정중하지만 따지듯이 "박찬종 의원은 저보다 1살이 위이고 인격적으로 훌륭한 분이지만 공화당의 소장파 정풍운동을 함께 주도한 동지이며 친구인데, 저의 대부가 될 수 있는 자격이 있는 것입니까?"라고 말씀을 드렸다.

그러자 이효상 의장님은 기다렸다는 듯이 첫째로 나는 오유방 의원과 나이 차이가 너무 많아서 앞으로 내가 오유방 의원의 대부로 오랜 세월 신앙생활을 함께 할 수 없어 자격이 미달인 점, 둘째로 박찬종 의원은 비록 나이가 오유방 의원보다 1살이 위이지만 부산에서 3대에 걸친 가톨릭 집안인데다가 이미 젊은 나이에 부산교구의 큰 성당에서 사목회장을 역임했으니 대부 자격이 충분한 점, 셋째로 영화 대부(代父)를 보면 가톨릭의 신앙 대부는 나이에 구애받지 않는 것을 알 수 있는 점 등의 이유에 관하여 나에게 소상히 말씀해 주셨다.

그 다음날 아침 7시에 당시 박찬종 의원의 자택이었던 여의도에 위치한 아파트를 사전 연락 없이 작은 케이크 하나를 사들고 기습으로 방문하였다. 놀라는 박찬종 의원에게 7일 후인 1980년 5월 28일 가톨릭 세례를 받게 되니, 나의 대부를 맡아 달라고 부탁했다. 박찬종 의원은 우리는 친구이니, 한솔 이효상 의장님에게 대부를 서달라고 함께 찾아가서 부탁을 드리자고 제안을 했다. 내가 전날 한솔 이효상 의장님 자택을 방문하여 나의 대부에 관하여 서로 나눈 이야기의 자초지종(自初至終)을 설명하니, 박찬종 의원은 기쁜 마음으로 나의 대부를 맡아주겠다고 수락했다. 내가 박찬종 대부의 세례명을 물으니, 그는 나에게 '아오스딩'이라고 대답해 주었다.

다음날 오전에 서울 역촌동성당의 사제관으로 김창석 다두 신부님을 찾아가서 박찬종 의원이 대부를 맡게 된 경위를 설명하면서 박찬종 대부의 세례명이 '아오스딩'이라고 보고를 드렸다. 김창석 다두 신부님은 앞으로 오유방 의원이 정치인으로 본격적으로 활동할 때는 영어가 국제적인 언어로 사용될 것이므로 참회록을 쓰신 히포의 주교 아오스딩 성인의 영어발음인 '어거스틴(Augustin)'을 나의 의원의 세례명으로 부르도록 하라고 작명해 주었다.

3. 여의도의 이변과 십자가의 참된 의미

사실 나는 1980년 1월부터 서울 역촌동성당에 가톨릭 교리를 공부하면서 성경을 읽기 시작하였기 때문에 예수 그리스도의 말씀이 내가 1980년 봄 민주공화당에서 정치개혁을 위해 정풍운동을 전개하는데 가장 커다란 영향을 주었다.

내가 이 글을 쓰면서 나의 서재를 둘러보니 김창석 다두 신부님이 쓰신 『신부(神父)님의 연인(戀人)들』이라는 책자가 눈에 들어온다. 바로 '김창석 다두 신부님의 60회갑기념 묵상집'이다. 그 책에 실린 글 중에서 「여의도의 이변(異變)」이라는 묵상수필을 나는 오랜 세월 가슴에 묵상 재료로 품고 살았다. 나는 여기서 김창석 신부님의 묵상수필을 전재(全載)하여 예수 그리스도의 말씀을 묵상함으로써 정치인이 정치개혁운동을 전개하면서 가져야할 마음의 자세와 덕목을 독자 여러분과 함께 나누고자 한다.

여의도의 이변(異變)

여의도 상공에 삽자가가 나타난 사실이 항간의 화제가 된 적이 있었다. 1981년 1월 18일 10시 여의도 광장에서 천주교 조선 교구 설정 1백 50주년을 기념하는 신앙대회가 열렸을 때 공중에 십자가가 나타났었다.

그 십자가는 군중의 뒤쪽에 나타났기 때문에 모든 사람들이 다 본 것은 아니었다. 그 십자가를 본 사람들은 대부분 군중을 향하여 본부석 단상에 있던 성가 대원들이었다.

십자가를 못 본 사람들은 믿음이 약하고 회개할 필요가 있는 사람에게만 십자가가 보였다고 했다. 반대로 그 십자가를 본 사람들은 믿음이 부족한 사람들에게는 십자가가 안 보였다고 했다.

모두가 십자가가 나타난 것이 기적이라고 야단들이었다. 이 기적을 전 세계에 널리 알려야 한다고 흥분한 장관도 있었고 국회의원도 있었다. 이러한 엄청난 기적이 일어났는데도 교구 당국은 왜 가만히 있느냐고 불만들이 대단했다.

문제의 십자가가 나타났을 때 사람들의 반응은 각양각색이었다. 어떤 사람들은 무서워서 소름이 끼쳤다고 했다. 또 다른 사람들은 황홀해서 눈물이 나왔다고 했다. 대부분의 사람들은 깊은 믿음의 감격을 느꼈다고 했다.

그러면, 그 십자가는 우리에게 무엇을 뜻하는 것이었을 까? 그 뜻도 각양각색이라고 나는 생각한다. 그 십자가는 영광의 상징일 수도 있고, 고난의 상징일 수도 있다. 십자가를 보았다고 해서 덮어 놓고 좋아 하고 감격할 일은 못된다. 여의도 상공에 십자가가 나타났다고 해서, 덮어 놓고 좋아하고 감격할 일은 못된다. 여의도 상공에 십자가가 나타났다고 해서 마치 큰 기적이나 이변이 일어난 것처럼 흥분하는 것은 십자가가 무엇을 뜻하는 것인지 잘 모르기 때문이 아닌가 생각한다.

제2차 세계대전 이전에 독일에서 신앙대회를 열었는데 그때도 십자가가 나타났다고 한다. 많은 사람들이 기적이라고, 또는 좋은 징조라고 좋아했지만 그 후 얼마 안 되어 히틀러가 나타나 교회는 큰 박해를 받았다. 이 경우 그 십자가는 영광의 징표가 아니라 고난의 징표였던 것이 분명하다.

여의도에 나타난 십자가도 우리에게 반드시 영광이나 즐거움의 상징이라는 보장은 없다. 그것은 우리에게 앞으로 닥쳐올지도 모르는 고난이나 어려움의 상징일 수도 있는 것이다. 원래 십자가는 영광의 상징이기 이전에 고난의 상징이라고 보아야 한다. 십자가가 영광의 상징이기 위해서는 먼저 고난을 거쳐야 하는 법이다. 말하자면, 고난의 단계를 거쳐야 십자가는 영광스러운 것이 될 수 있다.

그날 하늘에 나타난 십자가는 80만 명이나 되는 많은 사람들이 신앙대회에 운집한 것을 보고 흥분하는 사람들에게 그러한 것으로만 들어나는 수적인 시위가 반드시 그리스도의 참모습이 아닐 수도 있다는 것을 보여 준 것인지도 모른다.

2,000년 전 골고다 언덕의 십자가와 그날 여의도 광장에 나타난 십자가의 모습에는 겉으로 보기에 큰 차이가 있다. 그러나 두 경우의 십자가에는 근본적으로 같은 뜻이 포함되어 있다고 보아야 한다.

얼마 전 명동 대성당에 갔다가 밤늦게 집으로 돌아오는 길에 거리에서 술 취한 한 여인을 본 적이 있었다. 큰 소리로 말하는 모습이나 단정하지 못한 몸가짐이 보는 사람들의 얼굴을 찌푸리게 하는 그 여인의 목에는 황금색으로 빛나는 십자가가 걸려 있었다. 이런 십자가가 우리에게 무슨 뜻이 있겠는가?

역사와 전통을 자랑하는 유럽의 많은 교회에는 황금과 보석으로 빛나는 십자가들이 보관되어 있다. 오늘날에도 교회 고위 성직자들의 가슴에는 황금과 보석으로 빛나는 십자가가 걸려 있다. 그러나 이런 십자가가 우리에게 무슨 뜻이 있겠는가?

며칠 전 서울 역촌동 뒤쪽 산동네에 있는 폐결핵 환자 촌을 찾아 갔었다. 판자조각으로 사방을 둘러친, 불기가 하나도 없는 흙바닥에 누워 있는 환자들은 숫제 유령처럼 보였다. 늘 보는 참혹한 광경이었다. 그 산동네의 꼭대기에 서서 아랫동네를 내려다보았다. 많은 십자가들이 시야에 들어왔다. 좋은 집들 가운데 우뚝 솟은 크고 작은 교회의 첨탑위에는 서로 경쟁이나 하듯 많은 십자가들이 석양에 빛나고 있었다. 우리 일행을 안내하던 베드로라는 환자는 "교회가 저렇게 많아도 우리를 찾아주는 사람들은 별로 없어요"하며 쓸쓸하게 말했다. 아랫동네에 세워져 있는 많은 십자가들이 산동네에 사는 병든 사람들의 눈에 어떻게 비칠까 하는 두려운 생각이 내 머리를 스치고 지나갔다.

가난하고 굶주리고 헐벗은 사람들과 먹을 것 입을 것을 나눌 때, 십자가는 참다운 그리스도의 상징이 되는 것이 아닐 까? 병들고 감옥에 갇힌 사람들을 찾아가 위로 할 때, 십자가는 참다운 그리스도의 상징이 되는 것이 아닐까? 직업을 잃고, 기아 선상에서 허덕이는 사람들, 또는 어느 공장에서 박봉에 시달리는 사람들의 고통에 우리가 동참할 때, 십자가는 참다운 그리스도의 모습이 되는 것이 아닐까?

예수는 말했다. **"나를 따르려는 사람들은 누구든지 자기를 버리고, 제 십자가를 지고 따라야 한다."**(마태오 16, 24).

이 십자가는 지라는 십자가이지 장식품으로 목에 걸고 다니라는 십자가가 아니다. 여의도 상공에 나타난 십자가도 우리가 져야하는 십자가이지, 덮어놓고 보고 좋아하라는 십자가가 아닐 것이다.

그날 십자가가 나타난 위치는 우리 순교자들이 피를 흘린 절두산 성지와 새남터 성지의 중간 지점이다. 우리 순교자들은 주님에 대한 사랑으로 목숨을 바친 사람들이다.

"벗을 위하여 제 목숨을 바치는 것보다 더 큰 사랑은 없다."(요한 15, 13).

나는 1979년 12월 24일 민주공화당 소장의원 17명과 함께 정풍운동을 하기로 결의한 이후 1980년 서울의 봄에 정풍의원이 8명으로 감소할 때에는 "나를 따르려는 사람들은 누구든지 자기를 버리고, 제 십자가를 지고 따라야 한다"(마태오 16, 24)라는 예수님의 말씀을 묵상하면서, 정치개혁을 위해 정풍운동을 하는 국회의원으로서 자기 자신을 버리고 자신의 십자가를 지고 국민의 뜻에 따라 행동해야 한다고 결심했다.

또한 나는 1980년 서울의 봄에 나와 박찬종 의원이 민주공화당에서 제명처분을 당했을 때에는 "벗을 위하여 제 목숨을 바치는 것보다 더 큰 사랑은 없다"(요한 15, 13)는 예수님의 말씀을 묵상하면서, 앞으로 정풍운동을 전개함에 있어서 어떠한 고난과 시련을 맞이할 경우 동료 정풍의원을 대신해서 정치적인 목숨을 바칠 것을 다짐하기도 했다.

제3부

정풍운동 이후의
오유방

서울의 봄과 제5공화국 정치 불참

1. 서울의 봄의 의미

결국 나와 박찬종 의원이 1980년 4월 7일 민주공화당에서 제명을 당하면서 정풍운동이라는 말도 사라지고, 얼핏 보기에는 정풍운동이 실패한 운동처럼 보였다. 그러나 분명한 것은 정풍운동은 실패한 것이 아니라 나에게는 새로운 시작이라는 것이다.

1980년 서울의 봄과 5공화국을 겪으면서 오히려 내가 자기성찰을 하면서 새롭게 성장하도록 한 것이 정풍운동이었다. 더욱이 내가 정치를 하는데 있어서 나의 양심과 정의감에 따라 올바른 길을 택해서 국가를 부강하게 만들고 국민의 행복을 증진하기 위해서 봉사할 수 있도록 나를 새롭게 만드는 것이 정풍운동이었다.

소위 1980년 서울의 봄에 대해서 개략적으로 정리를

하면 다음과 같다.

1980년 서울의 봄은 1968년 체코슬로바키아가 소련의 간섭으로부터 벗어나 잠시 민주화를 이루었던 시기를 프라하의 봄이라고 부른 데에서 기인한 것으로, 박정희 대통령이 시해된 1979년 10월 26일부터 1980년 5월 17일 신군부가 계엄군을 투입하기 전까지를 말한다. 이 땅에 민주화의 따뜻한 봄기운이 서려있던 시기다. 결국 서울의 봄은 신군부의 계엄군에 의해 5·18민주화운동이 무력으로 진압됨으로써 그 의미를 잃게 된 것이다.

2. 서울의 봄 당시 정국 상황

1979년 10월 26일 박정희 대통령의 서거로 헌법 제48조에 따라 대통령권한대행에 취임한 최규하 당시 국무총리는 1979년 11월 10일 헌법에 따라 새 대통령을 선출하고 새 대통령이 빠른 시일 내에 헌법을 개정한다는 '시국에 관한 특별담화'를 발표하였다.

그러자 국민들의 반대는 곳곳에서 일어났다. 그동안 빼앗긴 채 살아왔던 민주주의의 꽃을 피울 수 있는 절호의 기회를 다시 한 번 체육관에서 잃어버리고 싶지 않았던 것이다. 대학생들의 시위는 물론 종교계와 학계까지도 반대의 목소리를 냈다. 그리고 재야는 1979년

11월 24일 국민대회를 열어 통일주체국민회의에서 대통령을 선출하는 것을 중단하라고 강력하게 요구하였다. 그동안 민주화를 위해 투쟁하던 이들은 3개월 이내에 대통령직선제 민주헌법으로 개정하고, 새로 개정된 헌법에 따라 빠른 시일 내에 대통령의 직접선거를 실시할 것을 요구했다.

그렇지만 최규하 대통령권한대행은 1979년 12월 6일 장충체육관에서 통일주체국민회의를 열고 제10대 대통령 보궐선거를 실시하여 자신이 대통령으로 선출되었다. 최규하 대통령권한대행은 제10대 대통령으로 당선된 후에 조기 개헌과 조기 선거를 약속하면서 1979년 12월 21일 제10대 대통령으로 취임하였다. 그러나 최규하 대통령이 12월 6일 선출되고 12월 21일 취임을 하는 그 사이에 이미 12·12 신군부의 하극상이 일어났다.

그 당시 나는 1980년 4월 7일 민주공화당에서 제명을 당한 이후 무소속 국회의원으로 침묵 속에 정국을 정관(靜觀)하고 있었다.

최규하 대통령은 1979년 12월 21일 취임한 이후에 긴급조치 관련자 560여 명을 특별사면하고, 1,300여 명을 석방했다. 제적학생 750여 명이 다시 학교로 돌아오고, 해직교수 19명이 복직되었다. 또한 최규하 대통령은 1980년 2월 29일에는 윤보선, 김대중 등 재야인사 687명을 복권시켰다.

한편 신군부 세력은 1979년 12월 12일 자신들 마음대로 최규하 대통령의 승인도 없이 당시 계엄사령관인 정승화 육군참모총장과 장태완 수도경비사령부 사령관, 정병주 특전사령부 사령관을 연행했다.

그리고 12월 13일 육군본부·국방부·중앙청 등 핵심 거점을 점령하고, 방송국과 신문사를 통제하에 둔 채 최규하 대통령의 사후 승인을 받았다. 또한 신군부는 1980년 1월 20일자로 정승화, 이건영, 정병주, 장태완 등을 모두 예편시키고, 육군본부 군법회의는 정승화에게는 징역 10년형을 선고했다.

최규하 대통령은 1980년 4월 14일 전두환 중장을 중앙정보부장서리에 임명했다.

3. 5·17비상계엄확대조치 및 국보위

1980년 5월 들어 격화된 대학가 시위사태가 전두환 보안사령관 겸 중앙정보부장서리에 대한 퇴진과 비상계엄 해제를 요구하는 정치쟁점화 양상으로 변모해 가면서 가열되기 시작하자, 신군부는 '시국수습방안'을 마련하였다. 신군부의 '시국수습방안'이란 비상계엄지역을 제주도를 포함한 전국으로 확대 실시하는 것과 동시에 과도정부 성격의 소극적인 내각을 통제하기 위해서는 비상기구의 설치, 계엄해제 요구를 결의할 가능성이 있는 국회의 해산이 필요하다고 판단하고, 이를 '시국수습방안'으로 정리하였다.

신군부는 여야가 개헌을 논의하기로 합의한 1980년 5월 20일을 사흘 남겨 둔 5월 17일 24시를 기해서 계엄포고령 제10호(계엄사령관 이희성)를 발표하여 비상계엄을 제주도를 포함한 전국으로 확대하였다. 계엄포고령 제10호의 내용은 모든 정치활동을 중지시키고 언론·출판·보도 및 방송에 대한 사전 검열과 전국 대학의 휴교령을 내리는 것으로서 전국 92개 대학 및 국회의사당, 신민당사, 공화당사, 언론기관, 공공기관을 포함한 136개 주요 보안목표(방송국, 발전소 등)에 25,000여명의 계엄군을 증강 배치했으며, 소요주동자들을 일제히 검거했다.

1980년 5월 18일 전남대학교 학생들과 계엄군이 충돌한 이후 열흘간 광주는 피로 물들었다. 부당한 국가권력에 대한 광주시민과 학생들의 저항을 계엄군이 무력으로 진압하면서 165명의 민간인이 희생되었고, 400여 명이 행방불명이 되었다. 이렇게 하여 신군부는 광주시민의 민주화운동을 무력으로 진압하였다.

광주시민의 민주화운동을 무력으로 진압한 신군부는 1980년 5월 27일 국무회의의 의결을 거친 「국가보위비상대책위원회설치령」에 따라서 5월 31일 전국비상계엄 하에서 대통령의 자문보좌기관으로 행정·사법업무를 조정·통제하는 기능을 갖는 '국가보위비상대책위원회'(약칭 '국보위')를 설치하였다.

국가보위비상대책위원회는 대통령의 자문 보좌기관으로 발족하여 대통령 이하 내각의 총리, 주요 각료, 군 지도자 외 대통령이 임명한 군 지휘관 등 25인으로 구성되었는데, 최규하 대통령에게 의장 직위가 주어졌지만 그 위에 전두환 보안사령관을 수반으로 하는 상임위원회라는 '각내 내각'(Inner Cabinet: 내각에서 실력 있는 각료들의 모임)이 설치되었다. 실제로 신군부는 국보위 전체회의를 단 두 차례밖에 열지 않았고, 정부부처와 장관의 고유 권한이거나 국무회의의 의결을 요하는 사항까지도 모두 상임위원회 차원에서 결정하고 집행하였는데 상임위원장 이하 30인의 상임위원 가운데 18명이 12·12사태를 일으킨 군인들이었다. 그리고 이 상임위원회 아래 13개의 분과위원회와 사무국이 설치되었는데 각 분과위원장은 바로 내각 각 부의 장관, 즉 각료에 해당했다.

1997년 4월 대법원은 "국보위가 대통령 자문기구의 형식을 빌렸다 하더라도, 상임위원장에 피고인 전두환이 취임하여 공직자 숙정(肅正), 언론인 해직, 언론 통폐합 등 중요한 국정시책을 결정하고 이를 대통령과 내각에 통보하여 시행하도록 함으로써 국가보위비상대책상임위원회가 사실상 국무회의 내지 행정 각 부를 통제하거나 그 기능을 대신하여 헌법기관인 행정 각 부와 대통령을 무력화시킨 사실 등을 인정한다"고 판결했다.

4. 제5공화국의 출범

신군부의 전두환 보안사령관은 5·17비상계엄확대조치 이전까지는 단순히 군부세력을 장악한 군부실권자로 군림했지만, 5·17비상계엄확대조치 이후 특히 국가보위비상대책위원회의 상임위원장에 임명된 이후에는 실질적으로 내각을 장악하여 최규하 대통령은 '얼굴마담'에 지나지 않았다.

최규하 대통령이 하야(下野)를 결심한 것은 1980년 7월 31일 설악산 하계휴가를 떠나기 전인데, 전두환 국가보위비상대책위원회 상임위원장을 청와대로 불러 하야 결심을 밝히고, 전두환 보안사령관에게 대통령 자리를 대신 맡아 줄 것을 당부하고 강릉으로 휴가를 떠났다. 1980년 8월 27일, 통일주체국민회의는 전두환 단일후보를 총 투표자 2,525명 중 2,524표의 찬성과 1명의 무효표로 제11대 대통령에 당선시켰고, 전두환 보완사령관은 1980년 9월 1일 잠실체육관에서 제11대 대통령으로 취임하였다.

통일주체국민회의에서 제11대 대통령으로 취임한 전두환 대통령은 1980년 9월 9일 정부의 헌법개정심의위원회

제11차 전체회의를 통해 대통령 임기 7년, 단임제와 간선제등을 골자로 하는 헌법개정안을 확정하였다. 1980년 9월 29일 전두환 대통령이 헌법개정안을 공고하고, 10월 22일 국민투표가 실시되어 투표율 95.9%와 찬성률 91.6%로 헌법개정안이 확정되었다. 1980년 10월 27일 개정 헌법이 공포되어 같은 날로 시행되었다.

1980년 10월 27일 제5공화국 헌법이 발효됨과 동시에 제10대 국회 해산 및 각 정당이 해산되었고, 국회를 대신하여 입법기능을 담당할 '국가보위입법회의'를 발족시켰다. 이 입법회의는 국보위의 확대개편이자 위상 강화로 볼 수 있으며, 준 군정기관이었던 '국가보위비상대책위원회'에 입법기능까지 부여하여 강력한 제도적 통제를 위한 장치를 마련한 것이다.

신군부는 자신들의 정치일정을 제도적으로 소화하기 위해 국가보위입법회의의 필요성을 절감했고, 이 때문에 법절차를 무시하고 국가보위입법회의를 설치한 것이므로 절차적 정당성을 확보하지 못한 위법성을 지니고 있다고 할 것이다.

1980년 10월 27일 발효된 헌법에 의해 국회 및 정당 해산으로 국회의 권한을 대행하게 된 국가보위입법회의는 정치풍토쇄신특별조치법, 언론기본법의 제정, 집회및 시위에관한법률, 국가보안법, 노동관계법 등의 개정을 통하여 민주화에 대한 요구를 사전에 봉쇄하는 법적·제도적 장치를 마련함으로써 사회 전반에 걸친 국민의 민주화요구를 차단시켰다. 한편으로 컬러TV 방영, 프로스포츠의 개막, '국풍' 행사 등을 통하여 국민의 민주화에 대한 열망을 희석시키고 분산시키고자 하였다. 또한 위의 법령 이외에 정당법, 정치자금법, 선거관리위원회법, 대통령선거법, 국회의원선거법, 국회법, 사회보호법 등 166일 동안에 국회의 권한을 대행해 제출된 189건의 법률안 중 189건 모두를 가결하여 처리했다.

5. 정치풍토쇄신특별조치법의 시행

신군부는 1980년 11월 5일 국가보위입법회의를 통해 제5공화국 헌법의 시행 이전에 정치적 또는 사회적으로 부패와 혼란에 현저한 책임이 있는 자에 대한 정치활동을 규제한다는 구실을 붙여 총 12조 및 부칙으로 되어 있는 「정치풍토쇄신특별조치법」을 공포하였는데, 그 내용을 요약하면 아래와 같다.

정치참여금지의 유형을 보면 공직선거에 있어서 후보자가 되는 것, 공직선거에 있어서 특정후보자를 지지 또는 반대하는 행위를 하는 것, 정당 또는 정치적 사회단체에 가입하거나, 그 고문 기타 이에 준하는 직위 또는 그 결성이나 준비를 위한 직위에 취임하는 것, 정치적 집회의 주최자 또는 연사가 되는 것, 위의 각 경우의 특정정당, 정치적 사회단체 또는 타인의 정치활동을 원조하거나 방해하는 것을 말한다.

제5공화국의 전두환 대통령 소관 하에 정치쇄신위원회를 두도록 하고 있는데, 정치쇄신위원회는 정치활동 피규제자(被規制者)를 동법 시행일로부터 7일 이내에 심사하여 공고하도록 하고, 공고에 누락이 있는 때에는 시행일로부터 10일 이내에 추가로 공고할 수 있도록 하였다.

정치활동 피규제자(被規制者) 대상자는 ① 1979년 3월 12일부터 1980년 10월 26일까지의 기간 중 제10대 국회의원직에 있던 자로 정치적·사회적 부패나 혼란에 현저한 책임이 있다고 인정된 자, ② 위의 기간 중에 정당법의 규정에 의한 정당의 중앙당·지구당, 서울특별시·부산직할시·도의 당 연락소의 간부직에 있던 자로서 위와 같은 책임이 인정되는 자, ③ 사회안전법의 규정에 의한 보안처분대상자로서 위와 같은 책임이 인정되는 자, ④ 그 밖에 1968년 8월 16일부터 1980년 10월 26일까지의 기간 중 정치적·사회적 부패나 혼란에 현저한 책임이 있다고 인정되는 자로 하고 있다.

위와 같이 정치활동 피규제자(被規制者)로 공고된 자가 정치활동을 하고자 할 때에는 본인 또는 그 대리인이 공고일로부터 7일 이내에 위의 정치쇄신위원회에 적격심판을 청구할 수 있도록 하였다. 정치쇄신위원회는 이 법 시행일로부터 30일 이내에 위의 청구에 대한 심사를 하여 그 적격여부를 판정하도록 하였고, 그 판정은 대통령의 확인으로 확정되도록 하였다.

정치활동 피규제자(被規制者)로 공고된 자는 공고일로부터 1988년 6월 30일까지 정치활동을 할 수 없고, 적격판정을 받은 자는 그 확정일로부터 정치활동의 금지가 해제된다. 대통령은 정치활동 금지기간 동안에도 개전의 정이 현저하다고 인정되는 자에 대하여는 정치활동의 금지를 해제할 수 있도록 하였다.

이 특별조치법에 의하면, 정치활동이 금지된 자는 행정소송 및 기타의 불복신청이 인정되지 않는다. 또한, 이 법에 위반하여 정치활동을 한 자는 5년 이하의 징역과 1,000만 원 이하의 벌에 처하여진다.

6. 제5공화국의 정치에 불참한 이유

나는 법조인으로서 법을 다루는 사람이다. 그런데 임의로 자신들이 정치를 규제하고, 이의신청을 하면 자신들 마음에 드는 사람만 적격심사를 해서 풀어 주겠다는 그런 법은 처음 보았다. 행정소송도 안 되고 기타 불복신청이 안 된다는 것의 의미는 풀어주는 사람만 정치를 하고 나머지는 하지 말라는 이야기다. 이런 법을 갖고 있는 나라가 민주주의를 운운하면서 선거라는 것을 해도 되는 것인지 알 수도 없었을 뿐만 아니라, 도대체 이 나라의 민주주의가 어떤 방향으로 선회하면서 끝없는 나락 아래로 추락하는 것인지 이해할 수가 없었다.

나는 1980년 11월 중순경 「정치풍토쇄신특별조치법」에 따른 정치활동재개신청서를 제출하도록 요청받았다. 그렇지만 나는 위법한 정치행태를 저지르는 이들과 같은 배를 타고 싶지 않았다. 더욱이 체육관대통령선거를 없애고 대통령직선제의 헌법개정을 주장하면서 정풍운동을 부르짖던 내가 스스로에게 부끄러운 짓을 할 수는 없었다. 처음에 정치를 할 때부터 변호사라는 직업으로는 억울하고 힘든 국민들 모두에게 혜택을 줄 수 없어서 선택한 일인데, 국민들의 가슴에 총탄을 겨누고 피로 물들인 제단위에 마련된 5공화국에는 참여할 수가 없었다.

당시 나는 김창석 신부님이 「여의도의 이변」이라는 제목의 묵상수필 내용이 나의 마음을 사로잡고 있는 것을 느꼈다.

"예수는 말했다. 나를 따르려는 사람들은 누구든지 자기를 버리고, 제 십자가를 지고 따라야 한다"(마태오 16, 24). 이 십자가는 지라는 십자가이지, 장식품으로 목에 걸고 다니라는 십자가가 아니다. 1981년 1월 18일 10시 여의도 상공에 나타난 십자가도 우리가 져야하는 십자가이지, 덮어놓고 보고 좋아하라는 십자가가 아닐 것이다. 그날 십자가가 나타난 위치는 우리 순교자들이 피를 흘린 절두산 성지와 새남터 성지의 중간 지점이다. 우리 순교자들은 주님에 대한 사랑으로 목숨을 바친 사람들이다. 벗을 위하여 제 목숨을 바치는 것보다 더 큰 사랑은 없다(요한 15, 13)."

그 당시 "나는 벗을 위하여 제 목숨을 바치는 것보다 더 큰 사랑은 없다"라는 예수님의 말씀을 묵상하면서, 정풍운동을 함께한 동료의원들과 만나 「정치풍토쇄신특별조치법」에 따른 정치활동재개신청서를 제출할 것인지의 여부에 관하여 협의하기로 했다.

나는 박찬종, 정동성, 윤국노, 홍성우, 김수, 변정일, 박용기 의원 등과 만나서 정치활동 재개를 위한 적격심판청구서를 제출할 것인지에 관하여 허심탄회하게 의논했다. 정치활동쇄신위원회에 정치활동 재개를 위한 적격심판청구서를 제출하지 않는다면 자동적으로 1988년까지 국회의원선거에 출마할 수 없는 것은 물론 일체의 정치활동이 금지되므로 정풍의원들이 40대의 젊은 정치인들로서 정치활동 재개를 위한 적격심판청구서의 제출 여부에 관하여 고민하는 것은 인간적으로 당연한 것이었다.

이미 전술한 바와 같이 나의 기본 입장은 정해진 상태였지만, 그렇다고 나는 이미 혼자 결정을 했으니 같이 정풍운동을 했던 동료 의원들과 대화조차 하지 않고 그분들은 그분들이 알아서 서로 갈 길을 가자고 하는 것은 함께 고생하며 함께 어려움을 당했던 동료들에 대한 예의가 아니라는 생각이 들었던 것이다.

1980년 11월 중순경 제일 먼저 박찬종 의원을 만나서 진지하게 토론했다. 그 자리에서 우리는 "「정치풍토쇄신특별조치법」이 모든 기성정치인의 정치활동을 규제하기 위한 비민주적인 악법이다. 그러나 소크라테스의 말과 같이 악법도 법이다. 그 법 자체에 관하여는 더 이상 논의하지 말자. 다만 적격심판청구서를 제출하고라도 정치활동을 계속할 것인가 아닌가를 가지고만 솔직하게 이야기하자"라는 전제하 마음을 활짝 열고 이야기했다.

나는 박찬종 의원에게, 박정희 대통령의 각별한 사랑을 받은 사람으로서 잘잘못을 반성하고 정치적으로 자숙기를 갖는 것이 도리이며, 1인 장기집권의 종식과 대통령의 직선제를 주장한 정풍운동을 주도한 사람으로서 정풍운동의 대의(大義)를 따르기 위해서 적격심판청구서를 제출하지 않겠다고 했다.

그러나 박찬종 의원은 비록 그 법이 악법일지라도 자신은 정치를 계속하기 위해서 적격심판청구서를 제출하고라도 정치를 하겠다고 했다. 그 대신 5공화국의 정당이 아니라 무소속으로 출마를 하겠다고 하였다. 결국 박찬종 의원은 적격심판청구서를 제출하여 정치활동재개를 위한 적격판정을 받고, 1981년 실시된 제11대 국회의원 총선거 때 선거구를 서울 서초구로 옮겨서 무소속으로 출마하여 압도적으로 당선하는 신선한 돌풍을 일으켰다.

그 다음에는 정동성, 윤국노, 홍성우, 김수, 박용기 의원 등 정풍의원을 만나서 의논을 했다. 정동성, 윤국노, 홍성우 의원 세 사람의 정풍의원은 나에게, 제5공화국의 신당 창당을 주도하는 측으로부터 정치활동을 계속하기 위해서 적격심판청구서를 제출하면 적격판정을 해 줄 것이니, 다만 신군부가 새로이 창당하는 제5공화국의 여당에 참여해 달라고 요청한 사실을 나에게 말하며 나의 견해를 물었다.

나는 솔직하게 1인 장기집권의 종식과 대통령직선제를 주장하던 정풍운동을 주도한 사람으로서 정풍운동의 대의(大義)를 지키기 위하여 적격심판청구서를 제출하지 않겠다고 말했다. 그렇지만 나는 정풍운동을 함께 주도한 3명의 동료 의원들이 정치활동 재개를 위한 적격심판청구서를 제출하고 제5공화국의 정치에 참여하는 것 자체에 대하여서는 반대하지 아니했다. 다만 나는 동료 정풍의원들에게 권력의 눈치를 보는 감(感)의 정치를 하지 말고, 정치개혁을 위한 소신에 입각해서 행동하는 양심적인 정치를 해 줄 것을 부탁했다.

7. 신군부가 보내온 남재희 특사

내가 정풍의원 8명과 적격심판청구서의 제출여부에 관하여 논의를 마친 후, 며칠이 지났다. 그런데 어느 날 오후에 당시 서울 은평구 갈현동에 소재하고 있던 나의 작은 집에 7년 선배인 남재희 의원이 갑자기 방문하였다.

나는 서울 은평구 구파발 부근에 위치한 만포면옥으로 남재희 선배의원을 모시고 가서 소주로 통음(痛飮)을 했다. 그 자리에서 남재희 선배의원은 나에게 정치활동 재개를 위한 적격심판청구서를 제출해 줄 것을 간곡히 권유했다. 남재희 의원은 "본인이 개인 자격에서 권유하는 것이 아니고, 제5공화국의 여당 창당을 주도하는 핵심으로부터 나를 설득하도록 특별한 임무를 부여 받고 권유하는 것이다"라고 배경설명을 덧붙였다. 또한 남재희 선배의원은 내가 제5공화국의 여당 창당에 참여하는 경우에 제11대 국회의원에 당선되면 3선 국회의원으로서 다선 국회의원이 없는 여당의 입장에서는 사무총장이나 원내총무의 중책을 맡게 될 것으로 전망한다는 말도 해 주었다.

나는 남재희 선배의원과 중·고등학교와 서울대학교 법과대학의 선후배 사이로서 솔직한 대화를 나누어 온 처지이므로 내 입장을 상세히 말씀드렸다.

첫째, 남 선배도 잘 아는 바와 같이 나는 박정희 대통령으로부터 각별한 사랑을 받아 민주공화당의 5역(役)인 대변인을 역임했다. 물론 내가 유교식의 불사이군(不事二君)을 말하는 것은 아니지만, 인간적으로나 정치적으로 6~7년의 정치적 자숙기를 갖는 것이 최소한의 도리를 지키는 것이라고 생각한다.

둘째, 남 선배가 정풍운동을 하는 동안에 나에게 "공

화당의 소장파 의원들이 반JP(김종필)운동을 하는 것이 아닌가, 신군부가 배후세력이 아닌가?"라고 의문을 제기한 일이 있었는데, 나는 그 때 절대로 그런 것이 아니라고 대답했고 남 선배도 나를 믿는다고 했었다. 실제로 신군부가 배후세력도 아니고, 단지 1인 장기집권의 종식과 대통령직선제, 그리고 부패하지 않은 깨끗한 정치를 주장한 것이 정풍운동이다. 따라서 정풍운동을 주도한 사람으로서 정풍운동의 대의(大義)를 지키기 위해서라도 적격심판청구서를 제출하지 않겠다.

셋째, 나와 함께 정풍운동을 주도한 동료의원들은 제5공화국의 여당 창당에 참여해서 정치적 경험이 없는 신군부 출신 정치인들에게 정의와 양심의 소리를 들려주는 소신 있는 정치인의 역할을 수행하는 것이 시대적 소명일수도 있다고 생각한다. 그러나 나는 이미 말한 바와 같은 이유로 인해서 참여하지 않는 것이 옳다고 생각한다.

끝으로 홍성우 의원이 정풍운동 도중에 남 선배께서 정풍운동을 탈퇴한 것에 격분하여 폭언을 하고 인격적으로 모욕했던 점에 대하여 내가 정중히 사과했다. 그리고 내가 몇 개월 동안 정풍운동을 함께 해 보니, 홍성우 의원이 다혈질이고 말투가 거칠지만 정직하고 정의감이 있으니 "당에서 왜 탤런트 출신을 받아드렸는가?"라고 따지지 말고 잘 돌보아 줄 것을 부탁했다.

나는 남재희 의원의 방문을 받은 다음날 집에도 행선지를 알려 주지 않고, 평소부터 절친하게 지내던 지인과 단 둘이서 3일 동안 전국유람여행을 떠났다. 그리고 정치활동 재개를 위한 적격심판청구서의 제출 기한이 만료된 후에 서울 갈현동 집에 귀가함으로써 「정치풍토쇄신특별조치법」 소정의 규정에 따라 1980년부터 1987년까지 정치활동이 금지되어 제11대, 제12대 국회의원선거에 출마할 수 없게 되었다.

늦깎이 도미 유학

1. 늦깎이 도미 유학을 떠난 경위

나는 1980년 11월 「정치풍토쇄신특별조치법」에 따라 정치활동의 금지를 당하여 1981년부터 한가한 나날을 보내게 되었다. 한동안 나는 가까운 친구들과 어울려 북한산에 등산을 가고, 저녁에는 독서를 하면서 소일했다.

그러던 중인 1982년에 내가 친구들에게 국내에 부모님과 처와 3남 1녀 가족을 남겨 두고 홀로 미국으로 유학을 떠날 의사를 내비추자, 평소 나를 아끼며 가까이 지내던 주변의 지인들도 좋은 생각이라고 용기를 북돋아 주었다.

당시에 주위의 친구들은 나에게 미국 하버드대학교 (Harvard University) 국제문제연구소(Center For International Affairs)의 펠로우 프로그램(Fellow Program)으로 가는 것이 좋겠다고 추천해 주었다. 하버드대학교 국제문제연구소는 헨리 키신저(Henry A. Kissinger) 국무장관이 하버드대학교 교수로 있을 때 창립했는데, 과거에 정일권 전국회의장이 다녀왔고, 현재 채명신 전 주월사령관이 수학하고 있다고 알려주었다.

당시 노신영 외무부장관이 미국 하버드대학교 국제문제연구소의 벤자민 브라운(Benjamin Brown) 주임교수에게 추천서를 보내 1982년~1983년 학기에 수학할 수 있는 입학통지서를 미리 받을 수 있도록 도와주었다.

내가 미국 유학을 떠나는데 있어서 솔직히 영어회화가 문제였다. 나는 ≪타임지≫나 ≪뉴스위크≫ 등의 주간지를 독해하는 실력은 있었지만 국내 생활에서 영어회화를 할 기회가 거의 없었기 때문에 배우려고 하지 않았다. 나는 늦은 나이에 친구의 도움으로 1982년 봄부터 8월까지 미국 워싱턴(Washington)주 시애틀(Seattle)의 워싱턴대학교(University of Washington)에서 영어회화를 배울 수 있는 기회를 갖게 되었다.

2. 하버드대학교 국제문제연구소
   펠로우 프로그램의 수업

하버드대학교(Harvard University) 국제문제연구소(Center

필자가 수학했던 하버드대학교 국제문제연구소
소장 새뮤얼 헌팅턴(Samuel P. Huntington)
교수

For International Affairs)는 당시 새뮤얼 헌팅턴(Samuel P. Huntington, 1927년~2008년) 교수가 소장이었다. 헌팅턴 교수는 1949년~2007년 58년간 하버드대 강단에서 강의를 했고, 1977년~1978년 지미 카터(Jimmy Carter) 행정부에서 국가안보보좌관을 지내기도 했다. 그는 1993년 ≪포린 어페어스(*Foreign Affairs*)≫에 발표한 「문명의 충돌」을 통해 세계적인 명성을 얻었다. 그는 이 논문에서 서방과 라틴 아메리카, 이슬람, 힌두교 등 7, 8개의 문명들로 나뉘어 있으며, 국가 간 무력 충돌이 발생하는 것은 이념의 차이가 아니라 전통, 문화, 종교적 차이 때문이라고 주장했다. 그리고 그는 1996년 이러한 주장을 담은 명저인 『문명의 충돌(*The Clash of Civilizations and the Remaking of World Order*)』
을 출간하여 세계적인 센세이션을 일으키기도 했다.

과거부터 현재까지 "경제발전에는 효율적인 방식인
독재가 필요하다"와 "경제발전에는 민주주의가 더욱 효
율적이다"라는 주장이 양립하며 엇갈리고 있는 논쟁점
이 있다. 헌팅턴 교수는 "비민주국가에서 민주국가로 발
전하기 위해서는 우선 경제발전이 필요하다"고 주장하
면서, 한국과 대만을 성공적인 사례로 들고 있다.

내가 하버드대학교 국제문제연구소에 있는 동안에 헌
팅턴 교수의 명저인 『변화하는 사회에서의 정치 질서
(*Political Order in Changing Societies*)』, 『군인과 국가(*The
Soldier and the State*)』 등을 읽고, 그의 강의를 듣고 대화
할 수 있는 기회를 가졌던 것은 유익한 기회였다.

하버드대학교의 펠로우 프로그램(Fellow Program)은
상당한 등록비를 받았다. 이 프로그램은 각 펠로우에게
연구사무실을 제공해 주었으며, 하버드대학의 모든 강의
를 자유롭게 수강할 수 있는 특별한 기회를 주었다. 게
다가 이 프로그램은 매주에 국제 문제의 관심사항을 주
제로 각국의 대통령, 수상, 외무장관, 저명한 학자, 전문
가 등을 초빙하여 세미나를 개최했다.

하버드대학교 국제문제연구소의 1982년~1983년 학기
에 펠로우 프로그램에서 수업한 25명의 펠로우는 주로
대사급의 외교관이었고, 정치인은 한국의 국회의원을 역

임한 내가 유일했다.

하버드대학교 국제문제연구소에서 중요한 세미나가 있을 때 당시 매사추세츠공과대학교(Massachusetts Institute of Technology, 약칭 MIT)에서 유학 중이던 필리핀의 망명 정치인 아키노 상원의원이 참석했다. 아키노 상원의원은 유창한 영어를 구사했는데, 한국 집권당인 민주공화당의 국회의원을 역임한 나에게 관심을 갖고 친절하게 대해 주었다. 당시 아키노 상원의원은 나에게 "마르코스 대통령이 미국을 방문했을 때 마르코스의 부인인 이멜다 여사가 보스턴에 비밀리에 와서 자신을 만나 위로하면서, 아키노 상원의원은 마닐라로 귀국하면 신변이 위험하니 귀국하지 말라고 했다"는 일화도 들려주었다.

그 당시 하버드대학교 국제문제연구소 펠로우 프로그램에서 가장 관심을 갖고 다룬 세미나의 주제는 '멕시코의 외환위기(Debt Crisis of Mexico)'에 관한 것이었다.

당시 세계에서 외채가 최고로 많은 나라가 멕시코였고, 둘째로 외채가 많은 나라가 한국이었다. 세계은행(World Bank)와 국제개발부흥은행(IBRD) 임원이나 경제전문가들은 멕시코의 외환위기에 대하여 모라토리엄 선언의 위험성을 지적하면서도 한국의 외채에 대하여는 모라토리엄 선언의 위험성이 없다고 설명했다. 그 이유로 멕시코의 경우 외채를 해외로 도피시켜 국내 투자를 하지 아니한 점, 멕시코 국민의 교육수준이 낮고, 게으

르며, 외채는 갚지 아니해도 된다는 도덕적인 해이(解弛)를 들었다.

그들은 멕시코에 반하여 한국의 경우 외채를 대부분 국내 수출산업에 투자했고 해외에 도피시키지 아니한 점, 한국인의 높은 교육수준과 근면성, 외채는 반드시 갚아야 한다는 한국인의 도덕적인 의지 등 때문에 한국은 외채로 인하여 모라토리엄을 선언할 위험성이 없다고 하였다. 세미나에서 이러한 설명을 들은 나는 한국의 정치인으로서 자부심을 가졌다.

3. 브라운 교수의 저녁식사 초대

하버드대학교(Harvard University)의 펠로우 프로그램(Fellow Program)의 주임교수인 벤자민 브라운(Benjamin Brown) 박사는 펠로우들에게 편안한 마음을 갖도록 다정한 목소리로 천천히 말을 하여 상대방을 배려했다. 또한 그는 평소에 매우 검소한 생활을 하는 분이었다. 이러한 브라운 교수는 각국에서 온 외교관, 언론인, 정치인 등인 펠로우들로부터 존경을 받고 있었다.

나는 1982년 10월 중순경 어느 날 브라운 주임교수로부터 그의 자택에서 저녁식사에 초대를 받아 환대를 받은 일이 있다.

당시 60대 초반의 노부부가 약 1시간 30분 동안 직접 음식을 준비하여 함께 나에게 서빙을 하면서 식탁에서 대화를 나눌 수 있도록 환대를 베풀어 줌으로써 43살인 내가 경이로운 체험을 하게 되었다. 그는 나의 영어회화 실력이 아주 부족한 사실을 알고 있기에 천천히 쉬운 단어를 사용하면서 나와의 대화를 이끌어 주었다. 나는 브라운 교수와의 대화를 통해서 내가 과거에 한국에서 정치인으로 활동할 때 주한 미국대사관이나 주한 미군 사령부의 장군들을 만나서 대화를 하면서 얼마나 강한 한국 말투로 교만하게 상대방을 배려하지 않고 대화했는지에 관해서 많은 자성을 하게 되었다.

브라운 교수는 나의 국제문제연구소 생활에 관하여 강의나 세미나 참석에 너무 집착하지 말고 관심분야에 자유롭게 독서를 하며, 교수와 재학생, 한국인 교민 등 많은 사람을 만나서 대화를 통해 미국인의 사고와 문화를 이해하도록 노력할 것을 조언했다. 그는 미국은 광대한 국토에 경이로운 대자연의 모습을 가진 국가이므로 나에게 가급적 여행을 많이 하도록 권고도 해 주었다.

그리고 1983년 5월경 학기 말에 제출하는 리포트는 의무사항이니, 영어가 부족하면 한국말로 적어서 한국유학생의 도움으로 번역을 해서 제출해도 된다고 지도해 주었다.

나는 브라운 교수 노부부에게 내가 하버드대학교 국

제문제연구소에 오면서 경제적으로 어려워 가족을 대동하지 못하고 혼자 오게 된 점을 설명하고, 내가 영어실력은 부족하지만 많은 것을 읽고, 보고, 체험을 하도록 노력하겠다고 말했다.

브라운 교수 노부부는 후식을 먹고 코냑 한 잔을 주면서 나에게 오늘 저녁 우리의 저녁식사 초대에 대하여 답례 만찬을 준비하지 않도록 하는 것이 도리라고 말했다. 또한 브라운 교수는 내가 하버드대학교 국제문제연구소에서 생활하는 동안 어려움이 발생하면 무엇이든지 자신과 의논해 주길 바란다고 말했다. 아울러 브라운 교수는 향후 내가 귀국하여 1988년에는 도미 유학의 경험이 보탬이 되어 반드시 한국 정계에 복귀할 수 있을 것으로 확신한다고 격려도 해 주었다.

4. 김대중 망명 정치지도자와의 첫 만남

1982년 12월 23일 제5공화국 정부는 내란음모사건으로 사형선고를 받은 김대중 피고인에 대하여 형집행정지를 결정하고, 김대중 피고인을 가족과 함께 미국으로 추방하는 조치를 취했다.

나는 1983년 3월 어느 날 오전 10시경 하버드대학교(Harvard University) 국제문제연구소(Center For International

Affairs) 펠로우 프로그램(Fellow Program)의 주임교수인 브라운 교수로부터 전화를 받았다. 그는 나에게 정중한 목소리로 만일 오늘 오후에 시간이 허용되면 나의 편리한 시간에 자신의 사무실로 방문해 줄 것을 요청했다. 마침 나는 그날 오후에 별다른 선약이 없었으므로 흔쾌한 목소리로 오후 2시경에 잠시 방문하겠다고 대답하여 그의 사무실에서 만나서 환담을 나누게 되었다.

브라운 주임교수는 직접 커피 한 잔을 만들어 나에게 권하면서 "만일 당신의 마음이 내키지 않으면, 나의 초청을 수락하지 아니해도 된다"라고 정중하게 전제를 한 뒤 나에게 용건을 설명했다.

"당신도 알고 있겠지만 1982년 12월 23일 한국의 전두환 대통령은 내란음모죄로 사형선고를 받은 김대중 피고인에게 형집행정지를 하여 미국으로 추방하는 형식을 통해서 미국으로의 망명을 허용했다. 내가 알고 있는 바에 의하면, 그 후 김대중 ✎정치지도자는 미국 수도 워싱턴 DC(Washington, DC)에 도착하여 현재 미국 국무부와 중앙정보부의 보호 하에 안전한 미국 망명생활을 하고 있다고 한다. 우리 국제문제연구소 펠로우 프로그램에서 다음 주에 한국의 김대중 정치지도자를 초청하여 오찬 세미나를 개최할 예정이다. 나는 당신이 한국의 박정희 대통령 집권기에 민주공화당의 대변인으로 봉사한 것을 알고 있는데, 만일 박정희 대통령과 정적이었던 김대중 망명 정치지도자를 만나는 것이 불편하면 참석하지 않아도 된다. 그렇지만 국제문제연구소 펠로우 프로그램의 주임교수로서 당신의 참석을 간곡히 권하고 싶다."

나는 오랜 시간 생각하는 것은 오히려 브라운 교수에게 점점 더 나쁜 한국 정치의 인상만 심어줄 뿐이라는 생각이 들어서 간단하고 명확하게 대답했다.

"나는 한국에서 정치를 하는 동안 김대중 지도자와는 나이의 차이도 많고, 국회에서 함께 활동할 기회도 없었고, 정치노선도 달라서 김대중 지도자를 직접 대면하여 만난 사실은 없다. 그러나 현재 나는 한반도의 긴장완화·평화증진·민족통일을 위해서라면 북한의 김일성 주석과도 만나서 대화할 것을 주장하고 있는데, 내가 미국에 망명 중인 한국의 정치선배인 김대중 정치지도자를 오찬 세미나에서 기쁜 마음으로 만나서 환영하고 축하하는 것은 정치인으로서의 나의 도리인 것이다. 내가 미국 망명 중인 김대중 정치지도자의 오찬 세미나에 참석하는 것에 관하여 한국의 전두환 대통령과 KCIA(국가안전기획부)가 관여할 사항이 아니다. 나는 브라운 교수의 초청에 진심으로 감사드린다."

브라운 주임교수는 나에게 "자신의 초청을 수락해 주어서 감사하다. 하버드대학교 교수 가운데는 일본과 중국의 전문가인 라이샤워 교수, 한국문제연구소장 와그너 박사, 국제문제연구소장 헌팅턴 교수 등 저명한 교수들이 세미나에 참석할 예정이고, 펠로우들도 많이 참석할 예정이다. 당신의 좌석은 아키노 상원의원의 옆자리에 배치하도록 하겠다"라고 말했다.

그런 대화가 있은 다음 주에 김대중 망명 정치지도자 초청 오찬 세미나가 열렸다. 나는 당일 11시 30분경 하버드대학교 국제문제연구소의 세미나실로 가기 위하여 복도를 걸어가다가 서울대학교 법과대학의 동기생이며 당시 미국 대학교에서 교수로 있는 최성일 교수를 정말 반갑게도 우연히 만났다. 낭시 최성일 교수가 미국에서 교수생활을 하고 있던 관계로 대학교 졸업 후 얼마만이라고 할 것도 없이 아주 오랜만에 만난 것이다. 우리는 반갑게 인사를 하고 서로가 이곳에 오게 된 이유를 설명하였다. 최성일 교수는 김대중 정치지도자의 통역을 위해서 온 것이라고 하며 나에게 행사 후에 잠시 김대중 지도자와 함께 만날 기회를 만들겠다고 말하였다. 나는 그렇지 않아도 브라운 교수와의 대화 과정에서 느낀 점이 있어서 그분을 만나면 직접 사과를 못할지라도 마음으로나마 사과하고 싶었던 터라 그렇게 하자고 약속했다.

김대중 정치지도자가 당일 12시 정각에 하버드대학교 국제문제연구소의 세미나실에 입장할 때는 참석자인 미국 하버드대학교의 석학 교수들과 각국의 펠로우들은 모두 기립하여 박수로 환영하면서 외국의 국가원수를 초빙하여 오찬 세미나를 개최할 때와 동일한 의전상의 예우를 하는 모습이 감동적이었다.

사회자인 브라운 교수가 먼저 연단에 등단하여 그날의 행사에 관하여 짧은 설명을 했다. 우선 한국의 김대중 정치지도자를 초청하여 오찬 세미나를 개최하게 된 경위를 상세히 설명하고, 김대중 정치지도자와 참석자 모두에게 감사를 표했다. 그리고 행사는 약 1시간 동안 진행되는데, 오찬은 하버드대학교 국제문제연구소에서 제공하는 무료인 푸리 밀(Free Mill)이니 즐겁게 드시고, 질문은 3분 이내, 답변은 5분 이내로 약 30분 동안 진행할 것임을 알렸다. 오찬이 끝나는 대로, 김대중 정치지도자의 3분 동안 한국말로 모두(冒頭) 발언이 있고, 영어통역은 현재 미국 뉴저지주에 있는 대학교에서 정치학 교수로 있는 최성일 교수가 담당할 것이라는 설명도 덧붙였다.

식사 후에 김대중 정치지도자는 미국에 망명을 오게 된 경위와 현재의 심경, 건강상태, 워싱턴DC에서의 현재 생활 등에 관하여 간략히 설명하고, 하버드대학교 국제문제연구소에서 자신을 초청하여 오찬 세미나를 개최하는 것에 감사를 표했다.

그리고 질의응답을 하게 되자, 대체로 서구 외교관 출신의 펠로우들은 김대중 정치지도자의 현재 건강상태, 워싱턴DC에서의 현재 활동 내용에 관하여 관심을 갖고 질의를 하여, 김대중 정치지도자는 망명 후에 미국 병원에서 종합건강검진을 받았는데 대체로 양호하다고 판정을 받았으며, 워싱턴DC에서 한국 교민들과 자유롭게 만나고 있으며, 독서와 집필을 위한 시간을 보내고 있다는 취지로 답변을 하였다.

그러나 필리핀의 아키노 상원의원은 그 당시 자신의 처지와 김대중 정치지도자의 처지가 비슷하다고 동병상련(同病相憐)의 마음이 들었는지 조금은 특색 있는 질문을 했다. 그는 김대중 정치지도자에게 한국의 전두환 정부로부터 망명허락을 받은 것을 축하한다고 먼저 인사를 한 후 질문을 했다.

첫째, 전두환 정부가 내란음모죄로 사형을 선고한 김대중 정치지도자에게 미국 내에서의 활동에서 정치활동은 하지 않는 것으로 조건을 붙인 것인가?

둘째, 한국의 전두환 정부로부터 미국에서 김대중 정치지도자의 생활비를 보조해 주고 있나?

셋째, 자신은 금년 여름에 미국의 망명생활을 청산하고 마닐라고 귀국할 예정인데, 김대중 지도자는 한국 전두환 정부가 언제 한국에 귀국을 허용할 것으로 보는지 등에 관하여 질의를 했다.

그러자 김대중 정치지도자가 대답했다.

첫째, 자신은 미국에서 망명생활을 하는데 있어 전두환 정부가 어떤 조건이나 제한을 붙인 사실이 없고, 미국에서 완전히 자유롭게 생활하고 있다.

둘째, 자신은 미국 망명생활에서 전두환 정부로부터 재정지원을 일체 받지 않고 있으며, 미국 내 한국 교포 중에 나를 지지하는 후원자들이 십시일반(十匙一飯)으로 모금하여 미국 체류비를 도와주고 있다.

셋째, 아키노 상원의원이 오랜 미국 망명생활의 고통에서 해방되어 금년 여름에 귀국할 예정임을 축하하면서 신의 가호를 빌지만, 자신은 전두환 정부로부터 언제 귀국이 허용될지 모르므로 몇 년 동안은 미국망명생활을 해야 할 것으로 전망한다.

김대중 정치지도자의 망명생활이라는 단어가 내게는 정말 가슴 저리게 들려왔다.

내 나라, 내 조국에서 민주주의의 발전을 위해서 일해온 정치인이 노선이 다르다고 해서 타국으로 망명을 해야 하는 우리나라 정치현실이 안타깝기만 했다. 도대체 일제강점기도 아니고 그렇다고 공산치하에서 자유민주주의 운동을 한 것도 아닌데, 엄연한 자유민주주의 국가인 한국에서 일어난 정치현실이 그저 아프기만 했다. 그러면서 이번 세미나에 내가 참석할지 여부를 묻던 브라운 교수의 조심스러운 얼굴이 클로즈업 되면서 얼마나 더 먼 길을 가야 화해와 소통의 정치가 내 나라에는 자리할 수 있을지 답답하기만 했다.

세미나가 끝나고 김대중 정치지도자께서 돌아가기 위해 건물을 나서면서 사람들의 배웅을 받은 뒤였다. 미리 최성일 교수와 약속이 된 터라 나는 김대중 정치지도자에게 다가섰다.

"아, 반갑습니다. 그렇지 않아도 말씀 들었습니다."

김대중 정치지도자께서 나를 향해 손을 내미시며 반갑게 악수를 청하셨다. 나도 반가운 마음으로 손을 내밀며 화답을 했다.

"내가 오 의원과 함께 정치무대에 섰던 것은 아니지만 말씀은 들었습니다. 참 소신 있는 정치인이라고."

"아닙니다. 저야 대선배님이신, 선생님에 비하면 내세울 것이 없는 정치인입니다."

"정치하는 사람이 어떤 소신을 갖고 어떻게 나라와 국민들을 위해서 일하는가 하는 것이 중요하지 먼저와 나중이 뭐 그리 중요하겠습니까? 암튼 언제 오셨습니까?"

"예. 저는 1982년~1983년 학기 펠로우 프로그램을 위해서 왔습니다. 이게 끝이 나고 나면 UC버클리대학교 객원연구원으로 가서 1년만 더 연구를 계속할 생각입니다. 그게 끝나고 나면 고국으로 돌아갈 것입니다."

UC버클리대학교 객원연구원을 끝내고 나면 고국으로 돌아간다는 말을 하면서 나는 순간적으로 아차 싶었다.

나는 내 마음대로 오고 가고를 할 수 있는 몸이다. 그러나 김대중 정치지도자께서는 지금 망명 정치인의 신분으로 자신이 고국에 가고 싶어도 갈 수 없는 몸이라는 것을 알면서도 순간적으로 나도 모르게 말을 하고

만 것이다. 미안한 마음이 저절로 들면서 나도 모르게 머쓱해졌다. 그러나 그런 나의 마음을 눈치 챘는지 김대중 지도자께서 웃으시며 말을 이으셨다.

"좋은 연구 많이 하십시오. 기회가 주어졌을 때 연구하고 그것을 실천에 옮김으로써 올바른 정치를 할 수 있다는 것이 얼마나 좋습니까? 정치하는 사람들이 바빠서 좀처럼 연구하는 기회를 갖기 힘든데, 이유야 어쨌든 간에 이렇게 좋은 기회가 주어진 것도 복이라고 생각하십시오."

김대중 정치지도자의 그 말은 마치 자신에게 하는 것처럼 들렸다. 자신이 망명생활을 하지만 오히려 이런 기회를 자신을 돌아보고 자신의 부족한 부분을 채우는 기회로 사용하고 있다는 자기 위로처럼 들리기도 했다. 나는 나도 모르게 죄송하다는 말이 나올 것 같았지만 억제하면서 대답했다.

"감사합니다. 그렇게 해 주시는 충고 소중하게 간직하고 연구생활에 충실하겠습니다."

"그래요. 시간이 허락된다면 길게 이야기하고 싶지만 나나 오 의원이나 서로 바쁜 몸이니 오래 머물 수가 없습니다. 나중에 한국에서 만나면 서로 좋은 정치, 국민들을 위한 정치를 하는데 협력해 봅시다."

"예. 알겠습니다. 부디 건강하십시오. 아까 세미나에서 들으니까 이곳에서는 비교적 자유롭게 지내신다니 다행입니다. 건강에 신경 쓰시고 꼭 한국에서 만나서 국민들을 위한 정치에 대해 의견을 나누고 싶습니다.”

“그럽시다. 아쉽지만 이만 가봐야겠습니다.”

우리는 다시 악수를 하고 헤어졌다.

김대중 정치지도자와 나와의 첫 만남은 그렇게 이루어졌다. 아주 짧은 만남이자 서로 특별하게 나눈 말도 없이 서로 열심히 해 보자는 이야기가 전부였다. 이미 최성일 교수에게서 나에 대해서 들었을지도 모르지만 그분은 나에 대해 많이 알고 있었다. 어쩌면 내가 5공화국의 정치에 불참하고 미국에 유학 와서 있다는 사실까지도 알고 있는지도 모를 일이었다. 하지만 내게는 그게 중요한 것은 아니었다. 이미 세미나에 참석했을 때 김대중 정치지도자와 아키노 상원의원과의 질의응답에서, 그리고 그가 말하는 어투와 어감에서 느낀 그대로, 나는 김대중 망명 정치지도자가 정의에 입각한 올바른 정치와 민주주의를 열망하고 있는 지도자임에는 틀림없다고 생각했다.

5. 도미 유학 생활에서 얻은 교훈

내가 1982년 여름부터 1984년 봄까지 하버드대학교(Harvard University) 국제문제연구소(Center For International

**Harvard University
Center for International Affairs**

Be it known by these presents that

You-Bang Oh

is a Fellow of the Center for International Affairs
and has conducted advanced study and research at the
Center in *1982 - 83*

Samuel P. Huntington
Director of the Center

Benjamin H. Brown
Director, Fellows Program

필자의 하버드대학교 국제문제연구소 펠로우 프로그램 수료증

Affairs)와 UC버클리대학교(University of California, Berkeley)
동아시아연구소(Institute of East Asian Studies)에서 2년
동안 수학을 하고 당시에 얻은 교훈을 요약하면 다음과
같다.

한국에서 체육관선거에 의하여 당선된 군 출신 대통령의 권위
주의적 독재체제는 제5공화국 전두환 대통령으로 마지막이 될
것이고, 한국은 아시아에서 가장 빠르게 민주화를 성취할 가능
성이 있는 국가로서 1987년 실시예정인 대통령선거부터 국민
의 직선제에 의한 선거로 대통령이 선출되고 1인 장기집권은
종식될 것이다. (새뮤얼 헌팅턴 교수의 견해)

미국의 대부분의 보수적인 학자들은 진보적인 학자들의 견해와 달리 미국의 팍스아메리카나는 금후 최소한 100년 동안 2080년경까지는 존속될 것으로 예상한다. 그러므로 미국이 중국에게 고도산업기술이나 정밀기술, IT정보화기술을 제공해도 중국이 미국을 추월할 수는 없기 때문에 미국이 12억 인구의 거대시장을 점유하기 위해서는 미국, 중국을 WTO(세계무역기구)에 가입시켜 호혜평등(互惠平等)의 경제적 교류를 해야 한다.(하버드대학교 국제문제연구소의 주례 세미나에 참석한 어느 교수의 견해)

소련 연방공화국은 식량자급을 못해서 모스코바의 시민이 식료품점에 길게 줄을 설 정도다. 12억 인구의 중국이 식량의 자급자족을 달성한 것은 유사 이래 처음이라고 한다. 중국은 1976년 모택동(毛澤東) 사후에 등소평(鄧小平)이 개혁개방을 외치면서 사회주의적 시장경제를 도입할 것을 선언했다. 그러나 등소평은 중국의 정치체제가 모택동의 프롤레타리아 1당 독재체제를 고수해야 중화인민공화국의 정치체제를 유지할 수 있다고 선언하고 있으므로 중국의 민중봉기에 의한 민주화 성취는 불가능하다. 중국이 공산당 1당 독재체제를 유지하는 한, 금후 100년 안에 팍스아메리카나의 현재 세계 질서를 붕괴시킬 수 없다. 중국이 대국으로서 미국과 경쟁하더라도 금후 수십 년 내에 세계 질서에서 팍스차이나의 시대는 실현되지 아니할 것이다.(새뮤얼 헌팅턴 교수의 견해)

1983년 당시 김일성이 돌연히 사망해도 김일성의 사후 북한체제는 강력한 북한 노동당의 1당 독재체제와 강력한 군부의 정치통제로 인하여 민중봉기에 의한 북한체제의 붕괴는 불가능한 것으로 전망된다. 김일성이 1973년 2월 노동당 당정치위원회 확대회의에서 제시한 3대혁명소조운동을 통해서 김정일은 북한체제의 2인자로 부상하게 되었다. 김정일은 오래 전에 김일성으로부터 후계자의 지위를 지명 받고 국정통제의 경험을 쌓았으므로 김일성 사후에 상당한 기간을 독자적으로 북한의 주체사상과 유일체제를 유지할 능력이 있는 것으로 본다. 한반도에서 베를린 장벽의 붕괴와 같은 급변사태는 발생하지 않을 것으로 본다.(UC버클리대학교 스칼라피노 교수 견해)

1984년 당시 중국의 등소평(鄧小平)은 미국 유학생에게 100불의 미화를 소지하고 미국에 무제한으로 유학하도록 교육에서의 개혁개방정책을 추진하고 있는데 이들이 30년 후에 중국의 고도성장을 이룩한 시대에 중국 지도층을 형성할 것이다. 1984년 현재 중국이 외화 부족에 시달리고 있으나 매년 7%이상 15년을 성장하면, 세계 유수의 미화보유국이 될 것이다. 중국의 외화결제능력의 부족을 염려하지 말고 오히려 지금 중국시장을 선점하는 무역전략, 투자전략이 현명한 것으로 본다.(UC버클리대학교 스칼라피노 교수 견해)

남한과 북한은 한국전쟁으로 동족상잔(同族相殘)의 비극을 통해 민족성이 강인해지고 생존경쟁의 능력이 강화되었다. 한반도의 군사적 긴장은 남한의 경제개발과 자주국방정책을 촉진하는 영향을 주었고, 카터 미국 대통령의 주한미군철수정책은 1978년 박정희 대통령으로 하여금 중화학공업과 정밀기계공업 등을 육성하도록 하고 한국군이 185km 사정거리의 유도탄을 독자적으로 개발하도록 했다. 금후에 한국이 1인당 국민소득 1만 불 시대를 성취하고 민주화를 이룩하며, 20세기 말 지식정보화 시대에 캐나다를 능가하는 IT강국이 될 것이다.(1983년 봄 캐 나다 정부의 초청으로 미국 하버드대학교 국제문제연구소의 펠 로우들이 캐나다를 1주일간 방문하였을 때 토론토대학교의 어 느 교수가 밝힌 견해)

제13대 국회 진출과 정치적 부활

1. 윤길중 의원과의 인연

내가 1988년 실시된 제13대 국회의원 총선거에서 당선되어 정치적 부활을 하게 된 것에 대해서는 청곡 윤길중 대선배정치인과 나와의 인연을 말하지 않을 수 없다.

윤길중 의원는 1916년 함경남도 북청에서 태어나 일본대학 법학부를 졸업하고 지금의 행정고시와 사법시험에 해당하는 일본 고등문관시험 행정과와 사법과에 각각 합격하여 일제강점기에 군수와 총독부 사무관 등의 관직생활을 했다. 광복 후에는 소위 '진보당 사건'에 의해 체포되었으나, 대법원에서 무죄판결을 받았다. 1960년 7월 사회대중당 소속으로 제5대 민의원에 당선되었으나 1961년 5·16군사정변 이후 혁신계 정치인들에 대한 탄압과정에서 투옥되어 7년간 복역했다. 출소 후 박정희 대통령에 맞서 삼선개헌 반대운동을 전개하며, 1971년 7월 야당인 신민당 소속으로 서울 영등포에서 제8대 국회의원에 당선되었다. 그러나 1980년 국가보위입법회의 입법의원이 된 것을 계기로 여당 정치인으로 변신하여 1980년 12월 민주정의당 발기인으로 참여하고, 1981년부터 1992년까지 민주정의당 소속으로 제11~13대 국회의원에 당선되었던 분이다.

나는 1980년 11월 「정치풍토쇄신특별조치법」에 따른 직격심판청구서를 제출하지 않았던 까닭에 정치활동이 금지되어 있었다. 그런데 1981년 1월 초에 뜻밖에도 그해 3월 25일 실시 예정인 제11대 국회의원선거에서 전두환 대통령이 창당한 민주정의당의 후보로 서울 서대문·은평구에서 출마할 예정인 윤길중 대선배정치인으로부터 전화로 저녁식사 초대를 받았다. 나는 그의 초대를 흔쾌하게 수락하고 서울 서대문구 홍제동에 소재한 어느 한정식 집에서 만나 서로 허심탄회하게 대화를 했다.

그날의 대화 내용은 처음에 내가 전화를 받았을 때 짐작한 그대로였다.

윤길중 대선배는 내가 40대 초의 젊은 정치인으로 「정치풍토쇄신특별조치법」에 따른 적격심판청구서를 제출하지 않는 바람에 정치활동을 금지당한 것에 대해 진심으로 위로한다고 했다. 하지만 나는 오히려 일제강점기를 살아오신 법조계와 정계의 대선배로서 박정희 대통령의 5·16군사정변 이후에 1961년 군사혁명재판소에서 국가보안법과 반공법 위반으로 15년의 징역을 선고받고 7년의 옥고를 치른 윤 대선배에게 박정희 대통령이 총재였던 민주공화당에서 대변인을 역임한 사람으로서 진심으로 화해의 말씀을 드렸다. 그러자 윤대선배는 자신은 7년 동안 교도소에 있을 때 박정희 대통령을 개인적으로 증오하는 마음은 갖지 않았다고 했다. 6·25전쟁을 치루고 북한 공산독재체제와 싸우고 있는 한국의 정치환경이 시련과 고통을 준 것이라고 생각을 하였지, 박정희 대통령을 인간적으로 미워하거나 원망하지 않았다는 것이다. 만일 자신이 마음을 비우지 않고 원한으로 인해 스스로를 괴롭혔다면 7년 동안 건강을 유지하지 못했을 것이라고 했다. 그러면서 나에게 미안할 것 없다는 말과 함께 오히려 부탁을 하겠노라고 하면서 청했다. 이번 제11대 국회의원 총선거는 자신이 영등포에서 선거구를 서대문·은평구로 옮겨오는 바람에 지역 연고도 없고, 지구당 사무실과 조직구성에 애로가 많으니 도움이 필요하다는 것이었다.

나는 그 부탁을 듣자마자 조금도 망설이지 않고 주저없이 즉석에서 흔쾌히 응했다.

일부 서울의 유권자들은 윤 대선배가 전두환 정부의 민정당에 참여한 것에 대하여 정치적 변절이라고 비판하지만, 나는 윤 대선배와 저승에 계신 박정희 대통령과의 화해를 위해서 아무런 조건 없이 내가 사용하던 서대문·은평지구당의 사무실과 집기, 조직서류, 사무국장을 비롯한 모든 기간조직 당원들이 윤길중 대선배의 당선을 위해 돕도록 인계해 주겠다고 약속했다.

그것은 내 진심이었다.

내가 나 스스로는 출마도 하지 못하면서 그렇게 적극적으로 그분을 도와드린 이유는 나 스스로 호인(好人)이라고 자부해서가 아니다. 윤 대선배에게 말한 그대로 정말이지 이 나라의 민주주의를 위해서 옥고를 마다않고 희생했던 분들에게 미안한 마음으로 사죄하고 싶었다.

물론 박정희 대통령의 치적을 폄하하자는 것이 아니다. 그분은 이 나라의 경제성장을 이룩하신 분으로 국민들을 배고픔의 절대빈곤에서 해방될 수 있도록 하신 분임에는 틀림없다. 하지만 장기집권으로 인한 민주주의에 대한 열망으로 야기되는 많은 희생이 뒤따랐던 것은 사실이며, 그 정권을 이끌어 온 민주공화당 5역(役)의 한 사람인 대변인을 맡았던 나로서는 솔직히 사과하고 싶은 마음의 표현이었다.

아울러 내가 출마하지 않는 것은 그 당시 전두환 정부가 저지른 5공화국의 부당함에 대한 소리 없는 항거였지 내 조국인, 이 나라와 이 나라의 정치를 부정하는 것은 아니었던 까닭도 크게 작용했다. 실제 당시의 내 심정은 나 스스로 용납하지 않아서 그 시대의 정치에 불참했던 것뿐이지, 정치가 바르고 곧은길을 가야 한다는 정치에 대한 신념과 이 나라가 국민들이 잘 살고 행복해 하는 나라가 되어야 한다는 열망에는 조금도 변함이 없었다.

그런 내 마음이 조금의 망설임이나 생각할 겨를도 없이 윤 대선배의 도움 요청에 선선히 응했던 것이다.

결국 윤길중 대선배는 그해 3월 25일 실시된 제11대 국회의원 총선거에서 당시 63세의 나이임에도 서울 서대문·은평구에서 많은 표를 얻어 야당의원과 동반당선이 되었다.

그리고 1982년 6월, 내가 미국으로 유학을 떠나기 전에 윤 대선배가 환송모임을 주최하여 다시 마음을 터놓고 이야기할 수 있는 기회를 갖게 되었다.

그 자리에서 윤 대선배는 자신이 서대문·은평구로 선거구를 옮길 때 나와 함께 일하던 사무국장이 자신과 함께 일하게 해 준 덕분에 보고를 받아서 알게 되었다고 하면서 나에게 용기를 북돋아 주는 말씀을 건넸다.

자신은 골프를 칠 때 허심장타(虛心長打), 인생을 살 때 허심장수(虛心長壽)라고 생각한다고 하면서, 내가 미국에 가서 2년 동안 마음을 비우고 학업에 정진하면 귀국 후에 틀림없이 정치적으로 부활하는 기회가 있을 것으로 믿는다고 했다. 그러면서 '바다는 물을 사양하지 않는다' 즉, '모든 사람을 차별 않고 포용할 수 있어야 된다'는 고사성어 '해불양수(海不讓水)'라고 쓴 친필 휘호를 선물로 주었다.

뜻밖의 환송식과 선물을 받은 나는 "민정당의 군부 출신 국회의원이나 소장파 정치인이나 정치적 경험이 부족하여 윤 대선배의 도움을 청할 것으로 보는데, 윤 대선배께서 허심장타(虛心長打)의 심경으로 정의와 양심에 따라 충언을 하시기 바란다"는 대답으로 답례를 했었다.

2. 6·29민주화선언에 대한 지지

1987년 4월.

이 나라는 다시 한 번 민주주의를 열망하는 국민들이 외치는 소용돌이에 휘말리고 만다. 그해 4월 13일 전두환 대통령은 자신의 단임제 약속은 지키되, 자신이 대통령이 될 때 하였던 방식 그대로인 소위 체육관선거로 불리던 대통령간선제는 개정하지 않는 호헌조치를 발표했다.

그러자 전국에서 대학생들이 "호헌철폐, 군사독재타도"를 외치며 책상을 거부하고 연일 거리로 뛰쳐나왔다. 그런데 이제까지의 투쟁과는 다르게 민주주의를 목말라 하던 국민들은 너나 할 것 없이 시위에 동참하는 마음가짐이었고, 비록 자신이 시위에 참석하지 않는 사람들도 시위 도중에 진압병력을 피해 자신의 집으로 뛰어

들어오거나 자신이 있는 곳을 경유해 도망하는 학생들을 숨겨주고 그들이 도망하기 편하게 해 주기 위해 협조를 아끼지 않았다. 그뿐만이 아니라 시위에 참여했던 학생에게 폭력을 행사하는 진압병력에게는 시민들이 합세해서 "왜 때리느냐"고 항의하는가 하면, 시민들이 직접 뛰어들어 구타하지 못하도록 막기도 하고 구타당하는 학생을 구출하는 장면까지 목격이 되곤 했다.

처음에는 대학생들이 시작했던 그해의 민주화운동은 초기에는 시민들이 간접적인 협조를 하는 것으로 지나가는 듯하더니 어느새 그 주축이 시민들, 그것도 소위 '넥타이부대'라고 하는 이 나라의 산업원동력들이 주축이 되어가고 있었다. '넥타이부대'라고 불리던 시민들과 학생들이 하나가 되어 거리를 누비고 거리에서 어깨동무를 하고 누워서 "호헌철폐"를 부르짖었다. 흔히 우리가 '6월 민주화운동'이라고 일컫는 역사적인 사건이 일어나게 된 것이다.

결국 민정당의 노태우 대표는 '6·29민주화선언'이라 불리는 정치선언을 하고, 자신은 민정당의 대통령 후보로서 당당히 국민들의 선택을 받겠노라고 공언을 하면서 대통령직선제를 주장하게 된다.

그러자 전두환 대통령은 김대중 정치지도자를 대통령 선거에 나갈 수 있도록 사면·복권해 주고, 노태우 대표의 여당과 3김(金)(김대중, 김영삼, 김종필)의 야당이 8월

31일 국회 개헌협상 전담기구인 8인 정치회담을 구성하여 헌정사상 처음으로 여야 합의에 의한 5년 단임, 대통령직선제를 골자로 한 헌법개정안에 합의를 보게 된다. 그리고 그 헌법개정안은 1987년 10월 12일 국회를 통과하고 1987년 10월 27일 국민투표를 거쳐서 1987년 10월 29일 대통령직선제 개헌안이 확정된다. 이 나라 민주주의의 서광(瑞光)이 비치기 시작한 사건이었다.

나는 여야가 개헌에 합의하였지만 아직 국회를 통과하기 전인 1987년 9월 초순에 윤길중 대선배의원의 초청으로 단둘이 저녁에 서대문구 연희동 소재 식당에서 대화를 나누게 되었다.

윤 대선배는 내가 1987년 4월에 귀국한 후 서로 한 차례도 만나지 못했지만, 그동안 정풍파 소장의원인 정동성, 홍성우 의원 등으로부터 내 근황은 들어서 알고 있다고 하면서, 자신은 1988년 4월 26일에 실시할 예정인 제13대 국회의원의 소선거구제 선거에서 지역구로 출마하지 않기로 결심했다고 했다. 이미 여당의 고위당정회의에서 이러한 불출마입장을 밝히고, 서울 서대문구 및 은평구에서 노태우 민정당 후보의 득표 향상을 위해 오유방 전 국회의원의 민정당 영입이 필요함을 역설하였고 노태우 대표의 사전 양해도 받았으니, 국민투표 과정에서부터 민정당 서대문·은평지역구에 정식으로 입당하여 자신을 도와주기 바란다고 했다.

나는 그 자리에서도 내 생각을 소신껏 밝혔다.

"내가 미국 하버드대학교 국제문제연구소에서 수학하고 귀국할 때에는 새뮤얼 헌팅턴 교수의 영향으로 한국정치에 있어서 군인 출신의 집권자는 전두환 대통령이 마지막이 되어야 한다고 생각하였는데, 내가 귀국한 후에 6월 민주화운동을 목격하고 3김(金)의 분열을 체험하면서, 민정당의 노태우 후보가 대통령에 당선되어 5년 동안의 완충기간을 갖는 것이 한국정치의 안정적인 발전을 위해 도움이 될 수 있다고 생각하게 되었다. 얼마 전에 민주공화당에서 정풍운동을 같이 한 남재희 선배 의원, 정동성 의원, 홍성우 의원을 만나서 의논을 하였더니 민정당에 입당하여 노태우 후보의 대통령 당선을 위해 함께 노력하는 것이 바람직하다고 권유를 받았다. 나는 서울 서대문구와 은평구가 4개의 소선거구로 쪼개지니 선거구의 선택과 결정에 연연하지 않고, 윤 대선배 의원님을 지구당 위원장으로 모시고 국민투표와 대통령 선거에서 노태우 후보의 당선을 위해 열심히 노력하겠다"라고 약속했다.

그러자 윤 대선배는 자신이 이미 나의 지역구 출마 문제에 관하여 청와대의 김윤환 비서실장, 민정당의 정성모 사무총장 등에게 이야기했으니, 앞으로 서대문구와 은평구의 지역구 선택 문제에 관해 그분들과 상의하기 바란다고 하였다.

내가 나 스스로 전두환 대통령의 5공화국을 거부하고 윤 대선배에게 아무런 사심 없이 내 나라와 내 나라의 정치 발전을 위한 화해의 정치를 하겠다는 마음으로 윤 대선배가 도움을 청했을 때 기꺼이 응했던 것이 결국은 나에게 되돌아오고 있었다. 내가 출마해서 어떤 결과가 나올 것인가는 중요하지 않았다. 정말 중요한 것은 정치를 하면서도 이렇게 서로가 서로에게 진심으로 배려하고 사과할 것은 사과하면서 상생할 수 있다면 그것이야말로 국민들이 행복한 나라를 만들기 위한 선진정치로 가는 길이 아닐까 하는 막연한 생각이 들 뿐이었다.

지금 생각하면 윤 대선배와 처음 만나 윤 대선배가 내게 도움을 청했을 때 윤 대선배에게 진심으로 사과하고 싶은 마음에서 아니 화해하는 정치를 하고 싶은 마음에서 망설임 없이 도와드리겠다고 약속했던 그 마음과 내가 미국에서 돌아와서 윤 대선배로부터 호의적인 제안을 받았을 때의 그 심정이 내게는 정말로 큰 정치적인 전환점이 아니었나 싶다. 나는 그때 화해와 소통과 배려의 정치가 얼마나 아름답고 참된 정치인지를 처음으로 체득했던 것이고, 결국 그것은 훗날 내가 새정치국민회의의 김대중 총재와 함께 일하겠다는 결단을 내릴 때 나도 모르게 작용했던 것이라는 생각을 지울 수 없다.

나는 윤길중 대선배를 만난 이후 민정당에 입당해서 항상 그랬듯이 최선을 다해 국민투표를 비롯해서 대통령선거까지 노태우 대통령 후보를 위해서 열심히 일했다.

훗날 노태우 대통령의 '6·29민주화선언'이 승리를 이끌어내기 위해서 전두환 대통령과 함께 사전에 조작한 선언이라는 말도 있고 소문은 무성했지만, 나는 확언하건대 어찌 되었건 여야 합의로 대통령직선제 개헌을 이끌어 낼 수 있는 그런 선언을 한 그 자체가 민주주의에 기여한 것이라고 자신 있게 말할 수 있다.

결국 1987년 12월 16일 실시된 대통령선거는 국민들이 결정하는 직선제로 치러졌다. 그러나 당시 3김(金) 등 민주세력의 후보들은 단일화를 이루지 못하고 여권 후보인 노태우 후보를 상대로 각각 출마했다. 민주화를 갈망하던 국민들의 표는 이들에게 각각 분산되게 되고, 그 결과 노태우 민정당 후보가 가장 많은 표를 얻어 대통령에 당선되게 되었다.

그리고 나는 다음 해인 1988년 4월 26일 실시된 제13대 국회의원 총선거에서 민주정의당 소속으로 은평(갑)구에 출마하여 당선되었다. 이로써 내가 1982년 미국에 유학 갈 때 윤길중 대선배의원이 2년간의 유학을 잘 마치고 귀국하면 1988년 제13대 국회의원선거에서 나의 정치적 부활이 이루어질 것이라고 예측했던 것이 적중하였다. 나는 13대 국회의원에 당선되고 윤길중 대선배는 당시 전국구 국회의원으로 당선되어 노태우 대통령으로부터 민정당 대표로 임명을 받게 되었다.

그러나 1인 1선거구인 소선거구제로 치러진 제13대 국회는 서대문구와 은평구에서 네 명의 당선자가 세 개의 당에서 배출되었듯이 민주정의당이 총 125석, 통일민주당이 총 59석, 평화민주당이 총 70석, 신민주공화당이 총 35석, 한겨레민주당이 1석, 무소속이 9석을 차지하였다. 여당인 민주정의당이 제1당이 되었으나 과반수 의석 확보에 실패하였고, '여소야대(與小野大)'라는 헌정사상 초유의 사태가 발생하였다.

하지만 그 바람에 제13대 국회에서 내가 위원장을 맡아서 주도해 나갔던 소위 '악법개폐위원회'라고도 불리는 '민주발전을위한법률개폐특별위원회'는 원활하게 구성되고 또 잘 운영될 수 있었던 것인지도 모르는 일이다.

3. 정치개혁은 법률개혁으로 성취된다

제13대 국회는 1987년 6월 민주화운동을 통한 정치개혁의 주장을 반영하여 개정한 제9차 헌법개정이 이루어진 이후 출범한 제6공화국의 첫 번째 국회이다.

제6공화국 출범 후 정치·경제·사회·문화 등 각 분야에서 분출되던 국민의 민주화 욕구에 부응하기 위하여 각종 법률에 산재되어 있는 비민주적 요소를 제거하고, 국가의 민주발전을 뒷받침하기 위하여 필요한 법률들의 제정, 개정 또는 폐지를 통하여 한국의 참된 민주적 법률 체제를 조속히 확립함으로써 법률개혁의 목적을 실현 하고자 '민주발전을위한법률개폐특별위원회'가 출범할 때 내가 민주정의당 소속으로 위원장에 선출된 것이다.

우선 나는 민주발전을위한법률개폐특별위원회의 여야 간사의원과 협의하여 이 특별위원회의 설치 목적에 따라 국민의 기본적 인권보호 측면이나 법률과 제도의 집행 운영과정에서 민주적으로 개선하여야 할 필요성이 있는 법률과 개정된 헌법의 시행과 시대적 상황의 변화에 개정의 필요성이 발생한 법률 37개에 대하여 민주발전을위한법률개폐위원회에서 심의할 대상법률로 선정했다.

그리고 나는 1980년 정풍운동의 정신을 상기하면서 여소야대의 민주발전을위한법률개폐특별위원회를 운영함에 있어 여야 국회의원의 합의에 의한 만장일치 처리를 원칙으로 정하고 대화와 타협을 통해 이러한 원칙을 관철해 나갔다. 1980년부터 2년여 동안 여야 국회의원과 정부의 관계 장관이 민주적 법률개혁을 위한 시대적 소명감을 갖고, 진지하고 심도 있게 초당적 입장에서 국가와 국민의 이익을 위해 대화와 타협을 통해 전원합의 정신으로 법률개혁의 과업에 임해 주신 노고에 대하여 나는 지금도 감사하는 마음을 갖고 있다.

다만 나는 국내외적으로 국민들의 지대한 관심의 대상이며 남북분단의 양국체제 아래서 한반도의 평화와

필자의 제13대 국회 법률개폐특별위원회 위원장 시절

안정을 위해 당분간 현상유지를 위해 필요하여 국가보안법, 국가안전기획부법, 통신비밀의 보호에 관한 법률에 대한 심사를 마치지 아니하고, 국방위원회 등의 심사로 이관(移管)을 하도록 여야 간사의원과 합의를 하기도 했다.

그 결과 민주발전을위한법률개폐특별위원회는 사회안전법(보호관찰법으로 개칭), 농촌근대화촉진법, 집회시위에 관한 법률 등 18건의 법률을 여야 전원합의로 개정 또는 폐지하였고, 그 이외에는 심사도중 정치적 상황의 변화 및 그 법률의 전문성을 참작하여 여야의 합의에 따라 소관 상임위원회로 이송하고, 본 특별위원회의 활동을 종료하게 된 것이다.

4. 민주발전을위한법률개폐특별위원회 구성 위원

교섭단체	국회의원 성명
민주정의당	오유방(위원장), 강우혁(간사), 김동인, 김태호, 박승재, 박희태, 서상목, 유수호, 이진우, 이치호, 한승수, 홍세기
평화민주당	김태식(간사), 강금식, 박상천, 오탄, 이형배, 조홍규, 홍영기 ※ 1989녀 5월 22일 김태식 위원을 박상천 위원으로 간사 교체
통일민주당	김광일(간사), 유승규, 백찬기, 신영국, 이인제, 최이호 ※ 1989년 1월 9일부터 1989년 2월 11일까지 이인제 위원이 간사
신민주공화당	박충순(간사), 김병용, 김제태
무 소 속	박찬종

5. 민주발전을위한법률개폐특별위원회
제1소위원장 이진우 의원에 대한 소감

고(故) 이진우 의원은 나보다 6살 위로써 서울대학교 법과대학의 6년 선배이다. 내가 33살에 최연소 국회의원에 당선됨으로써 정치를 일찍 시작하여 제13대 국회에서 3선 국회의원이 되었는데, 이진우 선배는 제13대 국회에서 2선 국회의원이 됨으로써 대한민국 국회의 원내다선 원칙에 따라 내가 민주발전을위한법률개폐특별위원회 위원장을 맡고, 이진우 선배의원이 정치관계법률안을 심의하는 제1소위원회 위원장을 맡게 된 것일 뿐이다.

여소야대의 제13대 국회 전반기에서 노태우 대통령의 민주정의당이 국가보안법, 국가안전기획부법에 대하여 평화민주당 및 통일민주당이 각각 제출한 민주질서보호법, 국가해외정보처법 등의 공세를 저지함으로써 현재까지 국가안보의 양대 법률적 골격이 유지되고 있는 업적은 오로지 국가보안법연구로 박사학위를 취득한 이진우 국회의원의 공적임을 나는 증언하지 않을 수 없다.

1990년 여소야대의 국정 비능률을 극복하기 위하여 민주정의당, 통일민주당, 신민주공화당 3당이 통합된 이후에 나는 민주자유당의 박태준 최고위원에게 이진우 선배의원을 민자당의 정치개혁특별위원장으로 임명하도록 건의하였더니, 그렇게 된 사실이 있다. 그러므로 제

13대 국회 후반에 국회 법사위원회에서 국가보안법, 국가안전기획부법안 등을 심의통과 시킴으로써 현재의 국가보안법과 국가정보원법이 유지되도록 한 업적도 우리나라 국가안보관계 법률분야의 대가(大家)인 이진우 의원의 공적임을 나는 증언하지 않을 수 없다.

6. 민주발전을위한법률개폐특별위원회 제2소위원장 홍영기 의원에 대한 소감

제13대 국회 민주발전을위한법률개폐특별위원회 제2소위원장인 고(故) 홍영기 의원은 전북 순창 출신 국회의원이다.

내가 본 홍영기 의원은 국회에서 서릿발 같은 질타와 중량감 있는 발언으로 유명했다. 홍영기 의원이 국회 본회의에서 "두 김 씨를 수십 일 씩 가택 연금시켜 놓고서도 신체의 자유를 보장했다고 할 수 있느냐?", "전직 민주정의당 소속 국회의원의 저서 『러시아 혁명사』를 가지고 있다는 이유로 이적표현물 소지죄로 기소하는 것이 사상의 자유를 보장하는 것이냐?"라고 그의 이러한 짜릿한 질문이 계속되는 동안 의석에 있는 후배의원들 사이에서는 역시 백전노장이라는 감탄사가 연발되고는 했다.

홍영기 의원은 제5, 6, 8, 13, 14대 국회의원을 역임하였고, 제14대 국회에서는 국회부의장을 역임하였다. 내가 1971년 제8대 국회의원선거에서 낙선을 하고 서울 서대문구 정동에서 변호사를 개업하고 있을 때 홍영기 선배의원의 변호사 사무실이 정동 MBC방송국 부근이었으므로 법원에 재판을 하러가다가도 우연히 자주 조우를 했다. 홍영기 선배의원은 일본 동북제대 법문학부를 졸업하고, 군법무관시험에 합격한 후에 육군본부법무차감으로 예편을 한 후에 변호사를 한 관계로 판검사를 하지 않고 변호사를 거쳐 정계에 투신하였다. 그는 박정희 대통령의 유신을 지지한 나에 대하여 여야를 초월해서 법조선배로서 애정을 갖고 다정하게 인간적으로 대해 주었다.

나는 여야 합의에 의하여 제2소위원회는 평화민주당에서 소위원장을 맡기로 결정하였다. 나는 평민당의 김대중 총재가 당내 최고령 의원인 홍영기 의원을 민주발전을위한법률개폐특별위원회 소위원장으로 임명한 소식을 듣고 국회의원회관의 홍영기 의원실로 찾아가서 축하인사를 함으로써 선배의원에 대한 인간적 예우를 했다. 나는 그 자리에서 홍영기 제2소위원장에게 "나는 서울 서대문·은평구의 대도시 출신 국회의원이므로 농어촌지역사정과 농어촌경제에 관하여 잘 알지 못하는데 반하여 홍영기 선배의원께서는 선거구가 전북 순창으로 농업이 발달한 지역이니 농촌경제사정을 잘 아실 것이다"라고 말한 후에 경제관계법률안의 심의에 관하여는 소위원회 운영에 관한 전권을 홍영기 선배의원에게 위임하겠다는 방침을 통고했다.

나는 민주정의당 소속 농어촌지역구 출신 국회의원들에 대해서 정동성 의원을 통해서 설득을 하는 한편, 집권 민주정의당의 윤길중 당대표, 김윤환 원내총무, 이종찬 사무총장 등과 원내대책회의를 갖고 농촌근대화촉진법, 농지개량조합육성에 관한 특별조치법을 개정하여 이른바 수세(水稅)를 종전의 10아르(a)당 23kg 이상이던 것을 5kg으로 인하하여 농민의 부담을 경감하도록 하였다. 그리고 농지개량조합, 농업협동조합, 수산업협동조합, 축산업협동조합, 산림조합법을 개정하여 조합장을 조합원이 직접 선거하도록 함으로써 조합운영의 민주화를 기했으며, 조합예산의 편성과 집행에 있어서 정부의 통제를 최소화할 것을 주장하는 김대중 총재의 평화민주당 정책에 대하여 집권여당인 민주정의당이 전면적으로 수용해야 한다고 설득함으로써 집권여당내 농어촌민주화에 대한 반대세력인 강경보수파의 반발 문제를 해결하였다.

7. 민주발전을위한법률개폐특별위원회
제3소위원장 김광일 의원에 대한 소감

내가 고(故) 김광일 의원에 관하여 한마디로 소개한다면 "1990년대가 이 땅에 참 민주주의를 뿌리내리게 하고 그 열매를 거둬들이는 기념비적 연대라면, 김광일 의원은 이 시대에 기여한 군계일학의 인물로 기록될 것이다"라고 말할 수 있다.

내가 본 김광일 의원은 건장한 체구와 대기(大器)다운 인품을 갖추고 있다. 그는 경남 합천 출신으로, 경남중·고등학교와 서울대학교 법과대학, 서울대학교 사법대학원을 졸업하고 고등고시 사법과에 합격, 법조인으로 출발하여 판사·변호사생활 20여 년을 약자와 억울한 자의 편에 섰다.

그는 서울대학교 법과대학 3학년 때 4·19혁명에 앞장섰다가 유탄에 맞아 부상을 당했고, 5·16군사정변 때는 학생운동지도자라는 이유로 41일간 투옥 당했다. 또한 유신 말기 부마항쟁 때 주동인물의 한 사람으로 체포되어 수난을 겪으면서도 그는 민주화와 민권운동을 중지하지 않았다.

나는 서울대학교 법과대학 2학년 때 4·19혁명에 앞장서 광화문을 거쳐 효자동 전차종점까지 진출했음에도 경찰이 쏜 유탄에 맞지 아니한 것은 하늘의 도움으로 믿고 있다. 나는 5·16군사정변 때는 서울대학교 법과대학 도서관에서 고등고시를 준비했는데, 내가 김광일 의원과 술을 마실 때면 그가 5·16군사정변 때 학생운동지도자라는 이유로 41일간 투옥 당한 것을 위로하곤 했다. 또한 나는 민주공화당의 국회의원으로서 김광일 의원을 만나면, 그가 유신 말기 부마사태 때 주동인물의 한 사람으로 체포되어 수난을 겪은 점에 대하여 위로하고 사과하기도 했다.

김광일 의원은 국정감사 및 조사에 관한 법률안에 대한 찬반토론 때 서독의 법률체계까지 들면서 "구인제도가 위헌이 될 수 없다"라고 주장하여 관철시킴으로써 오늘의 국회 국정감사 및 조사기능을 가능하게 했다.

특히 김광일 의원은 제3소위원장으로서 집회 및 시위에 관한 법률을 개정함에 있어, 미국식 폴리스 라인(Police Line)제도와 같이 질서유지인제도를 도입하고 특정인 참가배제제도를 도입한 것은 그의 공로이다.

김대중 아태평화재단 이사장과
오유방

1. 아태평화재단 후원회 참여

　김대중 대통령 후보는 1992년 제14대 대통령선거에서 패배 후 정계은퇴를 선언하고 영국 유학길을 떠난다. 그 당시 국민들은 김대중 후보가 정계를 은퇴하고 유학길을 떠난 것은 자신의 정치여정을 돌아보면서 대선에서 패배한 자신의 입지는 물론 앞으로의 설계를 위함인 것으로 생각했다. 국민들은 김대중 후보가 단순히 유학을 떠난 것은 아니라고 생각하여 그분의 귀국 후 행보에 관심이 갔던 것이 사실이다.

　김대중 후보는 국민들의 관심 속에서 영국 유학을 마치고 귀국하자 1994년 1월 '아시아태평양평화재단'을 창립했다. 영어 명칭이 "The Kim Dae Jung Peace Foundation

for the Asia Pacific Region'이어서 '김대중평화재단'이라고
도 불렸다. 설립 당시 재단의 정식 명칭은 '아시아태평
양평화재단'이었으나 1995년 2월 '아태평화재단'으로 변
경했다. 아시아태평양평화재단의 설립 당시 김대중 후보
는 초대 이사장에 취임하면서 설립 취지와 목적을 밝혔
다. 첫째, 한반도의 평화적이고 민주적인 통일의 이념과
정책을 연구하고 개발하려는 것이다. 둘째, 민주화가 확
고하게 정착할 수 있는 길을 연구하고 개발하려는 것이
다. 셋째, 우리가 세계 평화에 기여할 수 있는 길을 적
극 연구하고 개발하려는 것이다.

　나는 아시아태평양평화재단의 설립 취지와 목적에 상
당히 호감을 가지고 있었다. 김대중 이사장은 아태평화
재단의 후원회를 구성할 때 충북 영동 출신의 이동진
국회의원을 통해서 나에게 동참해 줄 것을 권고했다. 그
렇지 않아도 나는 1983년 이미 하버드대학교 국제문제
연구소에서 김대중 망명 정치지도자의 세미나에 참석했
을 때 그분의 민주화에 대한 열망과 통일에 대한 강한
의지를 읽을 수 있었기에 굳이 마다할 이유가 없었다.

　한편, 온 국민이 다 알고 있는 바와 같이 1973년 8월
8일 일본 도쿄의 한 호텔에서 발생한 '김대중 납치사건'
은 실제로 그분이 생사의 갈림길에 섰던 사건이었다. 나
는 박정희 대통령 집권 시절에 집권당이었던 민주공화
당의 대변인을 역임한 사람으로서 박정희 대통령 집권

시절에 김대중 이사장이 가장 극심한 탄압을 받은 민주
인사인 점에서 그분을 만나서 서로 화해하고 협력하고
싶었다.

또한 나는 지난날 우리나라를 절대빈곤으로부터 해방
시킨 박정희 대통령의 산업화세력과 우리나라의 민주화
의 선봉기수인 김대중 이사장의 민주화세력이 서로 화
해하고 협력한다면 정말 살기 좋은 나라를 만들 수 있
다는 생각이 들었을 뿐만 아니라 꼭 그렇게 만들어 보
고 싶었다. 그리하여 나는 1994년 7월 아태평화재단 후
원회 부회장으로서 참여하기로 결정했다.

2. 김대중 아태평화재단 이사장의 방미 수행과
   햇볕정책

김대중 아태평화재단 이사장께서 1994년 9월에 약 2주
동안 부인 이희호 여사를 대동하고 미국을 방문하기로
하셨다. 그때 나는 아태평화재단의 후원회 부회장의 자
격으로 김대중 이사장을 수행하게 되었다. 당시 김대중
이사장의 방미 목적은 미국의 강경보수주의자들이 북핵
문제로 인해서 북한을 무력으로 공격해야 한다고 주장
하는 여론을 무마시켜서 우리 한반도에서 전쟁이 일어
나는 것을 억제하자는 것이었다. 그런 까닭에 김대중 이

사장께서 이미 국회의원을 세 번이나 지내고, 법조인이며, 미국 유학 경험도 있는 후원회 부회장인 나를 특별히 선택했던 것 같았다.

김대중 이사장께서 미국 워싱턴에서 국무부 동북아담당부차관보를 방문하여 약 1시간 동안 한반도의 현안문제를 논의할 때 나는 단독으로 배석했다.

그 당시 김대중 이사장께서는 발음이 유창하지는 않지만 정확한 영어단어를 사용하시어 이솝우화를 들어가며 동북아담당부차관보를 직접 설득하셨다.

"행인이 길을 가는데 차가운 북풍과 따뜻한 햇볕이 누가 행인의 외투를 벗길 수 있는지 내기를 한다. 먼저 북풍이 있는 힘을 다해 행인에게 바람을 불어 댄다. 자신의 바람으로 행인의 외투를 벗겨 버리겠다는 것이었다. 그러나 행인은 바람이 세차면 세찰수록 외투를 더 조이며 그 안으로 움츠러들 뿐이었다. 그러자 이번에는 햇볕이 아무런 말도 하지 않고 부드럽게 내리 쪼인다. 행인은 따뜻한 햇볕을 쪼이자 자신 스스로 더워서 외투를 벗는다." 김대중 이사장은 이솝우화를 예로 들어가면서 햇볕정책을 강조한 것이다.

행인의 외투를 벗게 한 것은 북풍이 아니라 햇볕이므로 우리도 북한을 폭풍으로 몰아칠 것이 아니라 따스하게 햇볕을 쬐어서 마음을 열게 만들어야 한다. 그러므로 우리는 북핵문제의 해결을 위해 '햇볕정책(Sunshine Policy)'이 필요하다.

그리고 김대중 이사장께서는 "북한의 북핵문제와 관련하여 북한과 미국의 수교를 포함하여 한국과 북한이 적극적으로 접촉하고 경제협력도 시작하는 등 외교적 반대급부가 동시에 제공되는 '일괄타결(一括妥結, Package Deal)'이 바람직하다. 그렇게 되면 미국이 구(舊) 소련과 동구에게 했던 것처럼 경제협력과 문화교류를 통한 햇볕정책(Sunshine Policy)으로 결국 공산주의를 몰락시켜, 민주주의가 승리하는 것으로 보게 될 것이다"라는 취지로 말하셨다.

누구에게라도 설득력이 있던 김대중 이사장의 이러한 외교적 노력의 덕분인지는 모르겠지만 당시 미국은 북핵문제로 북한에 대한 무력공격은 하지 않았다. 다만 내가 분명하게 말할 수 있는 것은 김대중 이사장의 이러한 외교적 노력이 상당한 영향을 끼쳤을 것이라는 점은 부인할 수 없다는 것이다. 그리고 그 자리에 단독 배석했던 나로서는 자부심을 느끼지 않을 수 없었다. 나는 김대중 이사장께서 아태평화재단의 설립 취지와 목적에 맞는 일을 하고 있다고 생각하며 더 열심히 아태평화재단 후원회 부회장의 직분을 수행했다. 물론 여기서 김대중 이사장께서 말한 햇볕정책이 바로 훗날 대통령에 당선된 뒤에 김대중 대통령의 햇볕정책으로 발전된 것은 당연한 일이다.

3. 방미 수행에서 본
김대중 아태평화재단 이사장 부부

내가 1994년 김대중 이사장의 미국 방문을 수행했을 때에 나는 54살이고, 김대중 이사장께서는 1926년생이시니 68세이며, 이희호 여사께서는 1922년생이시니 72세였다.

내가 김대중 이사장 내외분과 같은 리무진 승용차를 타고 가까이서 모시고 다니면서 알게 된 점은 두 분의 건강이 매우 좋아서 두 분의 나이는 숫자에 불과하다는 사실이었다. 나는 김대중 이사장께서는 승용차로 이동하는 도중에 차 안에서 잠을 잘 주무시고 이희호 여사께서는 승용차 안에서 잠을 주무시지 아니하고 항상 단정히 앉아서 있으시는 것을 보았다.

김대중 이사장께서 일제강점기에 전남 목포상고를 졸업하고 대학에 진학할 수 없어 독학을 하시어 자수성가(自手成家)하신 입지전적 인물인 것은 잘 알려진 사실인데, 내가 그분을 미국에서 2주일 동안 모시고 다니면서 옆에서 보니 김대중 이사장 내외분께서는 굉장히 부지런하고 대단히 성실한 분들이신 점을 알게 되었다. 그 빡빡한 여행 일정 중에도 김대중 이사장께서 새벽부터 일찍 일어나 가벼운 실내운동을 하고, 연설문만큼은 직접 챙겨서 여러 번 고치고 다듬고 하였다. 이희호 여사께서는 이러한 김대중 이사장을 챙겨주시는 내조를 하셨다.

김대중 이사장과 이희호 여사께서는 노년기임에도 체력과 열정이 대단하시어 하루 종일 각계각층의 수많은 사람들을 만나고 여러 행사와 모임에 참석하시면서도 한 번도 흐트러진 자세를 보이지 않으시고 매사를 정열적으로 처리하셨다.

나는 김대중 이사장과 이희호 여사께서 저녁에도 묵고 계시는 호텔로 미국의 학자, 정치인, 외교관 등을 초청하여 대화를 나눔으로써 국제 정세와 한반도 문제에 관하여 새로운 지식과 정보를 얻고자 노력하시는 학구적인 모습을 보고 절로 감탄이 나왔다.

그리고 나는 김대중 이사장께서 유머감각이 뛰어난 분임을 알게 되었다. 김대중 이사장께서는 승용차로 이동하는 도중에 이희호 여사에게 유머러스한 농담을 걸으시어 자칫 딱딱하고 어색하기 쉬운 분위기를 부드럽게 만드셨다.

김대중 이사장과 사적인 대화를 나누어 본 사람이라면 유머감각을 가진 사람들이 대부분 그렇듯이 그분이 휴머니스트라는 평가를 수긍할 것이다.

이희호 여사는 정치인을 내조하는 여성으로서 훌륭한 퍼스트 레이디(First Lady)의 자질을 가진 분이다.

이희호 여사는 우선 세상의 물정에 밝고 사리가 분명하다. 또한, 이희호 여사는 누구에게나 상대방이 편안한 마음을 가지도록 대화를 유도한다.

이희호 여사께서는 김대중 이사장께서 행사에 참석하는 일정이 있을 때는 언제나 최소한 출발시간 20분 전에 혼자 호텔로비에 내려오셔서 대기함으로써 김대중 이사장께서 로비에 오시면 언제나 즉각 출발할 수 있도록 내조하셨다. 한국 정치인의 부인들 가운데는 사전에 출발준비를 태만하게 하여 행사에 지장을 주는 경우가 많음에 비추어 보면 이희호 여사의 이러한 점은 누구나 배워야 할 것이다.

그리고 이희호 여사는 근검절약하는 생활이 몸에 배인 분이다. 나는 어느 날 아침에 호텔식당에서 식사를 마치고 김대중 이사장 내외분의 숙소에 들렀는데 이희호 여사께서 호텔에서 제공한 방에 있는 물주전자에서 빈 플라스틱 생수병에 물을 붓는 것을 목격했다. 내가 이희호 여사에게 그 이유를 여쭤자 그분은 호텔에 숙박비를 내고 구입한 물이므로 아까워서 생수병에 넣어 가지고 가서 승용차 안에서 마실 것이라고 대답했다. 나는 이희호 여사가 주부로서 가지고 있는 생활의 지혜와 절약정신에 놀라움을 금할 수 없었다.

4. 아태평화재단 후원회장 활동

내가 아태평화재단 후원회의 회장을 맡게 된 것은 1996년 새정치국민회의 공천을 받아 서울 용산구에서 제15대 국회의원선거에 출마했다가 고배를 마신 후 몇 개월이 지난 1997년 2월경의 일이다. 나로서는 최선을 다했기에 또다시 기회가 오면 2000년 제16대 국회의원선거에서는 다시 실패하지 않겠노라고 스스로를 다지면서 내일을 준비하고 있던 중이었다.

김대중 이사장께서 1996년 6월 어느 날 나에게 전화를 걸어 아태평화재단 후원회장으로 일해 줄 것을 부탁하셨는데, 나는 김대중 이사장께 "저는 가진 돈도 없고 돈을 모으는 재주도 없으니 후원회장으로는 부적합합니다"라고 대답을 했다. 김대중 이사장께서는 나에게 "돈 때문에 오유방 의원에게 아태평화재단 후원회장을 해달라는 말은 아니오. 아태평화재단의 목적 달성을 위해 사심 없이 정성을 다해 일할 사람으로 보아 후원회장을 맡아달라는 것이오"라고 말하셨다. 이렇게 하여 나는 아태평화재단 후원회장의 중책을 맡게 된 것이다.

그때 나는 김대중 이사장께서 내게 아태평화재단 후원회장을 맡아 달라고 하실 때는 다 이유가 있으셔서라는 생각이 들었다. 나는 이제 멀지 않아 1997년에 제15대 대통령선거가 실시되는데 아태평화재단이 세계 평화를 위한 정책과 한반도 통일에 대한 정책방안을 수립하는 연구기관이라고는 하지만 실질적으로는 아태평화재단 후원회장도 대통령선거의 승리를 위해서 합법적인

필자가 아태평화재단 후원회장 시절에 김대중 아태평화재단 이사장과 함께 있는 모습, 오른쪽부터 필자, 김대중 이사장

범위 안에서 무엇인가 일조(一助)를 해야 할 것이라고 생각했었다.

아태평화재단 후원회장을 맡은 나는 무엇보다 먼저 부회장단을 대폭 증강하면서 중요한 시·도에 지부를 결성했다. 나는 시·도지부의 조직을 통해서 각 시·도의 후원회원들과 국민들을 초청해서 남북교류, 화해협력, 평화통일방안 등을 주제로 강연회를 개최하고, 강사로는 김대중 이사장께서는 물론 나도 나섰다. 아울러 외부 강사를 초청해서 강연회를 개최하는 등 외연을 확대해 나가면서 김대중 이사장께서 강조하고 있는 햇볕정책을 홍보하기도 했다.

또한 나는 1997년 가을에 아태평화재단 후원회의 해외 지부를 결성하는 것도 중요하게 생각했다. 이후 나는 미국의 시카고, 뉴욕, 워싱턴DC, 로스엔젤리스, 샌프란시스코 등의 주요 도시와 캐나다 토론토 등에서 현지 동포들을 초청하여 대규모 강연회 및 후원회의 밤을 개최하여 김대중 이사장의 햇볕정책과 통일방안을 홍보했다.

나는 1997년 12월 실시되는 제15대 대통령선거를 앞두고 아태평화재단의 후원회를 통해서 외연을 확대하는 동시에 당시 김대중 대통령 후보에게 박정희 대통령에 대한 공과를 평가함에 있어 경제발전의 공로를 국민에게 공개적으로 인정할 것을 건의하고, 김종필 총재, 박태준 회장 등 산업화세력과의 화해와 소통을 통해 서로 협력하고 연대할 것을 건의했다.

그리고 실제로 나는 박태준 회장을 여러 차례 찾아가 만나서 당시 김대중 대통령 후보와 화해하고 협력할 것을 설득하기도 했다. 결국은 당시 김대중 대통령 후보는 박태준 회장과도 화해하고 소통하여 연대를 하게 되었다.

그 당시 새정치국민회의 용산지구당 위원장을 겸하고 있었던 나로서는 1997년 12월 제15대 대통령선거가 본격적으로 시작되자 서울 용산구의회 의원이었던 성장현 유세단장과 함께 용산구의 구석구석을 누비면서 직접 선거유세를 했다.

김대중 대통령 후보는 1997년 12월 18일 국민들의 지

김대중 제15대 대통령선거 당선자가 제15대 대통령 당선증을 들고
제15대 대통령선거 김대중 후보 선거대책위원회 의장인 김종필 자유
민주연합 명예총재와 박태준 자유민주연합 총재와 함께 있는 모습

지를 받아 제15대 대통령선거에서 당선되고 1998년 2월
대통령에 취임했다. 김대중 대통령이 당선된 것은 과거
혹독한 탄압과 시련을 극복하고 대통령이 된 것으로 민
주주의의 승리이며, 통일신라시대 이후 호남 소외시대를
겪으면서 1,000년 만에 호남 출신 대통령이 탄생한 것
이었다. 한편 김대중 대통령은 조선시대에 200년 동안
많은 순교성인을 배출한 가톨릭교회의 신자 중에서 최
초로 대통령에 당선된 것이었다.

　내가 아태평화재단의 후원회장으로서 김대중 대통령의
당선을 위해 보탠 힘은 미약한 것일 지라도 그런 작은
힘의 보탬이 훗날 김대중 대통령께서 역사적인 사건들을
연출하는데 일조(一助)했다는 것을 자랑스럽게 생각한다.

　이곳의 지면을 통해서 내가 아태평화재단의 후원회장

으로 직무를 수행하는 동안에 많은 협조와 지원을 해
주신 권노갑 의원, 김옥두 의원, 한화갑 의원, 임동원 사
무총장에게도 감사의 인사를 드린다.

5. 김대중 대통령의 업적에 대한 평가

마오쩌둥(毛澤東)이 1976년 9월 사망한 후에 재기한
덩샤오핑(鄧小平)은 1981년 6월 '건국 이래 당(黨)의 몇
가지 역사 문제에 관한 결의'를 채택하여 "마오쩌둥의
공(功)은 1차적이고, 과(過)는 2차적"이라고 평가했다. 덩
샤오핑은 마오쩌둥의 1차적인 공(功)은 중화인민공화국
으로 통일한 정치적 업적이며, 2차적인 과(過)는 무화혁
명을 전개하여 중국 경제를 황폐하게 만든 경제적 과오
라고 평가했다.

덩샤오핑은 실사구시(實事求是)의 정치노선을 확립하고
'한국의 박정희 경제모델'을 모방함으로써 중국을 경제
성장 우등국으로 변화시켰다.

김대중 대통령이 1998년 2월부터 2003년 2월까지 집
권한 기간 중에 국정을 수행한 업적에 관해서는 역사가
평가할 것이지만, 나는 1998년 한국의 IMF외환위기를
세계에서 가장 신속하게 성공적으로 극복하여 한국을
'경제발전 우등국으로 회복'시킨 것은 김대중 대통령 업

적의 1차적인 공(功)이라고 평가한다.

김대중 대통령의 여려 가지 업적에 관하여 일부 언론은 다음과 같이 평가하고 있다.

첫째, IMF외환위기의 극복과 과감한 기업의 구조조정으로 최단 기일에 경제난국을 슬기롭게 극복한 것

둘째, 초고속 인터넷망의 구축, 벤처산업의 육성, 과학기술의 혁신으로 IT 강국, 인터넷 강국의 기반을 구축한 것

셋째, 한류문화산업 육성, 문화발전을 위해 집중적인 예산을 지원한 것

넷째, 이산가족상봉, 금강산관광, 개성공단의 설치 등 남북 교류와 협력을 강화하고 남북정상회담을 개최한 것

다섯째, 김대중 대통령의 노벨평화상 수상으로 국위를 선양한 것

여섯째, 국가인권위원회 설치 등 인권신장에 기여한 것

일곱째, 한국의 산업화세력과 민주화세력의 화해와 협력을 실현하고 박정희 대통령 기념사업을 지원한 것 등

용산과 오유방

1. 새정치국민회의 용산지구당 창당

김대중 아태평화재단 이사장께서 1995년 7월 정계복귀를 선언하고 새정치국민회의를 창당하면서 그분은 나에게 새정치국민회의 창당발기인으로 참여해 줄 것을 부탁하셨다. 그 당시 야당인 민주당의 분열이 아니냐고 논란이 많았다. 그런데 한편으로는 많은 국민이 여야의 수평적 정권교체를 이루기 위해서는 새로운 수권능력이 있는 강력한 야당의 출현을 절감하고 있었다.

그 당시 나의 생각으로는 이기택 총재의 민주당으로서는 수평적 정권교체가 어렵다고 판단했기 때문에 김대중 이사장의 새로운 야당 창당을 지지하고 새정치국민회의 창당발기인으로 참여를 했다.

그리고 김대중 새정치국민회의 총재께서는 1995년 늦

필자가 새정치국민회의 용산지구당 창당대회에서 김대중 새정치국민회의 총재와 함께
인사하는 모습, 왼쪽부터 김상현 의원, 김대중 총재, 필자, 한영애 당무위원

은 가을 당시 권노갑 의원을 통해서 나에게 새정치국민
회의 용산지구당을 창당하기 위한 조직책을 맡아 달라
는 권유를 하셨다.

나는 심사숙고를 한 끝에 서울 은평구에서 서울 용산
구로 선거구를 옮기기로 결심했다. 그 당시 서울 용산이
수도 서울의 도심에 위치해 있으면서도 서울 종로, 중
구, 마포보다 낙후되어 있어 앞으로 용산구의 발전을 위
해서 열정적으로 뛸 수 있는 일이 많을 것으로 판단했
기 때문이다.

김대중 총재께서는 1995년 12월경 용산구민회관에서
개최된 새정치국민회의 용산지구당 창당대회 때 직접

참석하시어 "서울 용산은 국회의원선거는 물론 지방선거에서도 여당의 텃밭으로 알려진 곳이다. 그래서 이번에는 3선의 중진의원인 오유방 전 국회의원을 영입해서 용산지구당 위원장의 직무를 수행하게 했으니 1996년 4월에 있을 제15대 국회의원선거에서 승리할 수 있도록 여러분의 적극적인 협조와 성원을 당부한다"라고 격려를 해 주셨다.

김대중 총재께서 그날 직접 창당대회에 참석해서 분위기를 고조시키며 당원들의 단합을 촉구한 것은 머지않아 다가올 제15대 국회의원 총선거를 염두에 둔 것이었다. 당시 아태평화재단 후원회의 부회장으로서 미국까지 수행했던 나에 대한 특별한 배려였을 뿐만 아니라 미국 하버드대학교 국제문제연구소에서 김대중 망명 정치지도자의 세미나에 참석해서 진심으로 마음 아파하던 나의 마음을 이해해 주셨기 때문이기도 했을 것이다.

2. 제15대 국회의원선거와 용산

새정치국민회의 용산구 지구당위원장인 나는 1996년 3월 용산구민회관에서 제15대 국회의원선거를 위한 새정치국민회의 용산지구당 선거대책위원회의 결성대회를 개최하고 필승을 다짐했다. 그날도 변함없이 김대중 총재가 직접 참석해 주셨다. 김대중 총재가 지구당 창당대회에는 참석하는 경우는 많지만 국회의원선거대책위원회의 출정식까지 직접 참석하시어 격려하는 것은 드문 일이었다.

김대중 총재께서는 "이제까지 여당의 아성이라고 일컬어지던 이곳 용산에서 그동안 여당 3선을 해 온 우리 오유방 후보가 야당 후보로 승리하는 기쁨을 함께 맛보기 위해 당원동지 여러분의 헌신적인 단합과 수고를 당부한다"라고 말씀하시면서 한껏 분위기를 고조시키셨다.

나는 새정치국민회의 용산지구당의 부위원장, 시의원, 구의원, 각 동협의회장, 청년회장, 부녀회장, 각 직능단체 회장 등 조직원들과 함께 발로 뛰면서 골목골목 유세를 다니면서 선거운동을 열심히 했다.

또한 나는 1996년 제15대 국회의원선거에서 서울특별시장과 서울특별시의회와 적극적으로 협조하여 2조원의 투자로 낙후된 용산을 서울 도심의 명품도시로 만들 것을 정책공약으로 내세웠다.

특히 서울역에서 한강대교에 이르는 약 4㎞ 구간 100만 평의 토지를 대상으로 하여 서울역, 삼각지, 용산역의 3핵을 중심축으로 하는 새로운 도시계획에 의한 국제업무지구, 민족공원지구, 주택사업지구로 개발할 것을 공약했다. 비록 나는 당시 한나라당 후보였던 서정화 의원과 경쟁하여 분패(憤敗)하였지만, 새정치국민회의 용산지구당 위원장으로서 새로운 용산개발계획을 적극적으로 추진함으로써 2000년대에 새로운 용산의 명품도시를 건설하는데 기반을 마련하도록 했다.

3. 김대중 대통령 후보 선거운동과 용산

나는 1997년 11월경 새정치국민회의 용산지구당을 중심으로 용산구의 각계 인사를 영입하고 김대중 대통령 후보 선거대책위원회를 결성하여 김대중 대통령 후보의 승리를 위해 총력을 기울였다.

제15대 대통령선거 당시 새정치국민회의 용산지구당 위원장인 나는 김대중 대통령 후보 선거운동을 하면서 21세기 명품도시 용산의 건설을 위하여 다음과 같이 용산구를 위한 중요한 정책공약을 발표하고 홍보했는데 그 추진 현황은 아래와 같다.

　□ 용산역을 고속전철의 시발역으로
　　▶ 한나라당에서 경부고속철도의 시발역을 서울역으로 이전하여 김대중 대통령의 '국민의 정부'는 호남고속철도의 시발역으로 용산역을 결정함
　　▶ 김대중 대통령의 '국민의 정부'에서 용산역개발주식회사와 철도청이 서울특별시와 협의, 용산역세권의 개발을 추진하여 2015년 호남고속철도의 개통으로 용산역이 출발역으로

필자가 제15대 대통령선거 당시 김대중 대통령 후보와 함께 새정치국민회의 지역간담회에 참석한 모습, 필자는 왼쪽부터 두 번째, 김대중 대통령 후보는 왼쪽부터 세 번째

되었으며 현재 성장현 용산구청장이 용산역세권개발을 잘 추진하고 있음

□ 한강로 철도공작창부지 일대를 서울의 최첨단 국제업무지역으로 개발

▶ 현재 2030 용산발전계획으로 추진 중임

□ 용산전자상가 및 이태원관광특구의 활성화

▶ 용산전자상가의 활성화는 계속 추진 중이고, 이태원관광특구의 상업지역화 문제는 해결되었음

필자가 1997년 제15대 대통령선거 때 김대중 대통령 후보를 위해 선거운동을 하는 모습

☐ 강북 강변도로에서 원효로로 진입하는 도로 건설
 ▶ 위 원효로 진입도로는 2006년경 박장규 용산구청장이 이명박 서울특별시장에게 건의하여 완공됨

☐ 삼각지 일대 화랑가의 육성
 ▶ 2001년 서울 지하철 6호선 완공을 계기로 박장규 용산구청 장이 삼각지 화랑가를 특성화함

☐ 미8군의 이전과 민족공원의 건설
 ▶ 현재 추진 중임

□ 백범기념관의 건립과 효창공원의 성역화

▶ 김대중 대통령의 '국민의 정부'에서 성장현 용산구청장과 함께 추진하여 백범기념관의 건립을 완공하였으며 효창공원의 성역화도 추진함

4. 제2회 전국동시지방선거와
새정치국민회의 후보의 용산구청장 당선

김대중 대통령이 1998년 취임한 후에 실시된 제2회 전국동시지방선거 때 용산구청장 후보를 공천하는 절차가 문제되었다. 당시 용산구청장 선거에 나서겠다는 사람으로는 구의원 출신인 성장현 후보를 비롯해서 시의원 출신과 차관 출신까지 있었다.

그 당시 용산의 우리 당원들이나 민심의 흐름은 자유경선을 해야 한다는 것이 우세하기는 했지만, 외부로부터 인사를 영입해서라도 구청장에 당선시켜야 한다는 주장도 배제할 수 없는 상황이었다. 그러던 중에 새정치국민회의 중앙당에서 자유경선의 실시를 원하는 지역은 지구당위원장의 판단에 의하여 자유경선을 실시할 수 있도록 하는 공천지침이 확정되었다.

나는 전국에서 최초로 용산구청장 후보의 자유경선을 실시했다. 물론 서울의 다수 지역에서는 지구당위원장이

구청장 후보를 지명하였지만, 나는 1980년 서울의 봄에 정풍운동을 주창할 때부터 당내 민주화를 부르짖었던 터라 자유경선을 실시한 것이었다. 그 결과 성장현 구의원이 용산구청장 후보로 결정되었다.

주위의 많은 분들이 새정치국민회의 용산지구당의 자유경선결과에 대하여 우려를 나타내기도 했다. 차관 출신, 시의원 출신도 있었는데 구의원 출신으로는 상대당 후보에 비하여 약한 것이 아니냐는 우려였다. 하지만 성장현 용산구청장 후보는 열정적으로 자신의 선거운동을 했고, 나 역시 용산지구당 위원장으로서 성장현 후보의 당선을 위해서 내가 출마한 선거만큼이나 열심히 선거운동에 임했다.

그 결과 성장현 후보는 용산구에서 최초로 새정치국민회의 출신의 용산구청장으로 당선되었다. 그때까지 국회의원은 물론 구청장까지 독식하던 한나라당이 처음으로 패배한 것이다. 성장현 용산구청장은 당선 후에도 열심히 일하는 구청장으로 거듭나고 있었다.

5. 백범기념관건립위원회
대외협력위원장으로서의 역할

1998년 성장현 구청장이 당선된 직후에 용산구청장실

에서 전 국무총리인 이수성 백범기념사업회 회장을 만나서 백범기념관 건립 문제를 협의했다. 백범 김구 선생이야 말로 우리나라의 오늘이 존재할 수 있도록 한 분이라고 해도 이의를 제기할 사람이 없을 것이다. 일제강점기에 상해에서 임시정부를 만들고 수많은 독립투사들이 일제의 만행을 전 세계에 알릴 수 있도록 한 것은 물론 임시정부의 법통을 이어오신 분이다.

당시 나와 성장현 용산구청장은 이수성 백범기념사업회 회장과 만나서 효창운동장 뒤편에 있는 테니스 코트에 백범기념관을 건립을 추진하기로 의견을 모았다. 내가 생각해도 그 부지가 적당한 자리였다. 효창공원에 백범 김구 선생이 모셔져 있고 그 근처에는 이봉창 의사의 동상이 있는 곳이다. 이봉창 의사는 김구 선생이 일제의 만행을 전 세계에 알리기 위해 노력하시는 것을 돕기 위해 김구 선생의 한인애국단에 가입하고, 일제강점기에 적의 심장부인 도쿄에서 일본인들이 천황이라고 받들어 모시는 일본 왕에게 직접 폭탄을 투여했으나 불행하게도 일왕을 죽이지는 못하고 체포되어 처형된 독립의 혼이다. 그러니 당연히 그 자리가 백범기념관을 세우기에는 더할 나위 없이 좋은 자리였다.

우선 효창운동장 뒤편에 있는 테니스 코트에 백범기념관을 세운다고 하면 민원이 솟구칠 것이기 때문에 대체시설을 어딘가에 마련해 주어야 할 것이며 주민들도 설득해야 한다는 염려가 있었다. 이에 성장현 용산구청장은 백범의 숭고한 정신을 받들어 그분의 기념관을 용산에 유치한다는 것만 해도 영광이라고 주민들을 설득해 보겠다고 나섰다.

백범기념관의 설계와 공사비의 조달 및 모금 등의 업무는 이수성 전 국무총리가 나와 함께 추진할 것을 제안했다. 결국 약 150억 원이 들어가는 백범기념관 건립공사에 대하여 이수성 전 국무총리가 백범기념관 건립추진위원장을 맡고, 나는 대외협력위원장을 맡기로 했다.

나는 대외협력위원장을 맡았지만 사실 백범기념관 건립공사비를 조달하는 것이 난감했다. 최소한 100억 이상은 가져야 백범기념관 공사를 시작할 수 있으므로, 나는 최선을 다해서 정부로부터 예산지원을 받는 일을 추진하기로 했다.

무슨 일이든지 정말 열성과 성의를 가지고 하면 반드시 길은 열리는 법이다. 1998년 11월 30일 김대중 대통령께서 아태평화재단 임원들을 청와대로 초청하시어 만찬을 함께하는 모임을 갖게 되었다.

나는 당연히 아태평화재단 전임 후원회장의 자격으로 헤드테이블에 김대중 대통령과 함께 앉았다. 그 행사에 초대를 받는 순간 이미 작정을 한 터였기 때문에 기회를 보아서 김대중 대통령께 백범기념관의 건립을 위해 100억 원의 정부예산 지원을 건의했다.

그러자 김대중 대통령께서는 흡족한 표정을 지으시면서 말씀하였다.

"당연히 해야 할 일입니다. 백범 김구 선생이야 말로 상해임시정부의 법통을 이어 갈 수 있게 만드신 분으로 저뿐만 아니라 우리 국민이라면 누구든지 존경하는 분 아닙니까? 그런데 아직까지 그분의 기념관 하나도 변변하게 갖지 못한 우리들이 더 불찰이지요. 내가 해당 부서 주무장관에게 지시해 놓겠습니다."

그렇게 하여 1999년 정부예산에 백범기념관 건립사업비로 예산 100억 원이 편성되었다. 그 후 이수성 백범기념관 건립추진위원장의 열정과 집념으로 백범기념관이 계획대로 2002년 10월에 건립되었다.

백범기념관은 2008년 12월에는 '백범김구기념관'으로 명칭이 변경되었다. 백범김구기념관은 지금 서울 용산구의 명소 중 하나로 자리 잡았다. 더욱이 많은 국민들이 이곳에서 필요한 행사를 개최하는 유용한 공간일 뿐만 아니라 백범의 독립정신도 기리는 역사적인 공간이 되었다.

6. 미래도시 용산: 2030 용산발전계획

서울 용산은 2000년대에 임광토건 출신의 박장규 용산구청장이 당시 이명박 서울특별시장의 정책적인 협조와 지원을 받아 한강로 일대의 용산 5가동 주택재개발 사업, 용산민자역사 주변의 도시환경정비사업이 실시되어 일부 완공되었다.

2010년 당선된 성장현 용산구청장은 서울 강북도심에서 개발가능한 대규모 토지가 용산구이므로 향후 20년의 장기 비전을 가지고 중장기 종합발전계획으로서 2030 용산발전계획을 세웠다. 용산이 세계의 중심도시로 도약하기 위한 용산 미래 비전의 필요성은 계속적으로 제기되어 왔다.

나는 10여 년 전부터 현재까지 용산구 법률고문, 용산발전위원장으로 위촉되어 봉사하고 있다. 성장현 용산구청장이 세운 용산의 중장기 종합발전계획은 인기에 영합하기 위하여 함부로 수정하거나 변경되어서는 안 될 것이다.

그러한 의미에서 나는 용산구 중장기 종합발전계획에 따른 2030년 용산구 미래도시 비전을 소개하고자 한다.

> 용산구의 3대 비전 중의 하나인 창조도시는 도심재개발사업, 용산공원, 이촌전략정비구역 사업을 통해 동북아의 중심도시, 더 나아가 지구촌의 중심도시로 비약하는 도시로서의 위상을 보여 줄 것이다. 또한 용산구의 생명도시는 생태·자연·사람이 공존하는 것을 의미하며, 균형도시는 지역과 계층이 조화롭게 융합 발전하는 사람 중심의 용산을 의미한다.

2030년 용산구의 공간구조는 5대 비전축, 7대 창조권역, 3대 특화벨트로 구분되어 개발된다. 5대 비전축은 역사문화관광축, 국제문화관광축, 수변생태축, 녹지축, 남산조망축으로 계획되어 있고, 7대 창조권역은 역사문화교육권역, 남산특화권역, 도시재생권역, 첨단국제업무권역, 역사생태권역, 국제교류특화권역으로 조성되어 있다. 3대 특화벨트는 첨단국제업무벨트, 생태녹지벨트, 수변경관벨트 등으로 구상되어 있다.

그리고 용산구에서는 공간구조 구상과 함께 주요사업에 대한 중장기 추진계획도 세웠다. 또한 주요 사업으로 9개 부문별 단기, 중기, 장기 향후 정책검토과제로 구분하여 총 68개 사업이 선정되었다.

▲도시계획·교통부분에는 동서 간 연계도로 확충, 공공보행 네트워크 구축, 용산명품주거단지 및 마을가꾸기, 먼나라·이웃나라 공원조성 ▲교육부문에는 창의적 인재양성, 구축과 학력우수장학사업 ▲문화관광부문에는 청소년 박물관해설 도우미 양성, 용산예술인 재능기부제도 운영, 민족공원축제 ▲사회복지부문에는 여성새일하기지원센터 운영과 공공보육시설 확충 및 서비스 개선 ▲지역경제부문에는 용산전자상가 지원센터건립, IT기업 용산A/S단지 조성 등 각 부문별로 다양한 사업이 선정되었다.

특히 미군기지 이전 후를 총망라한 문화관공부문까지 계획대로 착착 추진된다면 용산은 문화축제의 명품도시가 될 것이다.

7. 새로운 도약을 위한 준비

금년은 광복 70주년, 우리 국민의 위대한 여정에 따라 새로운 도약을 준비하는 해이다.

나는 2000년부터 지난 15년 동안 현실정치에 초연하게 지내는 한편 마음을 다하고 정성을 다해서 가톨릭 서울대교구에서 봉사를 해 왔다. 31년의 오랜 역사를 가진 광화문법무법인 대표변호사로 열정적으로 활동하고 있다.

나는 지난 2014년 6월 4일 실시된 제6회 전국동시지방선거에서 성장현 용산구청장 후보의 선거대책위원장을 맡아 구청장선거를 지원했다.

그 당시 아세아경제 신문은 2014년 5월 31일 〈[이색현장] "오유방 전 의원, 성장현 용산구청장 후보 위해 백방 뛰어"〉라는 제목으로 아래와 같이 보도했다.

제9,10,13대 국회의원 지낸 오유방 전 의원, 성장현 새정치민주연합 용산구청장 후보 선거대책위원장 맡아 밤낮 없이 현장 뛰어 화제

공화당 정풍운동을 하다 제명됐던 3선 의원을 지낸 유명 정치인인 오유방 전 의원(변호사, 75)이 성장현 새정치민주연합 용산구청장 후보(현 구청장) 선거 운동을 적극적으로 펼쳐 화제가 되고 있다.

충북 청주 출신으로 서울법대를 졸업하고 사법고시와 행정고시 양과에 합격한 후 제9·10·13대 국회의원을 지내며, '공화당 대변인'을 역임한 유명 정치인이 구청장후보 선거대책위원장이 돼 밤 12시까지 현장을 뛰고 있어 눈길을 모으고 있다.

오 전 의원은 공화당 의원을 지내다 고 박정희 대통령 시절 박찬종 전 의원 등과 정풍운동을 벌이다 제명됐다.
이후 김대중 대통령 시절, 새정치국민회의 용산지구당 위원장을 지내며, 국회의원에 출마했다.

오유방 전 의원과 성장현 후보가 인연을 맺게 된 것은 1998년 시절로 올라간다. 당시 새정치민주연합 용산지구당 위원장이던 오 전 의원은 당시 재선 용산구의원이던 성장현 후보와 신태희 전 정무차관 등 구청장 후보들을 대상으로 전국 최초로 당 대의원을 대상으로 한 경선을 하게 했다. 경선 결과 성장현 후보가 당선돼 성 후보가 민선 2기 용산구청장에 당선되는 인연을 갖고 있다.

성장현 당시 구청장은 2년 동안 용산구청장을 역임한 후 선거법 위반 혐의로 낙마한 후 10년간 어려운 시절을 보내야 했다. 그런 후 성장현 구청장은 민선 5기 용산구청장에 당당하게 당선돼 주민들을 낮은 자세로 섬기는 구청장으로 유명하다. 성장현 구청장 후보는 스스로 이번 선거 캐치플레이즈를 '용산 전문가'로 붙였다. 용산에 대한 애정과 관심을 드러낸 표현으로 보인다.

이런 가운데 오유방 전 의원이 기꺼이 성장현 후보 선대위원장을 맡아 밤낮 없이 현장을 누비며 성장현 후보를 지원하고 있다. 특히 오후 8시에는 오 선대위원장 주재 대책회의를 열어 하루하루를 점검하면서 선거운동 계획을 세우고 있다. 성장현 후보는 31일 "오유방 의원님께서 변호사 업무도 중단하고 선거대책위원장으로서 밤낮 없이 저의 당선을 위해 뛰시는 모습에 너무 감사해 어떻게 표현할 길이 없다"고 말했다.

그 이후 나는 2014년 10월 주위의 많은 동지들의 권유를 받고 새정치민주연합에 입당했다. 그리고 올해에 새정치민주연합 용산지역위원회의 상임고문으로 정치활동을 재개했다.

나는 1980년 봄에 정풍운동을 했던 정신을 가지고 새로운 열정과 새로운 방법으로 국가의 부강과 국민의 행복을 증진하기 위해 새로운 정치개혁운동인 신정풍운동에 앞장서고자 한다. 나는 지금도 새정치국민회의 용산지구당 위원장 시절에 했던 모든 일들이 보람되고 흐뭇할 뿐이다.

기회는 스스로 만드는 자에게 온다는 말은 정도를 벗어나서 권모술수를 부려서라도 기회를 낚아채라는 말이 아닌 것이다. 기회는 스스로 노력하는 자에게 찾아온다는 그 말의 진정한 의미는, 자신이 가고자 하는 길의 정도(正道)를 걷다가 보면 그 길에서 기회를 만나 동행(同行)한다는 말이 아닐까 생각한다.

다만 그 기회가 왔을 때 망설이거나 아니면 자신의 주변의 여러 가지 걸림돌로 인해서 결정을 내리지 못하면 기회를 만났지만 함께 걷지 못할 수도 있는 것이다. 그래서 항상 준비하고 깨어 있으라고 한 것이라고 생각한다. 기회가 나와 마주하고 있는데도 잠들어 있다면 알아보지 못할 것이요, 기회가 다가와서 손을 잡아 주는데도 준비가 되어 있지 못하면 동행할 수 없는 것이다.

　지금 나는 인생의 정도(正道)를 걷다가 마주하게 되는 기회와 동행(同行)할 준비를 갖추고, 묵묵히 나의 길을 가고 있는 중이다.

제4부

새로운 시작,
신정풍운동

신정풍운동을 주창하며

　우리는 항상 '온고지신(溫故之新)'이라는 가르침 안에서 살고 있다고 해도 과언이 아니다. 즉, 옛 것을 익힘으로써 그 안에서 새로운 것을 깨닫고, 깨달은 것을 현실생활에 적용하게 함으로써 학문으로서의 가치를 극대화시킨다. 설령 학문이 아닐지라도 우리 주변에서 일어나는 삶의 다양한 경험을 바탕으로 미래의 삶을 설계하고 그 설계를 각자의 삶에 적용함으로써 보다 행복한 내일을 맞이할 수 있는 까닭에 우리는 온고지신이라는 선열들의 가르침을 항상 되새기고 있다.

　그런 연유로, 우리는 역사 앞에 겸허히 고개 숙이고 역사의 가르침을 받아들인다.

　우리는 역사의 과정 중에 잘못되었던 일이라면 두 번 다시 반복하지 않기 위해서 노력하고, 잘 했던 일이라면 받아들이고 발전시키기 위해 노력함으로써 보다 나은 내일을 만들어 나가고 있는 것이다. 똑같은 실수는 두 번 반복하지 않고, 선열들이 남긴 훌륭한 업적은 계승하고 발전시킴으로써 인류의 삶에 보탬이 되게 하는 것이다. 그런 역사라는 것을 거울삼을 줄 알기에 사람이 만물의 영장이라는 소리를 듣는 것이다.

물론 역사라는 것을 거창하게만 해석하자는 것은 아니다. 역사라는 것은 어느 누가 어떤 관점에서 보느냐에 따라서 그 범위와 시기가 제각각이므로 필요한 관점에서 찾기 나름이다. 예를 들자면 작게는 개개인의 지나온 나날들, 즉 어떤 개인이 태어나서 지내온 모든 나날들을 포함해서 바로 어제까지의 나의 삶은 나만의 역사다. 나라라는 커다란 공동체를 단위로 본다면 나라가 처음 세워진 수천 년 이전부터 바로 어제까지의 일들이 모두 나라의 역사다.

그런가 하면 대한민국이라는 민주주의 국가가 건설이 되고 그 안에서 벌어진 정치에 대한 일들을 엮어서 나열한다면 그것은 바로 대한민국의 정치사가 될 것이다. 그 안에서의 여러 가지 좋고 나쁜 이야기들이 모두 모여서 대한민국의 정치사라는 역사를 만드는 것이고 그 정치사를 거울삼아, 정치는 보다 나은 방향으로 발전하기 위해서 노력해야 하는 것이다. 대한민국 헌법을 기반으로 이루어졌던 모든 일들이 대한민국의 정치사이고 그 정치사가 자랑스러운 것이든, 부끄러운 것이든 역사의 한 페이지를 장식하고 있는 것은 틀림없는 일이며 그중에서 잘못된 것은 고쳐야 한다는 것 역시 엄연한 사실이다.

그것이 바로 온고지신의 정신이며, 그것이 역사 안에서 배우고 실천하는 삶의 정신이다.

이미 앞에서 말씀드린 바와 같이 정풍의원들은 한결같이 나라와 국민들을 위해서 정치가 바른 길을 가야 한다는 것을 주창했다. 정치가 바른 길을 걷는 것이야 말로 나라가 안정되고 국민들이 행복한 삶을 살 수 있나는 것을 주창한 것이다. 물론 우리가 주창한 것이 그대로 받아들여지지 않고 오히려 오해를 불러 일으켜 나와 박찬종 의원은 민주공화당에서 제명을 당하는 결과를 가져오기도 했다. 하지만 우리가 주창했던 것은 정당했으며, 실패가 아닌 새로운 시작이 되었다.

링컨 대통령이 미국 남북전쟁이 진행되던 1863년 11월 19일 격전지인 펜실베이니아주의 게티즈버그에서 개최된 죽은 장병들을 위한 추도식이 열렸을 때, "국민의 정부, 국민에 의한 정부, 국민을 위한 정부는 결코 지구상에서 사라지지 않을 것이다"라고 말한 것은, 앞으로도 영원할 진실이다.

지금 나는 대한민국이 민주주의 국가로서 국민의 정치, 국민에 의한 정치, 국민을 위한 정치를 실행함으로써 국민에게 행복과 긍지를 주는 국가로 발전해 가기를 소망한다.

그래서 나는 새로운 21세기 지식정보화시대에 새로운 열정, 새로운 관점 및 새로운 방법으로 국민의, 국민에 의한, 국민을 위한 새로운 정치개혁을 위해서 '신정풍운 동 3개항'에 관하여 대통령과 여야 정당 및 국회의원과 국민 앞에 겸손한 마음을 갖고 공개적으로 제안한다.

신정풍운동 제1항은, 87년 체제가 지난 27년 동안 잘 하고 못한 것이 있음을 이제 인정하면서, 새로운 도약을 준비하기 위해 87년 헌법체제에 종언을 고하도록 하고, 대통령의 임기를 4년 중임제로 개정할 것 등을 골자로 하는 제10차 헌법개정이 2016년 중에 조속히 확정됨으 로써 2018년 2월에 희망찬 제7공화국의 출범을 준비할 수 있게 하기 위한 범국민운동을 전개할 것을 제안한다.

신정풍운동 제2항은, 대한민국 국회가 국민의 국회, 국민에 의한 국회, 국민을 위한 국회가 됨으로써 국가운 영의 효율성을 제고하는데 능동적이고 적극적으로 기여 하고, 국회의원이 대한민국의 입법자로서 사명과 의무와 책임을 성실하게 수행하도록 하기 위하여 국회개혁운동 을 전개할 것을 국회의원과 국민 앞에 제안한다.

신정풍운동 제3항은, 그동안 21세기 지식정보화시대에 대한민국이 IT문화, 디지털문화, SNS문화의 세계 최강국 이 된 사실을 자랑스럽게 생각하면서, 인간성의 회복과 국민의식의 개혁을 위해 '문명과 사랑의 정치'를 범국민 운동으로 전개할 것을 제안한다.

나는 '신정풍운동 3개항'을 실천함으로써 광복 이후 70년 동안 위대한 여정을 지나온 대한민국과 우리 국민이 새로운 도약을 이루고, 보다 나은 미래를 창조하는 데 조금이나마 이바지하고자 한다.

신정풍운동 제1항:
국민을 위한 헌법개정

가. 대한민국의 헌법개정 약사

지난 1948년 7월 17일 헌법이 제정된 이래 무려 12차의 개헌안이 제출되었고, 9차례의 개헌을 단행하는 파란만장의 길을 걸어왔다.

1. 제1공화국

대한민국 제헌 헌법은 1948년 7월 17일 대한민국 제헌국회가 제정하여 1952년 7월 7일 제1차 헌법개정 전까지 존재한 대한민국의 헌법이다. '대한민국 헌법 제1호'

라고도 한다. 제헌 헌법은 1948년 7월 대한민국의 건국 일정에 쫓겨서 대통령제이면서 초대 국회에서 대통령을 선출하는 이상한 정부 형태가 되었다. 이승만 초대 대통령은 정당의 당적을 갖지 아니하고 초연한 지위에서 국정을 수행하고자 하였다.

1) 제1차 헌법개정

1952년 7월 7일 6·25전쟁 중 임시수도 부산에서 대통령선거방법을 국회에서 선출하는 간접선거에서 국민의 직접선거로 변경하는 것을 내용으로 하고 있다.

문제점은 헌법개정절차에 있어 일사부재리(一事不再理原則)의 원칙에 위배하고, 국회와 정부가 타협하여 발췌한 내용을 공고 없이 절차를 위반하여 개정한 것이다.

이 개헌은 여당이 주장한 대통령직선제와 야당이 주장한 국무위원에 대한 국회 불신임 의결권을 발췌·절충하여 '발췌개헌(拔萃改憲)'이라 불리기도 하는데, 공고의 절차도 없었고 또 개헌안은 수정할 수 없는 데도 이를 수정하였으며 표결의 자유마저 없었으므로 그 합헌성(合憲性)에 의문이 있었다.

주요 개정내용은 대통령·부통령직선제, 국회의 국무총리 인준과 국무원 불신임권 등이었다.

제1차 헌법개정은 임시수도 부산의 국회의사당에서

이승만 정부가 의원내각제의 개헌안을 발의한 중진의원 10명을 공산당과 연루되었다는 구실로 구속하고 공비가 출몰한다는 이유로 계엄령을 선포한 공포분위기에서 우여곡절을 거쳐 국회의원의 기립표결로 통과시킴으로써 부산정치 파동이 발생했다.

그 당시 이것을 본 영국 런던타임스 기자는 "한국에 민주주의가 꽃피기를 기다리는 것보다 쓰레기통에서 장미꽃이 피기를 기다리는 것이 낫다"라고 ≪런던타임스≫에 기록했다.

2) 제2차 헌법개정

1954년 11월 29일 수도 서울의 국회의사당에서 개정을 했다. 제2차 헌법개정은 대통령의 중임을 1차로 제한한 규정을 초대 대통령에 한하여 철폐하고, 헌법개정의 한계에 대한 명문 규정 및 헌법개정에 대한 국민발안제를 허용하는 규정을 두었다.

제2차 헌법개정의 문제점은 헌법개정안이 초대 대통령에 한하여 3선을 허용한 것은 평등의 원칙에 위배되고, 재적 의원 203명 중 찬성 135표로 1석이 부족하였는데도 '4사5입(四捨五入) 개헌'을 한 것이다

국회에서 재적의원 203명 중 135표를 얻어서 개헌선에(재적 3분의 2인 135.333) 0.333인이 미달되어 부결되

었다. 국회의장은 부결을 선포했으나, 그로부터 2일 후에 '4사5입 이론'을 내세워 개헌선을 135표로 수정하여 개헌을 선포하였다. 이것은 분명히 위헌적인 개헌이었으나 여당인 자유당은 그대로 밀고 나갔다. 국회의결에 있어서 4사5입의 원리를 도입한 것은 동서고금(東西古今)에 없었던 일이다.

제2차 개헌으로 3기를 재임할 수 있게 된 이승만 대통령과 자유당은 이승만 대통령과 후계자인 이기붕의 부통령 당선을 위하여 대대적이고 공개적인 3·15부정선거를 획책하였다. 3·15부정선거는 1960년 4·19혁명을 발생하게 하고, 대대적인 국민의 저항을 받아 자유당 정권은 무너졌다. 이승만 대통령은 하야(下野)하여 하와이로 망명의 길을 떠났다.

2. 제2공화국

1) 제3차 헌법개정

1960년 6월 15일 서울 태평로에 위치한 국회의사당에서 정부 형태를 대통령제에서 의원내각제(내각책임제)로 바꾸었다. 제3차 개헌은 국회의 양원제를 채택하고 지방자치를 실시하며 국민의 기본권을 대폭 보장했다. 이 개

정은 광범한 것으로서 개정의 형식을 취하였지만, 실질
적으로는 헌법의 제정과 같은 것이므로 '제2공화국 헌
법'이라 한다.

제3차 개헌은 이승만 정부가 물러난 이후 우리나라
역사상 처음으로 합법적 절차에 의해 이루어진 것이다.

1960년 7월 민의원·참의원 동시 선거로 집권한 민주
당은 윤보선 대통령을 선출하고 내각책임제하의 국무총
리로 장면을 인준했다.

2) 제4차 헌법개정

1960년 11월 29일 서울 태평로 국회의사당에서 헌법
부칙을 개정하여 3·15부정선거 관련 반민주 행위자 처
벌을 위한 소급(遡及)을 허용(형벌불소급의 원칙에 대한
예외 규정)하고 특별재판소·특별검찰부를 두게 하였다.

1960년 4·19혁명 이후 부정선거사범을 처벌하기 위한
법적인 근거가 없어서 반민주 행위를 한 부정선거사범
이 무죄 판결을 받게 되었다. 이에 4·19 부상자 50여명
등이 국회의사당을 점거하고 민주반역자를 처벌하는 특
별법의 제정을 호소면서 국회는 마침내 개헌을 하게 되
었다. 제4차 헌법개정은 부정선거사범과 부정축재자들을
소급 처벌할 근거를 헌법에 넣는 개헌이었다.

제4차 개헌은 소급입법으로 참정권과 재산권 등을 제
한할 수 있게 한 것은 위헌이라는 논란이 일기도 하였다.

3. 제3공화국

1) 제5차 헌법개정

1961년 5·16군사정변으로 설치된 국가재건최고회의는 '국가재건비상조치법'을 제정하여 3권을 국가재건최고회의에 귀속시키고, 비상조치법의 개정방법으로 헌법을 개정할 수 있게 하였다. 제5차 헌법개정은 헌법에 규정된 개정방법에 따르지 않고 비상조치법 개정방법에 따라 국민투표에 의하여 개정하였다. 이 개정은 실질적으로 새 헌법의 제정이면서, 형식적으로는 헌법의 전면개정이었으므로 '제3공화국 헌법'의 제정이라 할 수 있다.

1962년 12월 26일 제5차 헌법개정은 대통령중심제와 국회 단원제로 복귀하였다. 이 개정은 대통령직선제를 채택하고 대통령의 3선을 금지하며, 위헌법률심사권을 대법원에 부여하고 정당 국가를 지향했다.

제5차 개헌은 우리나라 최초로 국민투표에 의한 개헌을 실시하였다.

이 개정된 헌법에 따라 1963년 9월에 실시된 대통령 선거에 당선되어 박정희 대통령은 1963년 12월에 제5대 대통령으로 취임했다.

2) 제6차 헌법개정

1967년 5월 재선에 성공한 박정희 대통령의 3선을 위해 1969년 10월 21일 대통령의 임기를 4년 중임에서 3기 연임(3선 금지 조항 철폐)이 가능하도록 하였다. 이 개정으로 국회의원의 국무위원 겸직이 허용됐다.

대통령의 3선을 허용하는 헌법개정안은 야당의 결사적인 반대에 봉착하여 여야 간 극한적인 대립이 있었다. 여당은 국회 의장석을 점거하고 개헌 저지 농성을 벌이던 야당의원들을 피해 일요일 새벽 2시경 국회 별관에서 여당의원들과 야당의원 3명에 의하여 개헌안을 통과시켰다.

박정희 대통령은 이 개헌에 따라 1971년 3월 실시된 대통령선거에서 3선에 성공하여 제7대 대통령으로 취임했다.

4. 제4공화국

1) 제7차 헌법개정

1972년 10월 17일 박정희 대통령은 '한국적 민주주의 실현'을 명목으로 초헌법적인 국가긴급권을 발동하여 국회를 해산하고, 정치활동을 금하는 동시에 전국적인 비상계엄령을 선포하여 헌정을 일시 중단시키는 '유신(維新)'을 단행한 뒤 헌법개정안을 공고하여 1972년 11월 21일 국민투표로써 확정하였다. 이 헌법을 '유신헌법(維新憲法)'이라고 하는데 1972년 12월 27일에 공포·시행되었다. '유신헌법(維新憲法)'은 헌법 전반에 대한 변혁이므로 실질적으로 새 헌법의 제정이며, '제4공화국 헌법'이라 부른다.

제7차 헌법개정은 대통령의 권한을 대폭 강화하고, 대통령선거는 간접선거로 통일주체국민회의에서 선출하며, 대통령의 임기는 중임 제한을 폐지한 뒤 6년으로 하고, 구속적부심사제도를 폐지하여 기본권을 축소하고, 헌법개정의 이원화를 채택했다.

5. 제5공화국

1) 제8차 헌법개정

10·26사태가 일어난 후 국민들의 민주화 요청에 따라 국회에 개헌특위가 구성되고, 정부에도 헌법개정심의위원회가 설치되었다. 정부는 헌법개정심의위원회에서 만든 헌법개정안을 1980년 10월 22일의 국민투표를 거쳐

확정하고, 27일 공포·실시하였다. 권력집중적인 독재 정치를 타파하고 권위주의 헌법을 만든 전면 개헌으로서 실질적으로는 제5공화국 헌법의 제정이라고 할 수 있다.

제8차 개헌에서는 기본권에 행복추구권, 환경권을 신설하고, 대통령의 임기는 7년 단임제로 하되 통일주체국민회의에서 간접선거로 대통령을 선출하게 되었다. 또한 국회의 권한을 상대적으로 강화하여 비례대표의 근거조항과 국정조사권을 신설하고, 국회의원의 임기를 4년으로 하였으며, 헌법개정절차의 일원화를 규정했다.

신군부는 1980년 5·18광주민주화운동을 무력으로 진압한 전국계엄으로 확대하고, 국회를 해산하고 자의로 국가보위입법회의라는 기구를 만들어 헌법을 만들고 국민투표로 확정하였다. 국가보위입법회의는 소위 '개혁입법'이란 이름으로 정치정화법 등 비민주적인 악법을 양산하였다.

1980년 8월 예편하자마자 제11대 대통령에 선출된 전두환 대통령은 이듬해인 1981년 2월 새 헌법에 따라 실시된 대통령선거에서 당선되어 제12대 대통령에 취임했다.

전두환 대통령이 취임한 이후 제5공화국에 있어서 정치와 언론탄압에 의하여 가장된 평화는 그리 오래 가지 못했다. 국민의 민주화 열망으로 대통령직선제를 바라는 전국적인 대규모의 시위가 일어난 것이 1987년 6·10민주화운동이다. 결국 정부와 민주정의당 노태우 대표는 국민의 대통령직선제로 헌법을 개정할 것을 수용하여 1987년 6·29민주화선언을 발표하게 되었다.

6. 제6공화국

1) 제9차 헌법개정

1987년 6·10민주화운동으로 민주화와 대통령직선제 개헌의 요구에 따른 1987년 6·29민주화선언에 의해 여당이 대통령직선제 개헌을 받아들이게 되었다. 우리나라 헌정사상 최초로 여야 합의에 의하여 제12대 국회에서 의결된 헌법개정안은 1987년 10월 27일 국민투표를 거쳐 확정되고, 29일에 공포되어 1988년 2월 25일부터 시행하게 되었다. 이 개정은 대통령직선제, 의회의 복권 등을 통하여 권위주의적인 정부형태가 민주화되었기 때문에 실질적으로 '제6공화국 헌법'의 제정이라고 볼 수 있다.

'10월 유신' 이후 최초로 국민들의 직접선거에 의하여 치러진 1987년 12월 대통령선거에서 노태우 대통령 후보가 당선되어 제13대 대통령에 취임했다.

제9차 개헌을 통한 헌법이 오늘날 우리나라의 현행 헌법이다.

현행 헌법인 9차 개정 헌법은 전문에서 대한민국임시정부의 법통과 4·19 민주이념의 계승 및 조국의 민주개혁의 사명을 명시했다. 총강에서는 재외국민에 대한 국가의 보호의무, 국군의 정치적 중립준수를 명시, 자유민주적 기본질서에 입각한 평화적 통일정책의 수립·추진 규정을 신설했다. 기본권에서는 구속적부심사청구권의 전면보장, 범죄피해자애 대한 국가구조제 등의 신설, 형사피의자의 권리 확대, 허가·검열의 금지에 의한 표현의 자유확대, 인간다운 생활을 할 권리를 확충하였다. 국정감사권을 부활시켜 국회의 권한을 확대하고, 국회의 회기제한규정 삭제 등 국회의 활성화를 도모하였다. 대통령직선제와 5년 단임제를 시행하고, 비상조치권·국회해산권을 폐지하여 대통령권한을 축소했다. 한편 대법관을 국회동의를 얻어 대통령이 임명하도록 하여 실질적인 사법권의 독립을 명시하고, 헌법재판소를 신설하여 위헌법률심판, 탄핵심판, 국가기관 간 권한쟁의심판, 헌법소원을 관장하게 했다. 경제질서에 관하여는 자유경제체제 원리를 근간으로 적정한 소득분배, 지역경제의 균형발전, 중소기업과 농어민보호 등을 통하여 모든 국민의 복리를 증진, 국민생활의 균등한 향상을 기했다.

1987년 6·29민주화선언으로 대통령직선제가 도입되면서 형성된 정치체제를 '87년 체제'라고 부르기도 한다.

나. 민주자유당의 의원내각제 개헌 파동과 오유방의 체험

1. 의원내각제 각서 파동과 민주자유당의 내분

민주정의당은 1987년 12월 실시된 제13대 대통령선거에서 노태우 후보를 내세웠다. 제13대 대통령선서에서 김영삼 후보와 김대중 후보의 분열로 민주정의당과 노태우 후보는 정권을 잡았다. 그러나 계속되는 국민의 민주화 요구와 군사정권 청산요구는 위협이 되고 있었다. 이러한 국민적 요구에 따라 1988년 제13대 국회의원 총선거에서 민주정의당이 과반수 의석 확보에 실패하였다.

노태우 대통령은 여소야대 정국을 타개하기 위해서 통일민주당의 김영삼 총재와 신민주공화당의 김종필 총재와의 사이에 이른바 '보수대연합'을 비밀리에 추진하였다. 그리하여 1990년 1월 22일 의원내각제 개헌의 밀약(密約)을 조건으로 '구국의 결단'이라는 명분을 내세우며 3당 합당을 이끌어내 거대여당을 탄생시켰다. 3당 합당의 여파로 거대여당은 노태우 대통령이 출범한지 2년만에 80%에 육박하는 높은 수치의 지지율을 기록한 적도 있었다. 이를 비판하는 평화민주당을 비롯한 재야는 3당의 야합이라고 비난했다.

1990년 10월 30일자 한겨레신문에 의하면 "내각제 개헌을 둘러싸고 민자당이 심각한 내분상태에 빠진 가운데 김영삼 대표최고위원이 10월 29일 당무거부에 이어 대표최고위원직 사퇴 등 백의종군을 검토하고 있어 민자당은 사실상 분당의 고비를 맞고 있다"고 보도했다. 이와 관련하여 김영삼 대표최고위원은 "내각제 각서유출은 민정계의 공작차원으로 이해하고, 내각제 개헌은 민자당의 원칙이 아니고 국민이 반대하고 있어 강행할 수 없다"고 주장했다.

한편 평민당의 김대중 총재는 1990년 10월 29일 단식을 끝낸 뒤 처음으로 여의도 당사에서 "노태우 대통령은 내각제 각서 파동에 대해 국민 앞에 사과하고 내각제 개헌포기를 즉각 선언하라"고 촉구했다.

2. 그 당시 오유방이 주장한 의원내각제 내용

그 당시 나는 민정계 및 공화계 의원들과 함께 김영삼 대표최고위원과 민주계 의원들에 대하여 3당 합당 때 작성한 내각제 개헌 합의각서에 따라 독일식 의원내각제로 개헌할 것을 주장하고, 박태준 최고위원을 중심으로 민정계 의원을 단합시켜 의원내각제 개헌을 촉구하였다.

그 당시 내가 주장하고 구상한 의원내각제의 요지는 독일식 순수의원내각제를 도입하되 정당제도와 국회의원 선거제도는 한국의 정치풍토에 맞도록 고치는 것이었다.

그 당시 나는 대통령중심제에는 몇 가지 구조적 문제점이 있는 것으로 보았다. 우선 한국의 대통령제는 국가원수와 행정권의 수반을 겸한 강력한 권한을 갖고 있으며 국민대표기관인 국회에 대해서도 책임을 지지 않음으로써 독재화할 가능성이 높다. 또한, 행정부와 국회가 심각하게 대립할 경우 국회가 입법이나 예산을 의결하지 않으면 행정부의 기능이 마비될 수 있다. 아울러 한국의 대통령제는 행정부와 의회의 대립을 조정할 장치가 없어 행정부가 무력증에 빠지거나, 아니면 부득이하게 강권을 발동함으로써 정국경색을 초래할 우려가 있다.

따라서 그 당시 나는 이와 같은 결함이 있는 대통령제 헌법을 개정하여 독일식 의원내각제를 도입할 경우 여러 가지 장점이 있다고 주장했다.

첫째, 의원내각제는 입법부와 행정부가 균형을 이루면서 공존하는 제도로 국회와 정부가 공동으로 국정처리를 신속히 수행할 수 있으며, 국정에 대한 책임소재가 명백하고 책임정치 실현에 적합하다.

둘째, 의원내각제는 선거결과에 따라 여러 가지 경우를 상정할 수 있지만, 국회의원선거제도와 정당제도를 한국의 현실에 맞도록 고친다면 특정 지역이나 세력이 권력을 독점하지 못하고 공유하도록 할 수 있다는 점에서 한국의 고질적 병폐인 지역주의를 극복할 수 있다.

셋째, 의원내각제의 우월성은 국민들이 선거에 의하여 정치인의 세대교체를 보다 용이하게 촉진하는 장점도 있다. 국회의원들이 내각에 대거 참여하게 되고, 국정참여를 통한 정치지도자의 훈련과 양성은 순조로운 세대교체를 촉진할 수 있기 때문이다.

넷째, 남북통일에 대비한 통일헌법을 만들기 위해서도 의원내각제로의 개헌과 그 경험 축적이 바람직하다.

3. 민주자유당의 내각제 개헌 파동에서 얻은 교훈

3당 합당 당시 노태우 대통령과 김영삼 총재 및 김종필 총재 사이에 이루어진 내각제 개헌에 관한 밀약(密約)은 무효화되어 실패로 종료되었다.

김영삼 대표최고위원은 국민의 뜻에 어긋나는 밀실에서 합의한 것이므로 무효이고 강행할 수 없다고 저항을 했다. 게다가 대통령직선제를 선호한 평민당 김대중 총재의 내각제 개헌에 대한 반대 입장의 벽을 넘지 못했다.

나는 민정계와 공화계 의원들과 함께 추진한 내각제 개헌이 실패로 돌아가는 정국의 현장을 체험했다. 의원내각제를 채택할 수 있는 3분지 2 이상의 자발적인 원내세력이 확보되지 아니한 이상, 정치지도자 몇 사람의 밀실야합(密室野合)에 의한 의원내각제 개헌의 추진은 국민의 지지를 받을 수 없으므로 반드시 실패하게 된다는 역사적 교훈을 나에게 주었다.

다. 87년 헌법체제의 개정에 관한 오유방의 주장

1. 87년 헌법체제의 개정에 관한 오유방 주장의 특징

헌법의 개정이 필요한 이유는, 국가 공동체의 정치적·경제적·사회적·문화적 여건과 국제환경 등의 변화에 따라 헌법규범과 헌법현실의 불일치가 지속되어 커지게 되면 헌법개정을 통해 현실을 규범에 반영하여 헌법의 규범력을 유지하는 것이 필요하기 때문이다.

'87년 헌법체제'인 현행 헌법의 개정 필요성은 줄곧 제기되어 왔다. 이제 '87년 헌법체제'로는 시대의 변화에 맞춰 다원화하는 정치적·경제적·사회적·문화적 요구를 담아낼 수가 없기 때문이다. 현재 개헌이 필요하다는 여론은 광범위하게 형성되어 있다.

나는 2016년 제20대 개원국회에서 여야 합의로 제10차 헌법개정을 실현할 것을 주장한다. 이 같은 나의 주장은 대한민국 헌정사에 있어서 구 헌법들의 개헌논의와 비교할 때 혁명이나 쿠데타 등 비정상적인 상황이 아닌, 헌정질서의 평온과 안정이 유지되고 있는 평상시에 개헌을 논의하고 실현하자는 것이 특징이다.

제1차 헌법개정은 6·25전쟁 중에 부산에서 전시의 비상계엄하에서 국민적 공감대의 형성과는 관계없이 대통령의 권력 욕구에 따른 개헌이며, 제2차 개헌도 국민적 합의를 도출하지 아니하고 집권자의 의지에 따른 강압적인 개헌이었다. 제3차 개헌과 제5차 개헌은 각각 4·19혁명과 5·16군사정변의 산물이다. 이른바 유신헌법인 제7차 개헌과 제5공화국의 성립을 의미하는 제8차 개헌도 공론화의 과정도 없이 비상적인 상황에서 전격적으로 이루어졌다.

제6공화국의 현행 헌법에 대한 개헌논의는 그동안 노무현, 이명박, 박근혜 대통령에 이르기까지 주기적인 대통령선거 때마다 정치권을 중심으로 표출되어 왔다.

최근의 개헌논의는 국회가 중심이 되어 있으며, 상당수의 국회의원들 개개인이 개헌 문제에 관심을 갖고 연구와 토론 활동에 참여하고 있는 것이 특징이다. 또한 학회와 시민단체도 개헌논의에 적극적으로 참여하고 있으며, 이미 개헌안에 관한 성과물들이 발표된 바 있다.

2. 87년 헌법체제 개정의
   주요 대상, 범위 및 절차에 관하여

1) 대통령 임기 4년 중임제로 헌법을 개정하는 문제

1987년 10월 29일 제12대 국회에서 헌정사상 처음으로 여야 합의에 의하여 제9차로 개정된 현행 헌법은 1인 장기집권을 종식시킨다는 점에서 여야가 대통령의 임기를 단임으로 한다는 것에 쉽게 합의를 이룰 수 있었다.

1954년 이승만 대통령의 영구집권을 위한 소위 '4사5입 개헌' 이후 1987년 민주화까지 33년이라는 긴긴 세월 동안 우리에게 가장 절실했던 정치적 소망 가운데 하나는 장기집권을 막는 일이었다.

이승만 대통령뿐만 아니라 박정희 대통령 역시 1972년 10월 유신을 단행하면서 장기집권의 길을 텄고, 7년 단임의 대통령제였던 5공화국에서도 전두환 대통령은 퇴임 후에도 수렴청정을 펼칠 생각을 갖고 있었던 것으로 알려져 있다.

그러나 1987년 헌법개정 이후 노태우, 김영삼, 김대중,

노무현, 이명박 등 5명의 대통령이 5년 단임의 임기를 채우고 물러났고, 이제는 누구도 장기집권을 꿈꾸지 못하게 되었다. 하지만 지난 27년 동안 1987년 체제에서 '레임덕 대통령의 문제'는 국가발전을 저해하는 중대한 문제로 대두되었다.

그동안 우리 국민은 대통령이 취임 1년 동안은 국정운영의 현황을 파악하기 위하여 소일하게 되고, 2년 차와 3년 차에 국정운영의 동력을 얻으려고 할 때면 4년 차부터 대통령이 레임덕 현상에 빠져 국정이 표류하게 되는 문제점을 체험한 것이다.

87년 헌법체제에서 5년 단임제로 인한 레임덕 대통령의 문제를 해소하는 대안의 하나가 이른바 대통령의 임기를 4년 중임제로 하는 개헌이다.

최근 개헌논의의 핵심으로 4년 중임제 개헌안은 여러 분야에서 커다란 여론의 지지를 얻고 있다. 다수의 국회의원들과 전문가들, 그리고 시민들은 여러 대안들 가운데 '대통령 임기 4년 중임제'에 대해서 가장 큰 지지를 표명하고 있다.

내가 2016년 4월 13일 실시되는 제20대 국회의원 총선거를 앞두고 주창하는 제10차 헌법개정안의 골자는 바로 이러한 국민들의 염원을 반영한 것이다.

내가 주장하는 '대통령 임기 4년 중임제'를 주요 골자로 하는 제10차 헌법개정이 이루어지면, 첫째로 4년 중임제는 대통령의 임기를 4년 혹은 8년으로 구성함으로써 5년 단임제보다는 레임덕 기간을 줄일 수 있으며, 둘째로 현직 대통령은 임기 후반이 되더라도 최선을 다해서 일하고 이를 통해서 국민들의 재신임을 받으려는 요인이 제공되므로 임기 후반기에 국정이 표류하는 레임덕 현상을 감소하게 할 수 있는 것이다.

다만 2016년 제10차 헌법개정을 여야의 합의로 실현할 경우 다수당과 소수당의 합의에 의하여 현재의 지역주의를 극복할 수 있도록 국회의원선거제도를 개혁하는 것이 필요하다. 아울러 안정적이고 민주적인 국정수행을 위해 현재의 정당제도를 개혁하여 국정의 표류를 미연에 방지하고, 지속가능하며 예측가능한 정치를 할 수 있도록 하는 제도적인 보완이 필요하다.

2) 권력구조 및 정부형태에 관한 헌법개정 문제

제10차 헌법개정의 경우, 일부에서 주장하는 권력구조 및 정부형태 중에 프랑스식 이원정부제 또는 오스트리아식 이원정부제로 개정하는 문제에 관하여 나는 여야간에 협상의 대상으로 삼을 수는 있지만, 과연 국회의원 3분지 2 이상의 찬성을 얻을 수 있을 것인지 여부에 관하여는 미지수로 보며, 국회의원 3분의 2 이상의 찬성을 얻지 못할 경우에는 현행 혼합형 대통령제의 권력구조와 정부형태를 유지해야 할 것으로 본다.

(1) 프랑스식 이원정부제에 관하여

프랑스식 이원정부제의 장점은 대통령과 국회 모두 국민들이 직접 선거를 통해 선출하는 점에서 이원적 정통성을 갖는다. 이런 면에서 미국의 대통령제와 유사해 보이나 총리가 존재하고 총리와 내각이 의회에 의존한다는 점에서 작동원리는 내각제적인 특성을 많이 가지고 있다.

또한 프랑스식 이원정부제의 특성은 국민의 직선제에 의하여 선출된 대통령이 굉장히 막강한 권한을 가지고 있다는 점과 의회가 반대의사를 표명하지 않는 한 직책을 유지할 수 있는 총리, 각료가 존재한다는 점이다.

모든 제도가 그러하듯 프랑스식 이원정부제가 장점만을 가지고 있는 것은 아니다. 이원정부제의 단점은 대통령과 국회 간의 갈등이 해소되지 않을 때에 제도적으로 해결할 방법이 없다. 대통령의 비상조치나 국회의 불신임 등으로 인해서 정부의 구성과 유지 자체가 어려워질 수 있다.

대통령과 총리의 권한에 대한 구분이 명확하지 않아서 갈등을 초래할 수 있고, 그 결과 정치체제가 불안정해 질 수 있다는 것이다.

국회 헌법개정자문위원장을 역임한 김철수 교수는 프

랑스식 이원정부제를 도입하는 것에는 신중을 기해야 한다고 주장한다. 프랑스의 경우 국회의원선거에서 야당이 과반수 의석을 확보하여 내각을 담당하게 되면 대통령은 그 순간부터 무기력한 존재가 되어버린다. 동거정부(Cohabitation Government)의 출현은 대통령의 권한 약화와 동시에 내각제로 통치형태가 변하는 것을 뜻한다.

나는 우리나라에서 이와 같은 방식을 수용하기 위해서는 무엇보다 대통령제과 내각제를 오가는 유연한 제도적 변화를 용인하는 정치제도나 정치문화가 우선 자리 잡아야 할 것으로 본다. 예를 들면, 새누리당(혹은 새정치민주연합) 대통령에 새정치민주연합(혹은 새누리당)의 총리와 내각을 받아들일 수 있는 정치문화가 자리 잡아야 한다.

(2) 오스트리아식 이원정부제에 관하여

새누리당의 김무성 대표는 2014년 10월 중국 상하이에서 개헌을 언급하며 구체적으로 소위 오스트리아식 이원정부제를 제시했다.

오스트리아의 정부형태는 헌법상은 이원정부제인 것처럼 보이지만 실질은 의원내각제이다. 대통령은 6년 임기로 국민에 의해 직접 선출되며 연임은 한 번 허용된다. 대통령은 행정권의 수반으로서 연방총리를 임명하고, 그의 제청에 따라 장관과 차관, 지방정부 수장의 임명권을 가지고 있다. 또한 대통령은 연방정부의 해임권을 가지고 있다. 아울러 대통령은 연방군의 최고사령관이며 법률의 공포권, 긴급명령의 제정권, 연방의회 해산권 등이 있다.

그러나 위와 같은 대통령의 권한은 명목상의 권한에 불과하기 때문에 대통령은 현재까지 한 번도 국회를 해산하지 않았고 연방총리도 해임하지 않았다. 대통령의 모든 권한은 연방총리의 제청과 부서에 의해서만 행사가 가능했다.

오스트리아 대통령은 연방총리를 임명할 수 있으나 실제상 연방의회 다수파의 의사에 따르고 있으며, 연방총리도 해임할 수 있으나 이제까지 한 번도 독자적으로 해임하지 않았다. 그 대신에 연방총리는 연방정부의 수장이고 연방에서 가장 강력한 정치지도자이다. 게다가 연방총리는 임기의 제한이 없다. 연방총리는 연방의회의 선거 때마다 경질되거나 재임명되는데, 대개 4기 정도 재임하고 있기 때문에 15년 정도 재임하여 오스트리아의 최고정책결정권자로 군림한다. 오스트리아 정부는 50년 동안 국민당과 사회당의 연립정부를 유지하고 있다.

나는 쿠르트 발트하임(Kurt Waldheim) 유엔사무총장이 퇴임 후에 1986년부터 1992년까지 오스트리아 대통령에 당선되어 6년 동안 명목상 국가원수로 있었던 사실을 기억한다.

나는 만일 우리나라가 소위 오스트리아식 이원정부제를 도입할 경우, 영남(TK 및 PK)이 충청도와 연합하면 10년 이상 장기집권이 가능할 수 있다고 본다.

나는 이순신 장군이 "약무호남(若無湖南)이면, 시무국가(是無國家)이다" 즉, "호남이 없으면 나라가 없다"고 말씀한 점을 상기할 때, 현재의 강화된 지역주의 정치상황 속에서는 오스트리아식 이원정부제는 항구적으로 호남을 소외시킬 가능성과 우려가 있으므로 오스트리아식 이원정부제를 우리나라에 도입하는 것은 적합하지 않다고 여겨진다.

3) 국민을 위한 국회개혁의 문제

향후 제10차 헌법개정을 할 경우, 국민의 뜻에 따른 국정수행을 보장하기 위해 국회의원에 대한 국민소환제, 국민의 뜻에 따른 입법을 보장하는 국민입법발안제, 헌법개정발안제 등도 도입하는 것이 바람직하다고 본다.

4) 헌법사항에 따른 헌법개정절차의 이원화 문제

헌법질서의 안정성과 헌법의 현실적응성을 동시에 확보하기 위해서 헌법개정절차를 이원화하는 것에 관한 문제이다.

헌법이 정하는 사항 가운데 그 중요도에 따라 중요도가 높은 사항은 국민투표로 확정하고, 상대적으로 중요도가 낮은 사항은 국민투표절차를 거치지 아니하고 국회의 결의만으로 확정하는 방안을 말한다.

여기서 문제가 되는 것은 헌법사항의 중요도의 판단기준에 관한 것이다. 예를 들면, 정부형태의 변경, 대통령의 임기와 중임제한, 대통령의 선출방법 등과 같은 정파적 이해관계가 얽혀있고 국민의 중요 관심사가 되는 사항들과 권력통제수단에 관한 사항들은 국민투표를 거치게 하는 것이 통치구조의 민주적 정당성을 확보하기 위해 필요하다.

나는 통치구조의 근본 문제와 크게 관련이 없는 사항이나 국민의 기본권을 보강하고 강화하는 문제는 국민의 대표기관인 국회의 의결만으로 헌법개정을 할 수 있도록 하는 것이 헌법의 현실적응성을 실현하는 데 도움이 될 것으로 본다.

3. 87년 헌법체제 개정의 시기와 정치적 대타협 문제

1) 제9차 헌법개정의 절차에 관한 사례

제12대 국회는 1986년 6월 24일 헌법개정 문제와 관련하여 국민의 의사를 수렴하고 논의함으로써 국민의 여망에 따라 여야의 합의로 민주발전을 위한 헌법개정안을 마련하기 위하여 헌법개정특별위원회를 설치하였다.

제12대 국회 헌법개정특별위원회는 1986년 7월 30일 제1차 위원회 전체회의를 시작으로 총 8차에 걸쳐 특위 활동을 벌였다. 1987년 8월 31일 헌법개정안기초소위원회를 구성하고, 9월 18일 헌법개정안을 발의하였다. 1987년 9월 21일 대통령이 이를 공고하고, 20일이 경과함에 따라 역사적인 여야 합의개헌안을 발의하였다.

국회에서 의결된 헌법개정안은 1987년 10월 27일 국민투표를 거쳐 확정되고 1987년 10월 29일 공포되어, 1988년 2월 25일부터 시행하게 되었다.

제9차 헌법개정은 개헌에 대한 국민의 의사를 수렴하고 논의하기 시작한 이후 국회에서 의결되고 국민투표를 거쳐 확정되기까지 약 4개월 정도가 소요됐다.

2) 국회 헌법개정자문위원장 김철수 교수의 주장

국회 헌법개정자문위원장를 맡았던 김철수 교수는 최근에 "2015년 정기국회가 끝난 뒤에나, 2016년 초에 헌법개정안을 의결하고, 2016년 4월 국회의원 총선거 시에 국민투표를 하는 것이 바람직하다"는 견해를 밝힌 바 있다.

또한 김철수 교수는 "2017년 국회에서 정당개혁, 선거

개혁을 단행하여 의원내각제적인 협치를 할 수 있는 여건을 마련한 뒤에 2017년 겨울에 대통령을 선거하고 2018년 2월에 대통령 취임과 함께 개정된 헌법을 시행하는 것이 좋지 않을까 생각한다"고 자신의 견해를 밝혔다.

3) 87년 헌법체제 개정의 시기와 방법에 관한 오유방의 제안

최근 역사교과서 국정화 문제로 첨예하게 대립하고 있는 여야는 2016년도 예산안의 법정시한인 2015년 12월 2일까지 2016년 예산안을 정시에 통과시키기 어려울지도 모른다.

나는 김철수 교수의 주장과 같이 제19대 국회에서 박근혜 대통령과 여당 및 야당의 지도부가 '정치적 대타협(政治的 大妥協)'을 성취하게 함으로써 2015년 12월 말 또는 2016년 1월까지 제10차 헌법개정안을 의결할 수 있다면 가장 바람직한 것으로 본다.

최근에 나는 이탈리아 상원 본회의가 2015년 10월 13일 상원의원 수를 315석에서 100석으로 70%나 대폭 줄이는 '제 살 깎기' 의회개혁안을 통과시킨 뉴스를 읽고 신선한 충격을 받았다. 이탈리아 상원의원들 스스로 수를 대폭 줄이는, 다시 말해 정치인들이 자신들의 밥그릇을 스스로 던지는 개헌안을 통과시키는 '경이적인 일'이 일어났다. 이것은 작년에 이탈리아 역사상 무솔리니 이후 최연소의 나이로 총리에 오른 렌치 총리와 젊은 여성인 보스키 헌법개혁장관이 315명의 상원의원을 일일이 만나 설득한 결과라고 언론은 보도하고 있다.

헌법의 개정은 국민투표에 의하여 확정되지만, 국민의 여론을 반영하여 정치세력 간의 대화와 타협에 의하여 이루어지는 것이 정치현실이다.

이제 21세기 지식정보화시대를 맞아 1987년 '아날로그' 시대에 만들어진 대통령 임기 5년 단임제는 4년 중임제로 개정되어야 한다. 대통령 임기의 5년 단임제로 인한 레임덕 문제는 국정운영의 심각한 비효율성과 정권의 무사안일주의를 극복할 수 없게 되었다.

오늘의 동북아시아 정세는 급변하고 있다. 중국의 대국굴기, 미국과 중국의 패권 경쟁, 일본의 안보법제 개정, 미·일동맹의 강화와 TPP경제협정의 체결, 북한의 핵무장과 장거리 미사일 개발 등 우리나라가 적극적이고 능동적으로 대응해야 할 국제적 문제가 산적해 있다.

국내적으로는 2014년 말경부터 하강국면으로 접어든 한국의 경제지표들이 최근 들어 더욱 나빠지고 있다. 최근 통계청의 자료에 의하면, 10개의 경제지표 가운데, 광공업생산지수, 소매판매액지수, 설비투자지수, 수출액, 기업경기실사지수 등 7개 지수가 수출과 내수, 모두 침체상태이다.

나는 위와 같은 국내외 정세를 감안할 때, 박근혜 대통령과 제19대 국회의 여당 및 야당 국회의원들은 2015년 12월 말 또는 2016년 1월 중에 현재의 중요한 국정현안에 대해서 정파적 이해관계를 초월하여 국가와 국민의 이익을 도모하는 차원에서 대화와 설득을 통해 '정치적 대타협(政治的 大妥協)'을 이루어냄으로써 2016년 4월 13일에 실시되는 국회의원 총선거 때 제10차 헌법개정안에 대한 국민투표를 실시할 것을 호소한다.

만일 2016년 1월 말까지 제19대 국회에서 제10차 헌법개정안이 여야 합의로 통과될 수 없게 된다면, 나는 2016년 4월 13일에 실시되는 제20대 국회의원 총선거에서 각 정당들은 다수당이 되기 위한 정책공약을 발표할 때 각 정당의 제10차 헌법개정안에 대한 중요골자를 발표하여 국민의 심판을 받을 것을 제안한다.

이 같은 나의 제안이 실현된다면, 2016년 6월 소집되는 제20대 국회 본회의는 각 정당의 합의로 헌법개정특별위원회를 구성할 것을 결의하고, 각 정당과 정부로부터 제10차 헌법개정안을 제출 받아 심의·의결하여 2016년 12월 말까지 제10차 헌법개정안에 대한 국민투표를 거쳐 새로운 헌법을 확정할 수 있게 될 것이다.

제20대 국회는 2017년 3월 이전까지 제10차 헌법개정에 따른 대통령선거 관련 법률과 정당법 등 부수법안을 개정해야 할 것이다. 각 정당은 2017년 가을 이전에 차기 대통령 후보를 선출하게 될 것이며, 2017년 12월에 실시되는 대통령선거는 제10차 헌법개정에 의한 새로운 헌법에 따라 4년 임기 중임제의 대통령을 선출하게 될 것이다.

이와 같은 나의 제안이 실현되고 2018년 2월이 되면, 효율적이고 역동적이며, 국민을 위한, 국민에 의한, 국민의 정부인 제7공화국 정부가 국민에게 희망과 행복을 주기 위해 힘찬 출범을 하게 될 것이다.

신정풍운동 제2항:
국민을 위한 국회개혁

가. 각계의 국회개혁 주장

국회 헌법개정자문위원장을 역임한 김철수 교수는 국민을 위한 정치개혁을 위해서 헌법개정 시에 국회의원이나 장관에 대한 국민소환제, 국회해산을 위한 국민투표제, 국민의 뜻에 따른 입법을 보장하는 국민입법발안제, 헌법개정발안제 등도 도입하는 것이 바람직하다는 견해를 밝히고 있다.

또한 김철수 교수는 "헌법개정 전에라도 정치개혁을 위해서 국회선진화법 폐지, 국회의원의 무노동·무임금원직 도입, 국회의원의 특권 내려놓기, 정치정화법 제정 등은 시급히 단행되어야 한다"고 주장한다.

한편 김철수 교수는 "연립정부 구성을 가능하게 하는 다당제 도입, 당론투표 금지, 민주적 공천제도 등도 도입돼야 한다"는 견해를 가지고 있다.

2013년 7월 새누리당 정치쇄신특별위원회 박재창 위원장은 여의도 당사에서 기자회견을 갖고 "국민이 국회의원을 직접 통제하고자 하는 욕구가 과거 어느 때보다도 커져 있다"며 국회의원 국민소환제의 필요성을 밝혔다.

그리고 박재창 위원장은 "헌법상 국회의원의 임기가 4년으로 보장되어 있지만, 국회의원의 임기에 관하여 헌법상 입법자에게 광범위한 재량을 부여하고 있다"고 주장하면서, "3권 간의 분립과 견제 및 균형 유지라는 측면에서도, 국회에 의한 대통령의 탄핵은 상대적으로 용이하게 되어 있으면서도 국회의원에 대해서는 효율적인 소환제도가 마련되어 있지 않다는 점을 감안해야 한다"는 입장을 밝혔다.

게다가 박재창 위원장은 "헌법과 국회법에 규정된 국회의원의 의무에 관한 규정(청렴의 의무, 품위 유지의 의무 등)을 기준으로 하여 이것을 위반 시에 지역구 국회의원은 지역 주민의 서명을 통해 소환을 발의하고, 발의되면 소환여부를 결정하는 투표를 해야 한다"고 지적했다.

박 위원장은 이밖에도 정책네트워크의 구축, 정당 지도체제의 쇄신, 정책연구소 독립, 국회 중심 정치체제로의 전환, 국회 법제사법위원회 개선, 국회의원 무노동·

무임금의 원칙 적용, 국회 본회의장 의석 배치제도의 개선, 국회 소속 국가 옴부즈맨 제도 도입 등을 정치쇄신안으로 제시했다.

나. 국회의원 국민소환제 도입

1. 국회의원 국민소환제에 대한 여러 가지 견해

앞에서 말한 바와 같이 새누리당 정치쇄신특별위원회 박재창 위원장은 국민이 국회의원을 직접 통제하고자 하는 욕구가 과거 어느 때보다도 커져 있는 것을 반영하여 국회의원 국민소환제의 필요성을 밝히고 있다.

민주통합당(현 새정치민주연합) 황주홍 의원을 비롯한 민주통합당 소속 초선의원들은 2012년 6월경 「국회의원 국민소환에관한법률안」을 발의했다.

이 법률안에 의하면 국회의원을 소환하려는 국민은 현재 국회의원선거구 획정 상한인구의 30%에 해당하는 국민소환투표권자의 서명을 받아 중앙선거관리위원회에 국민소환투표 실시를 청구할 수 있으며, 선거구에 관계없이 모든 국회의원이 국민소환청구의 대상이 되고, 일단 국민소환투표가 발의된 국회의원은 투표 결과를 공표할 때까지 의원 권한을 행사할 수 없으며, 투표를 통해 국민소환이 확정되면 의원직을 잃게 된다.

황주홍 의원은 "국회의원은 자치단체장이나 지방의원과 같은 선출직임에도 소환대상에서 제외돼 있다. 이는 입법권을 가진 국회의원들이 스스로에게 부여한 특권일 뿐만 아니라 입법권의 남용이다"라며 현행법을 비판했다.

한편, 국회 입법조사처 김선화 입법조사관은 부정적인 견해를 밝히고 있다. 김선화 입법조사관은 선출된 지역과 상관없이 소환발의와 투표가 가능해진다면 자신이 반대하는 당에 속한 의원을 끊임없이 국민소환의 대상으로 만들려는 시도가 나타날 수 있으며 끊임없는 국민소환 탓에 정치적 불안정이 야기될 수 있다는 지적이다.

아울러 그는 주민소환으로 인해 지방단위에서 발생하는 정치적인 불안정과 국가단위에서 발생하는 정치적 불안정은 같다고 할 수 없다고 하면서 '지방의원과 국회의원 간 불평등' 주장을 반박하고 있다. 게다가 발의 조건을 엄격하게 정하기 힘들다면 자칫 국민소환이 정치적 공세의 무기가 될 수 있고 현재의 정치풍토에서 과연 제대로 기능할 수 있을지 의심이 든다며 부정적인 의견을 내놓았다. 더군다나 국민소환제가 도입될 경우 국회의원들이 소환을 두려워해 대중영합적인 정책만 선택한다거나 여론의 향방에 따라 수시로 정견을 바꾸는 사태도 벌어질 수 있음을 우려하고 있다.

다만 김선화 입법조사관은 "소환발의의 요건, 소환사유로 부적절한 경우, 소환절차 등을 법률로 정하고 아울러 헌법과 충돌하는 여러 쟁점과 현실적인 한계 등을 불식시킬 수 있다면 제도 도입을 검토할 수도 있을 것"이라는 의견을 밝히고 있다.

2. 광화문법무법인 대표변호사 오유방의 견해

31년의 오랜 역사를 가진 광화문법무법인의 대표변호사로서 나는 대한민국 국회를 국민의 국회, 국민을 위한 국회로 만들기 위해서는 국회의원 국민소환제도의 도입이 필요하다고 본다.

다만 김선화 입법조사관의 견해와 같이 황주홍 의원 등 새정치민주연합 의원들이 발의한 「국회의원국민소환에관한법률안」에 관하여 보완할 사항이 있다면, 여당과 야당의 합의로 대한변호사협회에 의뢰하여 각계 전문가로 된 국민기초위원회를 구성, 「국회의원소환에관한법률안」에 대한 쟁점과 예상되는 부작용을 방지할 수 있는 방안을 반영한 초안을 작성하고 국회에 제출하도록 위촉하여, 국회는 심의과정에서 각계의 의견을 반영하면 될 것으로 보고 있다.

다. 헌법 및 법률에 대한 국민발안제 도입

1. 국민발안제와 대한민국의 헌법

국민발안제는 국민이 직접 헌법개정안이나 중요한 법률안을 제출할 수 있는 제도이다. 직접민주제의 한 형태로서 '국민창안제'라고도 하며, 미국의 여러 주(state) 및 스위스의 여러 주(canton) 등에서 실시되고 있다.

대한민국에서는 1954년 제2차 개헌에서 헌법개정에 대하여 국회의원선거권자 50만 인(人) 이상의 찬성으로 제안할 수 있게 하는 국민발안제가 채택되었으나, 1972년 10월 유신으로 제7차 개헌에서 폐지되었다.

한편 안철수 새정치민주연합 의원은 지난 2014년 2월 "신당 창당의 뼈대인 새정치 플랜에 관한 중요 사안에 대해 국민의 의사를 직접 묻는 국민투표의 요건 완화, 국민이 주요 법률안을 직접 제안하는 '국민발안제'를 부활할 것"을 제안했다.

2. 한국의 집단분노 현상과 국민발안제

현재 한국은 각 지방자치법에서 일정 수 이상의 주민

동의를 얻으면 불합리한 행정절차 등에 대해 감사를 요구할 수 있는 '주민감사청구제', 단체장 또는 지방의원 직위를 박탈할 수 있는 '주민소환제' 등을 규정하고 있다.

현재 우리나라 국민의 집단분노 현상은 인터넷·소셜 네트워크서비스(SNS)의 발달과 맞물리면서 막강한 영향력을 갖게 됐다. 인터넷을 통해 분노가 확산되고 사회적 파장으로 이어진 본격적인 사례가 있다.

그것은 2002년 6월 경기도 양주군에서 주한미군 2사단의 장갑차가 여중생 미선이와 효순이를 치어 숨지게 한 사건에 대하여, 그해 11월 피고인들에 대한 무죄 판결을 선고한 직후에 한 네티즌이 "촛불을 들자"고 제안하면서 뜨거운 쟁점으로 떠올랐다. 이후 2002년 12월 서울 광화문광장에서의 '촛불시위'는 집단분노의 '상징물'이 되었다.

국민일보의 보도에 의하면, 노진철 경북대학교 사회학과 교수는 "만일 국민발안제가 계속 유지됐다면, 세월호 사건에서도 조금 다른 풍경이 펼쳐졌을 것"이라면서, "수사권과 기소권을 포함하는 세월호 특별법 제정 서명운동에 500만 명 넘게 참여했다. 국민발안제도의 취지에 따르면, 이는 법률을 만들거나 헌법을 개정하는 것도 가능한 수준"이라고 말했다.

3. 국민발안제 도입에 대한 오유방의 주장

나는 1987년 헌법체제를 종식하고 제10차 헌법개정을 할 경우에 '국민발안제'를 부활할 것을 주장한다. 대중의 분노에너지를 건강한 논의의 무대로 이끌기 위해서 국민발안제를 법제화하여 국민들이 직접 헌법개정안이나 법률안을 제출할 수 있도록 해야 할 것이다.

라. 국회선진화법의 폐지

1. 국회선진화법을 만든 경위

국회선진화법은 다수당의 일방적인 법안이나 안건 처리를 막기 위해 2012년 제정된 국회법 개정안이다. 국회의장 직권 상정과 다수당의 날치기를 통한 법안 처리를 금지하도록 한 법안으로, 다수당의 일방적인 국회 운영과 국회 폭력을 예방하기 위해 2012년 5월 18대 국회 마지막 본회의에서 여야 합의로 도입되었다. 여야의 갈등이 극에 달했을 때마다 국회에서 몸싸움과 폭력이 발생하자 이를 추방하자는 여론이 비등해지면서 탄생했기 때문에 '몸싸움 방지법'이라고도 한다.

새누리당은 2012년 총선에서 국회선진화법을 공약으로 내세웠고, 18대 국회 마지막 날인 2012년 5월 2일 국회 본회의를 열어 국회선진화법을 표결로 통과시켰다. 국회 의장 직권상정 제한, 안건조정위원회 설치, 안건 자동상 정 등을 골자로 하고 있는 법안으로 2012년 5월 30일 19대 국회 임기 개시일에 맞춰 시행되었다.

그렇지만 새누리당이 주도했던 법안인국회선진화법은 국회 통과 이후 1년도 안 돼 논란의 대상으로 떠올랐다. 2013년 3월 야당의 반대로 박근혜 정부가 추진한 정부 조직법 개정안 처리가 지연되자 새누리당은 자신들이 주도해서 도입한 국회선진화법 개정을 요구하고 나섰다.

2. 국회선진화법의 시행결과

국회선진화법은 여야 대치가 극에 달했을 때 국회 공전 이 불가피해 '식물국회'로 전락할 우려가 제기되어 왔다.

박근혜 대통령은 2011년 12월 대통령선거에서 국회선 진화법을 공약으로 내세웠으나, 아이러니(Irony)하게도 국회선진화법의 최대 피해자는 박근혜 정부가 되었다. 국회선진화법은 여당이 야당에 발목이 잡혀 질질 끌려 다니며 독자적으로 법안 한 가지도 처리할 수 없게 되어 있는 '실패한 식물국회법'이다. 국회선진화법이 "쥐 앞에 사족을 못 쓰는 고양이의 신세"로 다수당의 지위를 전락시킨 현실에 빗대어 국회의원들은 국회선진화법을 '몸싸움 방지법'에서 '제왕적 야당법'이 되었다고 하기도 한다.

3. 국회선진화법 폐지에 관한 오유방의 호소

나는 여당과 야당의 지도부에 조속한 시일 내에 여야 합의에 의하여 국회선진화법을 폐지할 것을 다음과 같은 이유로 호소한다.

첫째, 야당이 계획적으로 여당의 법률안을 반대하면 국회는 속수무책이 되는 식물국회가 되기 때문이다.

둘째, 국회가 여당이나 야당의 이익을 위해서가 아니라 국가와 국민의 이익을 위해서 효율적으로 운영되고, 신속하면서 적기에 합리적으로 법률안을 처리해야 하기 때문이다.

셋째, 국회선진화법은 헌법 제49조에 국회가 재적 의원 과반수 출석에 출석의원 과반수 찬성으로 의결하도록 규정한 '다수결의 원칙'에 위배되기 때문이다. 그러므로 국회선진화법은 현재 국회 내 다수당이라 하더라도 의석수가 180석(300석의 5분의 3)에 미치지 못하면

예산안을 제외한 법안의 독자적인 처리가 불가능하기 때문에 위헌이라고 보는 입장이 생기는 것이다.

나는 우리나라가 분단국가로서 좌우가 대립하여 대화와 타협이 부족한 정치상황인데도 국회선진화법이 도입되어 오히려 악영향을 미치고 있는 것이 실증되었으므로 국회선진화법이 하루 빨리 폐지되어야만 대한민국이 선진민주국가로 발전하는 데 기여하게 될 것으로 확신한다.

신정풍운동 제3항:
국민을 위한 '문명과 사랑의 정치'

가. '문명과 사랑의 정치'의 필요성

1. 세계사 속의 문명의 충돌과 공존에 관하여

1) 문명과 문명의 충돌

자신의 신앙만을 중심에 놓고 남의 신앙을 바라보면 자신의 신앙만이 참 신앙이고 다른 신앙은 모두 이단으로 보일 수도 있다. 자신들이 살고 있는 곳만이 문명세계이고 다른 지역은 모두 야만세계라고 생각할 때 인류가 발전시킨 문명의 이기(利器)는 다른 인간을 살육하고 다른 문화를 파괴하는데 쓰이기도 했다.

11세기 후반부터 200여 년 동안 계속된 대표적인 문명 간의 불행한 충돌이 있었다. 그리스도교 세계와 이슬람교 세계의 문명의 충돌은 야만적인 살육과 파괴를 자행했다.

2) 세계사 속의 중화주의와 오리엔탈리즘

세계사를 살펴보면, 중국 청나라 황제 건융제는 1793년 영국 국왕에게 국서를 보내서, "너희는 멀리 해외에 있으면서 이번에도 순종하는 마음으로 사신을 파견하여 천자의 장수를 축복하고 선물을 바쳤다. 그 공손한 태도에 매우 만족한다"라고 했다.

중국인들은 자기 나라가 세계의 중심에 있는 가장 발전된 국가라고 주장해 왔는데, 이것이 중화주의(中華主義)이다. 중국의 풍부한 경제력을 앞세워 세력을 떨쳤고 한때 유럽인들이 '아시안 드림'을 꿈꾸기도 했다.

그런데 영국이 18세기 말 산업혁명에 성공한 이후에는 유럽인들의 태도가 달라졌다. 한때 유럽인들이 중국을 서양의 거울이라고 생각했는데, 그들이 신식무기를 앞세워 아시아 국가와 싸워 군사적 성공을 거둔 뒤에는 중국을 비롯해서 아시아 국가를 깔보는 주장을 내놓았는데, 이것이 오리엔탈리즘(Orientalism)이다.

정리하자면 중화주의는 중국인들이 주변국은 물론이

고 세계 어느 나라도 존중하지 않고 무시하는 발상이며, 서양인들이 동양세계는 무엇인가 부족하고 발전할 수 없다는 생각이 오리엔탈리즘이다.

새뮤얼 헌팅턴 교수는 1990년대 이후 중국을 비롯한 아시아의 경제성장에 따라 앞으로 유교 문명과 미국과 서유럽 문명 사이의 갈등이 격화될 것으로 보았다.

3) 세계사 속의 문명의 교류와 문명의 공존

세계사 속의 문명의 만남은 항상 충돌만 있었던 것은 아니다. 중국에 들어온 불교가 도교의 문명을 만나면서 선종(禪宗)이라는 중국식 불교가 탄생했다.

인도에 들어온 이슬람교가 힌두교 문명을 만나 또 다른 전통문화를 일구기도 했다.

종교가 다른 사람, 문화와 역사가 다른 사람들이 평화롭게 공존한 모습도 여러 곳에서 찾을 수 있다. 십자군 전쟁 이전의 예루살렘에서는 유대교도와 그리스도교도 및 이슬람교도가 자유롭게 각자의 신앙을 가꾸었다.

세계사 속에서는 서로 다른 사람들이 만나 가진 것을 나누고, 부족한 것을 채움으로써 다 같이 발전하는 경우가 더욱 많았는지도 모른다.

인도의 숫자는 아라비아에서 널리 쓰였고, 오늘날 전 세계가 그 숫자를 사용한다. 중국에서 발명된 종이 만드는 법이 서양의 과학 기술과 만나고, 서양의 과학 기술이 다시 다른 지역으로 확산되었다. 아메리카에서 전해진 감자는 조선과 아일랜드의 굶주림을 극복하는 데 큰 도움이 되었다.

그러므로 우리에게 더욱 필요한 일은 '역지사지(易地思之)' 즉, 입장을 바꿔 생각하는 일이다. 타인의 입장이 되어 그들의 삶과 세계를 들여다보면 세상은 내가 옳다고 믿고 아름답다고 느끼던 것과는 또 다른 진리와 아름다움이 공존하는 곳으로 보이게 될 것이다.

세상에는 다양한 문명과 문화가 있다는 사실을 알고 그런 문명과 문화를 가꾸어 온 사람들의 눈으로 각각의 문명과 문화를 바라볼 수 있을 때, 나와 다른 이들도 존중할 수 있고 서로 교류하고 협력할 실마리를 찾을 수 있게 될 것이다.

이를 통해 '공존은 평화의 다른 이름'이요, '관용은 평화의 지름길'이라는 것을 깨달을 때, 우리는 세계가 함께 할 수 있는 무언가를 찾아 낼 수 있을 것이며, 그때야 비로소 참된 의미의 세계사를 새롭게 써 나갈 수 있을 것이다.

2. 새뮤얼 헌팅턴 교수의 『문명의 충돌』에 관하여

내가 1982년 하버드대학교 국제문제연구소에서 수학을 할 당시에 국제문제연구소장으로 있던 새뮤얼 헌팅턴 교수는 1996년 『문명의 충돌(The Clash of Civilizations and the Remaking of World Order)』을 출간하여 많은 논란을 유발하였는바, 그 내용을 요약하면 아래와 같다.

헌팅턴 교수는 세계의 서로 다른 문명권을 다음과 같이 8개의 문명권으로 분류하고 있다.

* 서구 기독교권: 유럽, 북미, 오세아니아주
* 동방 정교회권: 슬라브, 그리스
* 이슬람권: 중부아프리카에서 중동, 중앙아시아, 인도네시아
* 라틴아메리카권
* 힌두권: 인도
* 유교권(중화권): 중국과 주변 동아시아. 동남아시아
* 일본권
* 아프리카권

헌팅턴 교수는 이렇게 세계의 문명권을 8개로 구분하고, 이것이 종교적 신앙에 의하여 상호 충돌하는 현상을 문명의 충돌로 본 것이다. 그는 "이 문명권들은 총체적인 체계로서 나름대로의 가치와 기준과 제도와 사고방식을 갖추고 독자성을 띠고 있으며, 이 문명권들은 상호

호환이 불가능하고 서로 수렴되지 않는다. 서구 문명의 독자성은 사회적 다원주의, 대의제 개인주의가 그것이다. 이러한 제도, 관습, 신념은 서구 문명권 이외에 다른 문명권에서는 찾아볼 수 없다. 미국은 바로 이러한 서구 문명권의 계승자로서 이 문명권의 존속과 발전에 책임을 져야 한다"라고 주장하고 있다.

그는 문명을 8가지 갈래로 나누고 그것의 최종적 집합은 미국이 이루어야 한다는 발상은 전형적인 보수주의 정치학자다운 주지적 주관주의 논리를 편 것이다. 2001년 9월 11일 미국에 대한 미증유(未曾有)의 테러사건 이후 세계적인 이목이 쏠린 책이 있다면, 석학인 헌팅턴 교수의 『문명의 충돌』이라는 책이다.

그렇지만 9·11테러사건 이후 미국은 세계에 대한 시각을 편협하게 좁히게 되는데, 여기에 세계를 미국 중심의 기독교 문명과 아랍의 이슬람 문명으로 양분하여 양극 구도로 각을 세우는 이분법적 논리를 펴고 있는 책이 헌팅턴 교수의 『문명의 충돌』이라는 책이라고 비판하는 시각이 있다.

헌팅턴 교수는 1990년대 미국 지미 카터 행정부의 백악관 국가안보담당보좌관 출신인데, 『문명의 충돌』은 학자로서 세계의 문명을 조망하는 학문적 순수성이 결여되어 있다고 비판을 받기도 한다.

3. 문명의 충돌과 세계 질서의 재편 및 대한민국

미국의 정치학자인 새뮤얼 헌팅턴 교수는 1996년 『문명의 충돌(*The Clash of Civilizations and the Remaking of World Order*)』이라는 서적을 출간했다.

그는 1992년 소련의 붕괴로 이데올로기의 대립이 사라진 탈냉전시대에 세계를 위협하는 것은 문명권 사이의 충돌이라고 보았다. 특히 그는 가장 위험한 문명 사이의 갈등은 이슬람의 각성과 아시아의 경제성장에 따라 서유럽 문명권과 이슬람 및 유교 문명권 사이의 갈등이 가장 두드러질 것이라고 주장했다.

나는 헌팅턴 교수의 가설이 옳고 그름을 떠나서 현재 서로 상이한 문명을 둘러싼 갈등이 세계 여러 곳에 산재해 있고, 그 가운데서 이슬람과 기독교 문명과 문화 사이의 갈등은 개별 국가 내부에서는 물론 세계적 수준에서 폭발하고 있는 것이 오늘의 현실이라는 점을 주목해야 한다고 생각한다.

또한 나는 대한민국이 중국의 유교 문명권인 동북아시아에 위치한 지정학적 특성과 대한민국의 안보를 한미안보동맹에 의존하고 있다는 점에 비추어 보면, 지금 세계에서 경제적으로 2개의 초대형 국가인 미국과 중국이 대국관계에서 패권 경쟁을 시작하고 하고 있는 것에 대한 예리한 분석과 적극적이고 능동적이 대응전략의 수립이 필요하다고 생각한다.

나. 대한민국에서 문명의 공존과 사랑의 정치

1. 대한민국의 다종교 및 다문화 현황

나는 대한민국이 다종교 국가인 동시에 다문화 사회인 특수성을 감안해서 21세기에 국가, 사회 및 국민통합을 이루기 위해 문명과 사랑의 정치를 펼쳐 나갈 것을 주창한다.

우리나라가 불교, 개신교, 원불교, 가톨릭, 천도교, 이슬람교 등 다종교 국가이면서도 전통, 문화, 종교 등 문명 간 차이로 인해 무력 충돌이나 폭력적인 갈등이 일어나지 않는 지구상의 유일한 나라임을, 나는 자랑스럽게 생각한다.

처음부터 이민자들이 뭉쳐서 만든 나라인 미국은 물론이고 다양한 57여 개의 민족이 통합된 중국뿐만 아니라 30년 전만 해도 단일민족을 자랑으로 내세우던 대한민국에서도 지금 다문화 가정의 바람이 불고 있다.

정부통계에 의하면, 2007년에는 결혼이주 여성이 11만 명가량이었는데, 2012년에는 거의 20만 명까지 증가한 상태이다. 2011년에 다문화 가정의 아동은 일반 가정의 아동 449,000명의 약 4.7%에 해당하는 약 22,000여 명에 달하고 있다.

2. 대한민국 다문화 가정의 사회적 문제

단일혈통을 자랑처럼 여긴 대한민국에서는 다문화 가정 및 다문화 아동에 대한 일반 국민의 편견이 심각한 사회 문제가 되고 있다.

일단 아이들 사이의 관계에 있어서도 혼혈 아이에 대한 일반 아이의 시선이 별로 좋지 못하여, 운이 좋다면 '튀는 아이' 정도로 취급받지만, 심할 경우는 '왕따'를 당하는 것이 현실이다.

따라서 나는 다른 종교를 믿는 사람을 존중하고 이해하고자 노력하며 다문화 가정을 따뜻한 마음으로 감싸주기 위해서 이웃 사랑을 실천하도록 하는 교육과 시민운동이 필요한 것은 물론, 그들을 보호하고 그들이 우리나라에 빨리 융화할 수 있는 법적 지원제도를 정치적인 차원에서 만들어야 한다고 생각한다. 그것도 단순한 생색내기가 아니라 적극적인 차원에서 이루어지는 것이 바람직하다는 것이다.

이미 우리나라는 다문화, 다종교 국가가 되었는데 아직도 단일 민족이라는 사상에 젖어 있다면, 또 아직은 별것 아니라고 그냥 넘겨버린다면, 그것은 아주 심각한 사회적 부작용을 불러 올 것이다. 앞서 말한 바와 같이 반 박자 빠른 능률적인 대처야말로 사회 문제를 야기하지 않고 가장 효율적으로 해결하는 방법일 것이다.

다. 프란치스코 교황의 대한민국 방문

1. 프란치츠코 교황의 방한 일정

프란치스코 교황께서 2014년 8월 14일부터 8월 18일
까지 4박 5일 동안 대한민국을 방문하셨는데, 청와대 방
문, 광화문 시복식 집전, 충북 음성 꽃동네 방문 격려,
충남 서산 아시아청년대회 폐막 미사 집전, 명동대성당
평화와 화해 미사 집전 등 바쁜 일정을 보내셨다. 프란
치스코 교황께서는 한 사람 한 사람을 소중하게 만나셨

2014년 8월 16일 오전 서울 광화문광장에서 시복식을 앞두고 카퍼레이드를 하던 중
단식농성 중인 세월호 유가족을 위로하는 프란치스코 교황

다. 위안부 할머니들, 꽃동네 장애인들, 세월호 참사 가족들의 아픔을 안아 주셨다. 우리 사회는 모처럼 하나 된 마음으로 서로를 감싸 안고 화해와 치유를 체험했다.

2. 서울 광화문광장 시복식의 의의

시복식은 가톨릭에서 성덕이 높은 이가 선종하면 일정한 심사를 거쳐 성인의 전 단계인 복자로 추대하는 것을 의미한다. 보통 선종 후 5년의 유예기간을 거쳐 생애와 저술, 연설에 대한 검토와 함께 의학적 판단이 포함된 심사를 통해 현 교황이 최종 승인한다. 이들 복자를 다시 성인으로 추대하는 의식은 시성식이라 한다.

우리나라에 가톨릭이 전래된 이후 230여 년 동안 한국 천주교회에서는 세 차례의 시복식이 거행됐다. 첫 시복식은 일제 강점기인 1925년(79위) 로마 바티칸에서, 두 번째 시복식은 제2차 바티칸 공의회 직후인 1968년 (24위) 로마 바티칸에서, 세 번째 시복식은 2014년 8월 16일 서울 광화문광장에서 열렸다.

1925년과 1968년 두 번에 걸쳐 복자에 오른 103위 순교자들은 1984년 서울 여의도광장에서 요한 바오로 2세 교황의 집전으로 성인에 오른 바 있다.

세 번째 시복식은 제266대 교황인 프란치스코 교황이

2014년 8월 16일 서울 광화문광장에서 거행된 프란치스코 교황 집전 시복식

직접 한국에 방문해 이뤄졌다. 프란치스코 교황은 2014년 8월 14일부터 8월 18일까지 아시아 국가로는 최초로 대한민국을 방문하여, 2014년 8월 16일 광화문광장에서 윤지충 바오로와 동료 123위에 대한 시복식을 거행했다. 교황은 '공경하올 하느님의 종들 윤지충 바오로와 123위 동료 순교자들을 복자라 부르고, 5월 29일에 그

분들의 축일을 거행하도록 허락한다'는 내용의 시복 선언을 했다.

나는 프란치스코 교황이 2014년 8월 16일 서울 광화문광장에서 조선시대에 순교한 복자 124위에 대한 시복식을 거행한 날은 모든 한국인에게 큰 기쁨의 날이고 영광의 날이라고 생각한다.

복자 윤지충 바오로와 그 동료 123위 남긴 유산은 진리를 찾는 올곧은 마음, 그들이 신봉하고자 선택한 종교의 고귀한 원칙들에 대한 충실성, 그리고 그들이 증언한 애덕과 모든 이를 향한 연대성 등, 이 모든 것이 모든 한국인에게 풍요로운 유산으로 상속되었다.

3. 오유방의 프란치스코 교황 알현

프란치스코 교황께서 2015년 8월 16일 오전 9시 20분경 서울 중구 의주로 2가 소재 '서소문역사공원 순교성지'를 방문하셨을 때 나는 교황을 알현할 기회를 갖게 되었다.

그 당시 나는 '서소문역사공원 순교성지'에 3,000여 명의 군중이 운집한 가운데서 최창식 서울 중구청장, 심재철 국회의원, 우윤근 국회의원 등과 함께 교황을 알현하는 영광스런 기회를 가졌다.

2014년 8월 16일 서소문역사공원 순교성지에 방문한 프란치스코 교황

　나는 교황과 악수를 나누는 동안에 영어로 인사를 드렸다. "I am Catholic Legal Advisor Oh, You-Bang Augustine(저는 가톨릭 법률고문 오유방 어거스틴입니다). It is my great honor to meet you in the Seosomun Martyr's Shrine. Papa(저는 서소문순교성지에서 교황님을 만나 뵙게 되어 영광입니다)"라고 인사를 올렸다.

　프란치스코 교황께서는 뜻밖에 나의 인사를 받으시고, 나의 얼굴을 바라보시면서 기쁨에 가득찬 미소로 저를 축복해 주고 계셨다. 프란치스코 교황을 바로 옆에서 수행하시던 염수정 추기경께서는 얼굴에 웃음을 띠시면서 나에게 작은 목소리로 "오 의원님 시간이 없어요"라고 말하셨다. 그때까지도 교황께서 나를 응시하고 계셨다.

내가 염수정 추기경의 충고를 듣고 교황께 드리는 말씀을 중단하자, 그때서야 프란치스코 교황께서 나의 옆, 주위에 서 있는 군중들에게 걸어가시어 악수를 청하고 포옹도 해 주시었다.

나는 그때 보고 느꼈던 프란치스코 교황의 황홀한 모습을 영원히 잊을 수 없을 것이다.

라. 프란치스코 교황의 미국 및 유엔 방문

프란치스코 교황은 2015년 9월, 5박 6일 간의 미국 방문에서 사상 처음으로 상하원 합동 연설을 위해 미국 의회를 찾았으며, 유엔본부 연단에 서기도 했다. 이를 통해 이민 문제, 난민 문제, 기후변화, 빈곤 등 인류가 직면한 세계적 문제에 대한 조언을 내놓았다.

미국 일간지 워싱턴포스트(WP)는 2015년 9월 28일 교황이 미국 방문을 통해 사람을 끌어들이는 종교인으로서의 영성과 정치인 못지않은 식견, 문화적 감성을 지닌 지도자의 모습을 보여주었다고 평가했다.

혼탁한 세상을 지키는 넉넉한 태도와 겸양으로 가톨릭에 대한 이미지를 높인 것도 눈에 보이지 않는 성과이며, 심지어 가톨릭 신자인 존 베이너 미국 하원의장의 자진사퇴 결심이 세상을 넓게 보려는 교황의 영향을 받은 결과였을 것이라는 분석도 나왔다.

1. 프란치스코 교황의 미국 상하원 합동 연설

프란치스코 교황은 2015년 9월 24일 오전 미국 의회에서 상하원 의원들에게 "우리 사이의 이방인들을 껴안아 줄 것"을 호소하면서 "이민자를 적대시하는 대신에 위해주는 행동을 할 것"을 강력하게 요청했다. 로마가톨릭 교황이 미국 상하원 합동 모임에서 연설을 하기는 이날 프란치스코 교황이 처음이다.

또한 프란치스코 교황은 미국이 안고 있는 라틴 아메리카로부터의 이민 문제는 물론 현재 유럽 대륙이 겪고 있는 이주자 위기를 언급하면서 교황은 의원들에게 "언제나 인간적이고, 공정하고, 우애로운 방식으로 대응해 줄 것"을 촉구했다.

이날 프란치스코 교황은 연방 대법원판사, 각료 및 상하원 의원들이 빽빽이 들어찬 하원 의사당에 열렬한 환영을 받으며 입장했다. 교황의 도착을 환영하기 위해 모

든 참석자가 일어나는 모습은 교황이 입을 열기도 전에
이 분열로 가득한 의사당이 갑자기 하나로 통합된 것
같았다. 교황이 중앙 통로로 걸어가자 의원들은 박수를
터트렸으며 일부 의원들은 존경의 예로 고개를 숙이기
도 했다.

연설을 마친 프란치스코 교황은 의사당 발코니에 나
타나 아래 잔디밭과 내셔널 몰에 모여 있는 수만 명의
환호하는 군중들에게 감사의 말을 전했다. 이때 교황은
스페인어로 "신앙이 없고 기도할 수 없는 분들이라면
나의 전도에 행운을 빌어주기를 바란다"고 말했다.

이날 프란치스코 교황은 의사당에 들어와 미국 대통
령들이 새해 국정연설을 하는 연단에 선 뒤 익숙하지
않은 영어로 자신을 "이 위대한 대륙의 아들"이라고 소
개했다. 교황은 이탈리아 이민자의 아들로 아르헨티나에
서 태어났다.

연단 뒤에는 조 바이든 부통령과 존 베이너 하원 의
장이 의장석에 있었다. 미국 대통령 후계 순위 1, 2위인
이들은 모두 가톨릭이다. 밖에서는 수만 명의 인파가 거
대한 스크린으로 현장을 보고 있었다.

오래 전부터 미국 정계는 1,100만 불법 체류자의 합법
화를 위한 이민법 개혁 등의 현안 이견으로 오바마 정부
와 의회를 장악한 공화당 사이에 분열이 심화되어 있다.
특히 낙태와 관련된 가족계획 예산 지원을 놓고 정부 셧

다운이 우려될 정도로 최근 첨예한 대치 상태에 있다.

프란치스코 교황이 성경의 황금률을 언급하며 "우리가 받고자 하는 똑같은 열정과 동정심으로 다른 사람들을 대하자"고 말하자 기립 박수가 터져 나왔다. 프란치스코 교황은 미국이 압도적으로 세계 선두인 무기 거래에 대해서도 비판했다. 교황은 연설 후 의사당내 과거 영웅들의 조각들을 모아놓은 조상실에 들렀다.

이러한 프란치스코 교황은 가톨릭의 근본을 변경시키지 않으면서, 가톨릭과 성당을 보다 개방적이고 동정심 있는 이미지로 개조하고 있어, 미국에서도 모든 미국 정치가가 부러워 할 정도의 인기를 누리고 있다.

2. 프란치스코 교황의 유엔 연설

2015년 9월 24일 오후 뉴욕 유엔총회 연단에 올라 연설한 프란치스코 교황은 때론 절절한 애원으로, 때론 날카로운 질타로 인류의 평화와 정의 실현을 호소했다.

교황의 유엔총회 연설은 1965년 바오로 6세 이후 다섯 번째, 2008년 베네딕토 16세 이후로는 7년 만에 있는 일이지만 각국 정상(頂上)들의 총회 연설이 시작되는 날 첫 번째로 교황이 연설한 것은 역사상 처음이다.

프란치스코 교황은 권력과 부(富)의 불균형 문제를 지

적하기는 했지만, 전날 워싱턴 DC 의회 연설과는 달리 현실정치적 문제보다는 인권과 평화, 분쟁의 해결, 종교적·정신적 자유와 집·일자리·음식·교육 등 삶의 문제에 집중했다. 분쟁의 해결과 인신 납치, 마약 밀매, 성적(性的) 착취 등의 문제 해결에도 유엔과 회원국이 계획이 아닌 실천으로 나서달라고 촉구했다.

또한 프란치스코 교황은 "지금 필요한 것은 최대한 많은 사람들에게 효율적으로 정치·경제 그리고 자신을 방어할 수 있는 힘을 균등하게 갖도록 하는 것"이라며, "세계 각국의 이익을 적절히 규제할 수 있는 사법체계를 만드는 것이 시급하다"고 말했다.

아울러 프란치스코 교황은 "이념이나 문화의 경계를 넘어 세계의 여러 문제를 해결할 국제사법질서가 필요하다"고 말했다. 그러면서 세계적인 금융 기관들에 대해 쓴소리를 했다. "세계적인 금융 조직들은 지속적인 국가 발전을 위해서도 신경을 써야 하고, 조직의 힘을 이용해 사람들을 억압해 더 심각한 빈곤을 일으키고 소외시켜선 안 된다"고 강조했다.

한편 프란치스코 교황은 전 세계 국가 권력자들의 의무도 강조했다. "각국 지도자들은 모든 방법을 동원해 인류가 최소한의 존엄을 지키고 가정을 유지할 수 있도록 최선을 다해 도와야 한다"고 말하면서 "각국 지도자들이 국민들에게 지원해야 하는 것은 머물 수 있는 집과 토지, 일자리 등 물질적인 것뿐 아니라 종교적인 자유와 교육을 받을 권리, 시민으로서 누릴 권리까지도 포함된다"라고 말했다.

이어서 프란치스코 교황은 현재 "지구촌 곳곳에서 벌어지고 있는 분쟁과 내전으로 우리의 형제자매와 소년 소녀들이 울고 괴로워하고 죽어가고 있다"하면서 분쟁 해결에 전 세계가 힘을 합칠 것을 호소했다. 특히 우크라이나, 시리아, 이라크, 리비아, 남수단, 동아프리카 대호수 지역 등 현재 내전이 발생하고 있는 곳을 일일이 거명하면서 "이들 지역의 분쟁을 해결하고 평화를 찾아오는 것은 인류의 양심에 관한 의무"라고 호소했다.

프란치스코 교황은 연설 말미에 고국 아르헨티나의 문호 호세 에르난데스의 산문시 「마르틴 피에로」의 구절을 인용하며 전 세계 인류의 연대를 강력히 호소했다.

"형제들은 서로 연대해야 합니다. 그것이 제1법칙입니다. 왜냐하면 우리끼리 다툴 경우, 우리는 외부의 적에 의해 잡아먹히게 됩니다."

3. 프란치스코 교황과
   필라델피아 세계 가톨릭 성가정대회

언론의 보도에 의하면, 프란치스코 교황은 2015년 9월

27일 필라델피아에서 개최된 '2015년 세계 가톨릭 성가
정대회'에 참석한 100만 명이 넘는 시민들에게 "완벽한
가정이란 존재하지 않는다. 그 때문에 낙담할 필요는 없
다. 불완전한 가정 안에서 사랑이 태어나고 계속 자라나
는 것이다. 사랑은 배워가는 것이고 살아가는 것이다"라
고 말했다.

또한 프란치스코 교황은 "사랑은 아주 간단한 행위에
서 나오며, 가정에서 그런 사랑이 구체화된다. 접시가
날아다녀도 가정이 행복의 근원이다"라는 취지의 말씀
을 해서 그분 특유의 유머감각으로 좌중을 즐겁게 했다.

4. 프란치스코 교황과 사랑의 정치

그렇다면 그분의 무엇이 신자는 물론 일반 대중들로
하여금 그분을 추앙하고 그분의 말씀 한마디 한마디에
귀를 기울이게 하는 것일까? 그분의 유머러스한 말씀
때문이라면 더 유머러스한 방송인들이 산적해 있다. 그
분은 우리들에게 구체적으로 무언가를 제시하거나 해
줄 수 있는 정치인도 아니다. 재산을 나누어 구호품을
줄 수 있는 재력가도 아니다. 그럼에도 불구하고 그분의
말씀 한마디에 온 인류가 공감하는 이유에 관하여 나는
그분의 진심에서 우러나오는 '사랑'이라는 단어의 참의

미 때문이라고 생각한다.

프란치스코 교황이야말로 자신의 마음 모든 것을 '사랑'이라는 단어로 전 세계의 가장 낮은 이들에게 나누어 주고 있기 때문이다. 만일 정치인들이 진정으로 국민들을 사랑하는 마음에서 자신들의 사리사욕(私利私慾)이나 당리당략(黨利黨略)을 버리고 국민들을 위해서 일한다면 국민들은 정치인 모두를 역으로 더 많이 '사랑'해 줄 것이다.

정치인이 진심으로 자신의 가족이나 자녀들을 위해서 하듯이 국민들을 생각하고 그들을 '사랑하는 정치'를 실천에 옮길 때, 우리나라는 국민들이 참된 행복을 느끼면서 살아가는 자랑스러운 나라가 될 것이다. 사랑의 정치가 이 땅에 꽃 피운다면 국민들의 행복은 물론 통일의 그날도 멀지 않을 것이다.

마. 국회 4대 종단 의원협회의 공동선언문 발표

1. 국회의원답게 살겠습니다

대한민국 국회의 4대 종단 의원협회가 2015년 9월 1일 서울 여의도 국회의원회관에서 '사람답게 살겠습니다'

운동에 동참하겠다고 선포식을 개최하였다. 제19대 여야 국회의원들 중 불교, 개신교, 원불교, 가톨릭 4대 종단 신자의원들이 임기 말에 '국회의원답게 살겠습니다' 선포식을 갖고 자신이 먼저 성찰하고 국민에게 신뢰받는 정치인이 되겠다고 다짐한 것이다.

2. 대한민국 국회 4대 종단 의원 공동선언문의 의의

대한민국 국회 4대 종단 의원들은 공동선언문을 발표하고, 첫째, 공익우선정신으로 성실하게 직무를 수행하고, 둘째, 여야의 서로 다른 입장을 존중하고 우리 사회의 갈등을 조정하여 상화(相和)의 정치문화를 조성하며, 셋째, 국민들로부터 신뢰와 존경을 받는 충실한 봉사자가 되도록 노력하여, 넷째, 보편적 인류애에 기반을 둬 세계평화와 지구환경에 이바지하는 정치인이 되겠다고 결의한 것이다.

정말로 아름다운 일이 아닐 수 없다. 이런 운동은 다행이라는 표현이 아니라 아름다운 것이다. 국회의원도 사람이다. 당연히 사람답게 살아야 한다. 그런데 국회의원이 스스로 사람답게 살겠다는 것은 국회의원답게 살겠다는 것을 의미하는 것이며, 국회의원답게 살겠다는 것은 나 자신과 소속 정당보다는 국가와 국민을 위해서 살겠다는 것을 의미한다. 앞으로는 국민들을 위해서 여야의 서로 다른 입장을 이해하며 상화(相和)하는 정치문화를 조성하겠다는 것이 얼마나 아름다운 것인가를 말하려는 것이다. 그 마음 변치 않도록 기도드린다.

끝내면서 드리는 말씀

조국이 광복을 맞기 5년 전에 태어나 조국 광복과 6·25 전쟁의 뼈아픈 기억을 고스란히 가슴에 묻고, 또 다른 민족의 전쟁 현장인 월남전의 포화 속에서 군법무관으로 병역의 의무를 마치고, 변호사로 억울한 이들의 한을 풀어주겠다고 일하며, 33세의 젊은 나이에 국회에 입성해서 바른 정치를 하자고 정풍운동을 부르짖고, 악법개폐를 하겠다고 위원장을 맡아 밤늦도록 법전을 뒤졌던 날들이 고스란히 어제처럼 옆자리에 함께 놓여 있다.

그동안 대한민국은 전쟁의 참화가 입혔던 때를 말끔히 씻어버리고 전 세계가 부러워하는 경제대국으로 우뚝 섰지만, 아직도 우리의 정치는 어제처럼 옆자리에 함께 놓여 있는 그 모습에서 그리 많이 달라진 것 같지 않다.

국민의 의식 수준은 전 세계 그 어느 나라에도 뒤지지 않는데 유독 정치만은 선진국의 그것과는 너무나도 뒤쳐져 오히려 후진국 수준이라는 말을 종종 듣고는 한다.

얼마나 더 먼 길을 가야 우리 정치가 절대빈곤의 멍에를 벗고 우뚝 선 우리 경제만큼이나 설 수 있을까?
어떤 길을 가야 국민의 높아진 의식 수준에 근접해서 국민으로부터 외면당하지 않고 함께 걸을 수 있을까?

대답은 국민을 위하고 사랑하는 정치를 하는 것이다.
정말로 국민을 사랑할 수 있는 자신이 있다면 가슴을 활짝 열고 정치라는 길을 걸으면 된다.
사랑하는 이를 속일 수 없으니 공정하고 투명한 정치를 할 것이고, 사랑하는 이를 위해서 무언가를 해 주고 싶을 것이니 내가 무엇을 얻으려 하지 않고 국민을 위해서 무언가를 하려 할 것이다.
사랑하는 이에게 눈속임을 할 수 없으니, 당리당략에 얽매이고 계파에 얽매여 국민을 속이려고 하지 않고 국민 앞에 자신과 모든 것을 활짝 열게 될 것이다.

진정으로 국민을 위하고 사랑한다면, 그런 이들이 정치를 하는 것이라면, 정치는 인류가 존재하는 한 국민에

게 행복을 안겨 주는 수호신으로 영원히 국민 곁에서
함께 존재할 것이다.

국민을 위한 정치개혁

정풍운동

© 오유방, 2015

1판 1쇄 인쇄__2015년 11월 20일
1판 1쇄 발행__2015년 11월 30일

지은이__오유방
펴낸이__홍정표
펴낸곳__글로벌콘텐츠
        등록__제25100-2008-24호
        이메일__edit@gcbook.co.kr

공급처__(주)글로벌콘텐츠출판그룹
        대표__홍정표
        이사__양정섭
        편집__노경민 송은주 **디자인**__김미미 **기획·마케팅**__노경민 **경영지원**__안선영
        주소__서울특별시 강동구 천중로 196 정일빌딩 401호
        전화__02-488-3280 **팩스**__02-488-3281
        홈페이지__http://www.gcbook.co.kr

값 20,000원
ISBN 979-11-5852-069-4 03810